Illustration de couverture :
© Photosani - Fotolia.com

LES DERNIÈRES MOISSONS

DU MÊME AUTEUR

Éditions Lucien Souny

Les Chantalaude
La Nuit des louves
Les Sanglots du pardon
Le Maître de l'eau
Marie des landes
Les Dames de Pontignac
Le Silence des terres noires
La Gerbaude
Le Vent de neige
La Mémoire des chênes
Les Dernières moissons
Les Herbes sauvages
Les Amants de Gargilesse
L'Or des genêts
Les Terres oubliées
Marie des landes (Souny Poche)
La Gerbaude (Souny Poche)
La Mémoire des chênes (Souny Poche)

Pierre Rétier

LES DERNIÈRES MOISSONS

Lucien Souny

Editions Lucien Souny, 2005-2010
Le Puy Fraud • 87260 Saint-Paul

I

Un vent tourbillonnant soulevait la poussière et fouettait violemment la cime des feuillus qui bordaient la chaussée. Malgré l'heure matinale, une chaleur lourde s'était installée au fond des vals et dans les innombrables chemins creux qui longeaient les pacages. Dans le lointain, on devinait avec peine l'imposant massif des monts de Blond. La campagne entière était noyée dans une légère brume qui s'estompait lentement sous l'effet conjugué du soleil et du vent.

Déjà, le printemps éclatait de partout. Que ce soit du côté de Vaulry, de Montrol-Sénard ou sur les hauteurs du puy Grenier, la nature offrait une prolifération de couleurs, de senteurs. Comme par un coup de baguette magique, la terre limousine s'était habillée d'une parure multicolore qui ajoutait encore à la beauté des lieux.

Sur la petite route qui montait en direction de Chavignac, François Breuil avançait d'un pas lent, comme s'il eût voulu profiter pleinement du spectacle bucolique que son regard pouvait embrasser. Grand, charpenté, deux immenses yeux noirs ornaient son beau visage d'homme déjà marqué par quelques rides qui n'étaient pas étrangères à son charme.

Il stoppa sa marche une fois arrivé au lieu-dit La Beige, se débarrassa de sa casquette et passa une main sur son front et sa nuque inondés de sueur. Visiblement éreinté, il fit quelques pas avant de prendre place sur un énorme tronc d'arbre qui était couché sur le bas-côté de la route.

Il resta un long moment à contempler le paysage qu'il pouvait deviner en contrebas. Tout à coup, il ressentit une sorte de nostalgie, comme si un flot d'images lui revenait en mémoire. Pareil à un vieux film en noir et blanc, il se revit naguère parcourant les bois, les chemins, les sentes sauvages qui le conduisaient souvent vers les hauteurs isolées de la montagne.

Il se ressaisit. Du regard, il parcourut le long bocage qui s'étendait jusqu'au pays de Bellac. Maintenant que la brume s'était levée, il pouvait deviner les hameaux des Drouilles, de Doumery, les bourgs de Berneuil et de Saint-Junien-les-Combes. Plus au nord, tout au long de la ligne d'horizon, il essaya en vain de situer Magnac-Laval et Le Dorat.

Tout ce pays faisait remonter en lui des tas de souvenirs. En effet, il était né à quelques pas de là, à la ferme du Puychaud. Durant plus de vingt années, il n'avait connu que le dur travail de la terre. Avec résignation et pas mal de fatalisme, il avait subi les terribles hivers qui isolaient la ferme de longs mois durant, et la chaleur accablante qui tannait la peau et brisait les corps au cours des interminables travaux de l'été.

Fils unique de Firmin et Antoinette Breuil, il était l'héritier naturel de la petite propriété. Il faut dire que cette dernière ne laissait guère espérer en un avenir radieux. D'une superficie qui ne dépassait pas les six hectares, elle était surtout constituée de quelques bois, de pacages minuscules et de pauvres champs dans lesquels on cultivait le blé, et surtout quantité de betteraves qui permettaient de nourrir les six vaches et les deux bœufs qui composaient le maigre cheptel.

Si cela ne ressemblait pas encore à la grande misère, il n'en demeurait pas moins que la vie était rude dans ce coin isolé de la campagne limousine. Cela était d'autant plus vrai que le père Breuil était loin d'être un tendre. Grand, sec, coléreux, il n'était pas bon de lui chercher querelle. C'était un homme bourru, inculte, souvent violent, pour qui rien n'avait d'importance en dehors de ses terres. Quant à Antoinette, elle ne représentait pas grand-chose, terrorisée qu'elle était par un mari qui n'avait de cesse de lui faire mille reproches plus injustes les uns que les autres.

C'est dans cette ambiance faite de colères, de beuveries, que fut élevé François. Oh ! il connut bien aussi quelques petits bonheurs, quelques joies éphémères tout au long des vingt années passées à la ferme du Puychaud. Et puis, malgré sa triste condition, il pouvait toujours s'offrir de longues escapades dans cette montagne étrange dont il connaissait les moindres secrets et qui n'avait guère changé après dix années d'absence.

En ce printemps de 1914, François Breuil n'avait de cesse de s'attarder sur un sentier, un champ de bruyère, ou sur un hameau niché au creux d'un vallon. C'était autant d'images qui faisaient ressurgir un passé déjà lointain. Soudain, il ressentit un long frisson lui parcourir le corps, une sorte d'angoisse qui serait venue l'habiter.

Devant lui, dressée sur un éperon rocheux, il reconnut la vieille église romane de Chavignac. Entourant l'édifice religieux, les demeures étaient serrées les unes contre les autres, comme si les habitants avaient voulu se protéger de quelque agression extérieure.

François s'arrêta au niveau des premières maisons du village. Il hésita un court instant avant de reprendre sa marche. La grande rue commençait tout juste à s'animer. Les deux cafés du bourg servaient déjà les premiers verres de vin rouge et de rosé. Sur la droite, au fond d'une impasse, le forgeron Thibault faisait résonner l'enclume, alors que les premiers troupeaux de bovins quittaient les étables afin de rejoindre les pacages.

Quand il passa devant l'hôtel-restaurant de la famille Boudard, sa haute silhouette ne passa pas inaperçue. Toujours aux aguets des moindres allées et venues, Germaine, la patronne de l'établissement, plaqua son visage bouffi sur les vitres du bar. Comme si elle avait du mal à y croire, elle resta ainsi un long moment, se demandant si elle n'était pas l'objet d'une hallucination.

Soudain, elle se retourna et se précipita en direction des cuisines où s'affairait Gaston Boudard. Souvent irrité par la curiosité maladive de sa chère épouse, ce dernier ne leva même pas la tête, occupé qu'il était à préparer une terrine de pâté de lapin.

Germaine s'avança vers lui, l'air affolé, un peu comme si elle avait vu le diable en personne.

— Devine qui vient de passer devant le restaurant ?

— Dis toujours ! répliqua Gaston sans même daigner jeter un regard vers sa femme.

— François ! Tu entends ! François Breuil est de retour !

Gaston releva la tête. Il s'essuya soigneusement les mains dans un torchon douteux et s'approcha de sa femme.

— Que dis-tu là ? François a quitté le pays il y a près de dix ans. Et il n'est même pas revenu pour les obsèques de son père !

Germaine se campa encore un peu plus droite, les deux mains posées sur les hanches.

— Moi je te dis que c'est bien le François ! Je l'ai reconnu à sa démarche et à sa belle gueule à peine marquée par le temps.

— Si tu as vu juste, cela va faire du bruit dans le pays. Il est vrai qu'avec la disparition de la mère Breuil, il n'avait guère le choix. Que veux-tu, il est le seul héritier de la ferme du Puychaud.

Deux bons kilomètres séparaient Chavignac de la ferme familiale. Pour accéder à cette dernière, il fallait emprunter un chemin cahoteux, jonché d'ornières. L'endroit était désert. Bizarrement, la nature offrait en ces lieux un contraste saisissant avec les couleurs verdoyantes des prairies et les terres grasses et riches qui s'étendaient au pied de la montagne.

Désormais, le paysage n'était formé que de petits prés biscornus, de châtaigneraies souvent abandonnées depuis des lustres, de taillis accrochés aux pentes du massif. Au détour d'un sentier, on découvrait tout de même quelques terres labourées enserrées entre d'immenses forêts de résineux. L'ensemble était à la fois lugubre et envoûtant.

François Breuil avançait, l'échine courbée, le souffle court. Depuis que le vieil autobus l'avait déposé sur la petite place de Cieux, il n'avait fait qu'une courte halte, pressé qu'il était de rejoindre la ferme du Puychaud.

Cela faisait trois jours qu'il avait quitté l'emploi qu'il occupait à Paris, chez un marchand de bois et charbon qui avait pignon sur rue dans le quartier de la République. Il faut dire que depuis son départ précipité de la ferme, il avait touché à cent métiers et autant de misères. Au cours de ces dix années d'errance, il était devenu un touche-à-tout, une fois maçon, une autre fois barman, et bien souvent à la recherche d'un petit boulot pour survivre tant bien que mal.

Et puis, il y a trois ans, le miracle s'était produit avec une rencontre qui devait le stabiliser socialement. L'homme s'appelait Joseph Benjamin. Il dirigeait une petite entreprise de bois et charbon, rue du Faubourg-du-Temple, à quelques pas de la place de la République.

La première fois qu'il avait croisé le regard de François Breuil, Joseph avait deviné de suite que ce jeune provincial n'était pas banal. Comme lui, il soutenait des idées progressistes et ne jurait que par Jaurès. Les deux hommes étaient sur la même longueur d'onde quant à l'organisation de la société. Ils mettaient toutes leurs espérances dans le socialisme et se nourrissaient d'utopies.

Bien entendu, Joseph Benjamin avait un vécu plus riche que celui de François. Aussi tempérait-il les rêves du jeune Limousin. Plus pragmatique et animé de véritables sentiments d'amitié à son endroit, il décida rapidement de le prendre sous son aile. Et comme François Breuil n'était pas en situation de refuser quoi que ce soit pour gagner sa pitance, il se retrouva à charger et décharger les sacs de charbon et de bois dans les innombrables caves du 10e arrondissement.

Rapidement, il montra son savoir-faire. Fort, intelligent, toujours disponible, il devint rapidement le bras droit du père Benjamin. Jamais encore il n'avait connu une vie aussi belle. Il faut dire qu'il avait le boire et le manger, qu'il était logé par son patron dans une petite chambre aménagée dans une soupente, et qu'il gagnait assez d'argent pour s'offrir quelques plaisirs dans les bals mal famés du quartier de la Bastille.

François Breuil était presque devenu un vrai citadin. Au fil des ans, il s'était fait des amis, avait collectionné les conquêtes et ne pensait nullement retourner un jour vers sa province natale.

Cela était tellement vrai qu'il n'avait même pas daigné faire le déplacement lors du décès de son père. Il n'avait écrit qu'une longue missive à sa mère afin de justifier sa décision. Depuis, il lui avait adressé plusieurs lettres, histoire de prendre des nouvelles de sa santé et de s'informer sur la qualité des récoltes ou le prix de vente de la volaille.

Peu à peu, son cœur s'était éloigné du creuset de ses racines. Trop de choses s'étaient passées, trop de mauvais souvenirs restaient encore accrochés à sa mémoire. Et puis, ce père, l'avait-il seulement aimé ? Il ne conservait de lui que l'image d'un homme rustre, violent. Auprès de lui, il n'avait jamais connu le moindre geste de tendresse. Il avait toujours eu du mal à l'imaginer jeune, séduisant, amoureux de sa mère.

Sa mère ! C'était la docilité, la faiblesse incarnée. Jamais il ne l'avait entendue se plaindre. Elle vivait dans l'ombre de son mari, se satisfaisant de peu, trimant du matin au soir, pareille à une bête de somme.

Le père Breuil n'en avait cure. Il portait plus d'attention à ses vaches qu'à sa femme et à son fils. C'était un personnage dont la renommée n'était plus à faire dans toute la région. Les bagarres qu'il avait provoquées, les filles qu'il avait troussées ne se comptaient plus. Les soirs de bombance, il n'était pas rare de le retrouver dans quelque fossé en train de cuver les litres de vinasse qu'il avait ingurgités.

Mais ce qui alimentait surtout les conversations à Chavignac, voire à Blond ou à Vaulry, c'était l'antagonisme qui régnait entre Firmin Breuil et Charles Vial. Cela avait toujours été. Certains affirmaient même que les deux hommes se détestaient depuis l'école maternelle.

Tout cela était, bien entendu, un peu exagéré. En effet, si Firmin et Charles n'avaient de cesse de se chercher noise, il n'en demeurait pas moins qu'ils savaient toujours se retrouver quand il fallait faire le coup de poing ou quand quelque jupon leur avait tapé dans l'œil.

Car ils sortaient du même moule. L'un comme l'autre avaient été élevés dans un milieu où la morale était très souvent mise à l'écart. Aussi se trouvaient-ils dans l'incapacité de différencier ce qui était autorisé de ce qui était interdit. Ils avançaient dans la vie à l'instinct. En fait, la seule chose qui les séparait, c'était que Vial dirigeait une belle propriété d'une trentaine d'hectares pendant que Breuil devait se satisfaire de ses six hectares de mauvaises terres battues par le vent.

Inévitablement, il y avait de la jalousie dans l'air. Pour un oui ou pour un non, les deux hommes trouvaient toujours prétexte pour se chamailler. C'était la plupart du temps pour pas grand-chose : une histoire de barrière mal fermée, un chemin en mitoyenneté ou une vache qui avait piétiné quelques rangées de blé ou de maïs.

Bref, ces deux personnages atypiques alimentaient les ragots, les rumeurs les plus extravagantes. Pourtant, à une certaine époque, on espéra une réconciliation entre les deux familles. En effet, si ces deux paysans, un brin ragoûtants, étaient peu instruits, ils possédaient tout de même en eux une forme d'intelligence. Disons de bon sens. Et comme l'avenir de leurs propriétés respectives les intéressait plus que tout autre chose, on pensa un instant que les Breuil et les Vial allaient s'unir et que le calme allait enfin revenir sur la petite montagne limousine.

L'initiative d'une telle alliance était à mettre au crédit de Charles Vial. Il faut dire qu'entre un fils totalement immature et une fille dont la laideur n'avait d'égale que la bêtise qui l'habitait, il avait de quoi s'inquiéter quant à sa succession.

Aussi germa en lui l'idée de marier ce laideron avec François Breuil. Même si cela peut surprendre, l'idée n'était pas dépourvue de bon sens. En effet, la partie haute de sa belle propriété jouxtait les terres que possédait ce diable de Firmin. Mais surtout, les six hectares de ce dernier étaient pour la plupart enserrés entre plusieurs parcelles des Vial. Aussi devait-il, pour atteindre ses pacages à brebis et sa belle forêt de chênes et de hêtres dont il était si fier, soit faire un long détour, soit couper par la propriété des Breuil, ce qui provoquait souvent de multiples conflits.

En fait, la préoccupation première de Charles se situait au niveau de sa progéniture. Son fils, Roger, était un beau gaillard doté d'une force peu commune. De taille moyenne, massif, avec des mains épaisses pareilles à des battoirs et un cou de taureau posé entre deux épaules de bûcheron, il était impressionnant. Mais comme si la nature avait eu une faiblesse, son regard inquiétant laissait deviner des absences, une impossibilité à prendre la plus petite initiative.

Lui trouver une épouse n'était donc pas chose aisée. Pourtant, le père Vial s'était dépensé sans compter pour lui dénicher une compagne. Il avait fureté dans tous les villages, les hameaux environnants. Une fois, il était à Lavaud, chez les Dromart, qui avaient une fille pas très jolie mais qui ne rechignait pas à la tâche. Une autre fois, il se retrouvait vers le puy Bouraud, chez les Jamilloux, dont la fille Berthe aurait pu servir d'épouvantail à moineaux.

Eh bien, malgré tout, personne n'en voulait du Roger tant on ressentait chez lui comme un terrible déséquilibre, une violence cachée qui pouvait exploser à tout moment.

Désespéré, le père Vial avait dès lors changé son fusil d'épaule et décidé de trouver à tout prix un époux à sa

Bernadette. Mais là encore, le sujet proposé n'encourageait pas à l'optimisme. Il faut bien admettre que la pauvre fille n'avait rien pour titiller la libido d'un garçon avec son visage ingrat, ses deux yeux toujours larmoyants, cette peau parsemée de petits boutons rougeâtres et ce terrible sourire qui ressemblait, la plupart du temps, à une abominable grimace.

C'est alors que germa en lui l'idée folle d'offrir cette mocheté à François Breuil. Rusé comme un renard, il en toucha d'abord deux mots à son père. Il savait que ce dernier était fort loin de rouler sur l'or. Il vendait bien quelques bêtes, un veau par-ci, un canard par-là, mais sa minuscule propriété ne lui permettait d'offrir à sa petite famille que le boire et le manger. En un mot comme en mille, cette dernière vivait pratiquement en autarcie.

Les deux compères, qui se disputaient depuis des lustres et qui en venaient parfois aux mains, se retrouvèrent soudain sur un terrain où leurs intérêts réciproques se rejoignaient.

Il faut préciser que la proposition de Vial était bigrement alléchante pour le père Breuil. En effet, ce dernier n'avait pas un sou vaillant pour acquérir ne serait-ce que quelques ares supplémentaires de bonne terre, et pas davantage pour augmenter son cheptel. Il avait beau se creuser la cervelle, il se savait condamné à trimer pour pas grand-chose. Disons qu'il ne pouvait que vivoter, sans le plus petit espoir de voir sa condition s'améliorer au fil des ans.

Quant à Vial, il faisait d'une pierre deux coups. D'abord, il voyait sa propriété dépasser les trente hectares et ne plus être morcelée. Mais surtout, en casant enfin sa Bernadette, il pouvait caresser l'espoir de voir cette dernière lui offrir un ou plusieurs descendants qui prendraient la relève et feraient de cette terre un magnifique domaine dont tout le pays parlerait avec le plus profond respect, voire avec admiration.

Les deux vieux paysans se rencontraient tous les quatre matins. Sans en toucher un mot à leur entourage, ils inventaient un scénario qui ne pouvait laisser place à aucune contestation. Souvent, ils se retrouvaient chez le père Justo qui tenait un petit café minable à la sortie de Chavignac. Là, des heures durant, ils parlaient de leur terre, des semences, des rendements, tout en ingurgitant plusieurs litres d'un affreux pinard qui ne faisait qu'aggraver le délire dans lequel ils s'étaient enfermés.

Cela dura plusieurs semaines. Et puis, un jour, ils décidèrent qu'il fallait en finir, qu'il était grand temps d'avertir les familles, et en particulier cette pauvre Bernadette et François, qui était fort loin de se douter de ce que lui avait réservé son ivrogne de père.

Charles Vial ne rencontra aucun obstacle particulier. Face à ses arguments, ce n'était pas Marguerite, sa femme, et sa triste progéniture qui se trouvaient en mesure d'émettre la moindre réserve. Marguerite était sous son influence depuis bien trop longtemps pour contester son choix. Quant à Roger et Bernadette, ils avaient toujours obéi au doigt et à l'œil à leur père.

Durant une soirée entière, la mère Vial ne pipa mot. De temps à autre elle hochait seulement la tête, de haut en bas, de bas en haut, pour bien montrer combien elle approuvait cette union qui, après tout, s'inscrivait presque dans l'ordre naturel des choses.

Comme à son habitude, Roger Vial semblait totalement absent. Il paraissait être perdu dans un ailleurs. Le regard vitreux, le visage animé par quelques tics qui montraient combien le personnage était fragile, il n'émit pas le plus petit commentaire, un peu comme si cette histoire ne le concernait pas.

Quant à Bernadette, il était clair que le cadeau que lui offrait son père dépassait tout ce qu'elle avait pu imaginer. Vous pensez ! Se retrouver avec la bague au doigt se présentait déjà comme une chose inespérée, car elle n'était pas totalement idiote, la fille Vial. Quand il lui arrivait de se regarder dans la glace, cette dernière lui renvoyait une image qui la glaçait d'effroi. Et ce n'était pas les encouragements de sa mère qui pouvaient changer quoi que ce soit au désespoir qui l'habitait.

Et voilà qu'on lui parlait d'un mariage avec François Breuil. Alors, tout en écoutant les explications tarabiscotées de son père, elle se demandait si tout cela était bien réel, si elle n'était pas en train de rêver. Elle allait bientôt devenir la promise du beau François, il y avait là de quoi lui mettre la tête à l'envers.

Dès lors, subitement, sa libido se retrouva en effervescence. Et pendant que le père Charles parlait des prés, des champs et de rendements à l'hectare, ses fantasmes la conduisaient dans les bras de celui qui allait bientôt partager sa couche. Ce que la pauvre fille ignorait, c'est qu'à la ferme du Puychaud, les choses étaient loin de se passer comme le père Firmin les avait prévues.

Pourtant, il avait fait un gros effort afin de ne pas braquer son fils. Il était assez réaliste pour comprendre que lui proposer Bernadette Vial relevait presque de la provocation. Cela était d'autant plus vrai que François collectionnait les conquêtes. A vingt ans, peu pressé de trouver l'âme sœur, il papillonnait aux quatre coins de la région. Séduisant, charmeur, rares étaient les jeunes paysannes qui se trouvaient en mesure de lui résister. Aussi était-il risqué de lui parler de la fille Vial, même si, en contrepartie, il voyait son avenir assuré.

Rapidement, la discussion dégénéra. Les deux hommes en vinrent aux pires injures, sous le regard apeuré de la mère Breuil qui se demandait si elle n'était pas en train de vivre un véritable cauchemar. Firmin avait beau taper du poing sur la table, hurler qu'on devait lui obéir, proférer une longue litanie de jurons, François n'en démordait pas : jamais il n'épouserait cette Bernadette qui ressemblait aux gargouilles de l'église de Chavignac.

Devant l'obstination de son fils, le père Breuil perdit tout à coup son sang-froid. Voyant ses rêves s'envoler, il se leva, fit le tour de la table et se rua sur François, la bave aux lèvres, le visage décomposé par la colère qui grondait en lui.

C'était la première fois que les deux hommes en venaient aux mains. Ce qui se passa, ce jour-là, à la ferme du Puychaud, allait s'avérer lourd de conséquences. En effet, après une empoignade qui ne dura que l'espace de quelques secondes, François se dégagea et asséna à son père une paire de gifles qui firent choir ce dernier sur le dallage de la salle commune.

Rien n'était en mesure de réparer un tel geste. Désormais, François devait admettre combien sa présence à la ferme relevait de l'impossible. Les quelques liens qui l'unissaient encore à son père s'étaient définitivement rompus. Tout cela allait se traduire par un exil volontaire de plus de dix années. Et même la disparition du père Firmin, il y a trois ans, ne l'avait pas fait revenir sur sa décision de ne plus jamais remettre les pieds en Limousin.

Il avait fallu le décès subit de sa pauvre mère et une lettre du notaire de Chavignac pour le décider à revenir au pays. Aujourd'hui, il était planté devant la ferme, immobile, n'ayant de cesse de parcourir du regard la maison d'habitation, la grange, l'étable et cette grande remise où il aimait se réfugier quand il était enfant.

Soudain, il se ressaisit. Il respira profondément et se dirigea vers la demeure familiale dans laquelle il appréhendait de ne retrouver que quelques tristes souvenirs d'un temps passé qu'il avait cru pouvoir occulter à jamais.

II

Rien n'avait véritablement changé. Quand il pénétra dans la salle commune, cette dernière était déserte. Il avança de quelques pas. Le silence était total, oppressant. Pourtant, plusieurs indices témoignaient d'une présence récente.

Sur la grande table qui trônait au centre de la pièce, deux bols et un pain de seigle prouvaient qu'un petit-déjeuner avait été partagé par deux personnes, il y a peu de temps.

François tourna la tête sur sa gauche. La grande étagère sur laquelle on déposait les tourtes était toujours là. Juste au-dessus, accrochés à une poutre du plafond, un petit crucifix et les images pieuses représentant la Sainte Vierge et sainte Thérèse de Lisieux étaient recouverts par une fine pellicule de poussière. Au fond de la salle commune, une vaste cheminée était flanquée de deux archabans et encombrée de vieilles marmites à pieds.

Les différents meubles qui habillaient la pièce étaient là depuis plusieurs générations de Breuil : la maie dans laquelle on entreposait le beurre et le fromage, l'armoire monumentale dont les étagères étaient garnies de bocaux remplis de pâtés, de confits, et le beau vaisselier, orné de quelques jolies assiettes en porcelaine de Limoges, qui datait de la nuit des temps.

Oui, décidément, chaque meuble était resté à sa place. Rien n'avait été modifié depuis dix ans. Il reconnaissait bien là le souci constant de sa mère qui n'avait de cesse de cirer, de frotter, afin de rendre convenable ce petit intérieur paysan.

Cela provoquait souvent la colère de son mari qui supportait difficilement de se plier aux manies de sa femme. Mais, au fil du temps, il s'était peu à peu habitué à quitter ses sabots avant de pénétrer dans la salle commune.

Soudain, François Breuil éprouva comme un sentiment de culpabilité. Il s'en voulait de n'être par revenu au pays après le décès de son père. Oh ! bien sûr, il ne manquait jamais d'écrire de longues lettres à sa mère, et même de lui adresser quelque argent afin d'améliorer son ordinaire.

Bien des fois, il avait été tout près de prendre le train qui l'aurait conduit vers son Limousin natal. Mais il trouvait toujours une excuse, un prétexte pour rester dans la capitale, auprès de ses amis ou de quelque jolie créature qui lui avait tourné la tête.

Aujourd'hui, la demeure était vide, et l'absence de sa mère faisait remonter en lui des tas d'images de son enfance, de son adolescence. Aussi loin qu'il pouvait se souvenir, celle-ci lui était toujours apparue comme une pauvre femme dévouée corps et âme à son tyran de mari. Son existence n'avait été qu'un long calvaire. Entre le père Firmin, dont la violence n'avait d'égale que les litres de pinard qu'il avalait chaque jour, et le terrible travail de la terre, elle n'avait jamais connu le moindre petit bonheur, en dehors de la naissance de son fils. Malgré son dur labeur journalier, elle avait toujours été une mère attentive, affectueuse. François était pour elle le seul être avec qui elle pouvait espérer partager quelques moments de tendresse.

Tout à ses pensées, il ne prêta aucune attention à la porte qui venait de s'ouvrir en grinçant. Il ne se retourna que lorsqu'il sentit un petit air frais lui caresser la nuque, mais il ne reconnut pas tout de suite le nouvel arrivant. Il faut dire qu'avec toutes ces années, Etienne Morizot était devenu un petit vieux pratiquement méconnaissable.

François s'approcha de lui et posa ses deux mains sur ses épaules.

— Mon père Etienne ! Tu es donc resté fidèle au Puychaud ? demanda-t-il avec une forte émotion dans la voix.

— Mais, mon grand, tu imagines ta pauvre mère toute seule ? Mais comment aurait-elle fait pour travailler la propriété, Ah ! j'aurais voulu voir ça ! Ma place était auprès d'elle, un point c'est tout ! répliqua Morizot.

François l'entraîna vers la cheminée et l'invita à s'asseoir.

— Raconte ! Dans ses dernières lettres, elle ne m'a jamais parlé d'une quelconque maladie. Bien au contraire. Elle se disait toujours solide. Etienne, que s'est-il passé ?

— C'est vrai qu'elle était solide. Ah ! fallait la voir nettoyer l'étable et conduire les bêtes dans les pacages. Bien sûr, elle n'avait plus la même énergie qu'il y a quelques années. Mais personne n'aurait pu penser qu'elle nous quitterait aussi vite.

Le père Morizot enleva sa casquette qu'il posa sur ses genoux.

— Elle nous a quittés sans préavis. Elle est tombée ici même, de suite après la soupe du soir. Ah ! doux Jésus ! Je n'oublierai jamais cette image ! ajouta-t-il, visiblement ému.

Le silence s'était fait dans la pièce. Les deux hommes paraissaient perdus dans leurs pensées. Soudain, François se leva et alla chercher deux verres et une bouteille de vin rosé qui traînait sur la table.

— Je m'en veux ! Il y a quelques mois, j'étais à deux doigts de descendre au pays. Et puis le temps a passé. Aujourd'hui, j'arrive dans une maison qui est habitée par des fantômes.

Il avala une gorgée de vin et se pencha vers Etienne.

— A la réflexion, je me demande si elle ne s'est pas tuée au labeur. Mais comment faisiez-vous pour entretenir la propriété, pour vous occuper du cheptel ? Et je ne parle pas de la fenaison et de la moisson !

Le père Morizot se redressa. Il passa une main sur sa moustache où s'étaient accrochées quelques gouttelettes de vin.

— Mais ta mère ne t'a donc rien dit ?

— A quel sujet ?

— Mais au sujet de l'aide que nous apporte Jeanne Maillot, la patronne de la ferme de la Malterre. Ah ! nom de Dieu ! Sans elle, cela ferait belle lurette qu'on aurait tout laissé en friche.

Les Maillot du hameau de la Malterre. Bien entendu, François se souvenait d'eux. Mais depuis son départ, bien des bouleversements avaient eu lieu. Et cette Jeanne dont parlait Etienne, il avait beau réfléchir, il n'arrivait pas à lui donner un visage.

— Mais qui est cette femme dont tu me parles ?

Le père Morizot leva les bras au ciel, comme s'il avait été étonné de l'ignorance de François.

— Mais c'est la veuve au Marius. Ah ! quelle tristesse ! Quand tu penses que ce dernier nous a quittés, il y a quatre ans, en pleine fleur de l'âge. Et tout ça bêtement, au cours d'une chasse au sanglier. Ah ! on peut dire que ça a fait du bruit dans tous les monts de Blond ! Tu penses ! C'est le René Bonnemaison qui l'a tiré ! Bref, un accident comme il s'en produit de temps à autre.

— Et le père et la mère Maillot ? Avec ce pauvre Marius comme fils unique, ils ont dû en prendre un sacré coup, eux qui ne juraient que par lui ?

Etienne Morizot s'extirpa de sa chaise. D'une main légèrement tremblotante, il saisit la bouteille et se servit un plein verre de vin, à ras le col.

— Mais mon pauvre François, le père et la mère Maillot ont cassé leur pipe il y a longtemps ! Bon d'la ! Ils se sont suivis à deux mois près. Faut croire qu'ils ne pouvaient pas vivre l'un sans l'autre.

Les deux hommes avaient rejoint le centre de la salle commune. Le fils Breuil ne savait trop que penser.

Décidément, et contrairement à ce qu'il avait cru deviner quand il était arrivé à la ferme du Puychaud, bien des drames s'étaient produits depuis son départ, même si les monts de Blond possédaient toujours ce charme indéfinissable.

Alors qu'il était sorti sur le pas de la porte, il ne savait où poser son regard tant il aimait cette campagne faite de vallonnements, de champs cabossés, de chemins creux qui conduisaient souvent vers de nouvelles découvertes. Il se tourna en direction de Morizot.

— Cette Jeanne Maillot, elle ne doit pas être du pays ? Elle vient d'où ?

— Elle est du pays d'Ambazac. Je crois savoir que sa famille possède une propriété au hameau des Vergnes.

— Très bien ! Mais pour quelles raisons a-t-elle décidé de venir vous prêter main-forte, insista François.

Etienne se planta devant le fils Breuil.

— La réponse est simple. C'est une jeune femme qui a un cœur gros comme ça. Et puis, elle adorait ta mère.

Il ne tarissait pas d'éloges sur la veuve. Comme s'il eût voulu rafraîchir la mémoire de François, il faisait un long rappel de ce que représentait la famille Maillot. Bavard comme il n'est pas permis, il décrivait la propriété de la Malterre en long et en large.

Et il avait de quoi faire, le père Morizot. Il est certain que la Malterre avait toujours fait des envieux. Située à un bon kilomètre de la ferme du Puychaud, elle s'étendait sur plus de vingt hectares. Elle avait toujours été une référence. Il faut dire que les Maillot n'étaient pas des paysans ordinaires. Modernes, ils s'intéressaient à tout ce qui touchait aux nouvelles techniques agricoles.

Dans un monde où la mécanisation était encore à venir, ils avaient investi dans quelques machines que certains autochtones ne manquaient pas de qualifier de diaboliques. Ainsi, ils avaient acquis une sorte de râteau-faneur assez compliqué dont le maniement n'était pas à la portée de tout le monde. Dans le même esprit, ils avaient installé l'eau courante à l'aide d'une pompe que le père Maillot avait dénichée chez un ferrailleur de Limoges.

C'était une famille sans histoire. Dans toute la contrée, on ne lui connaissait aucun ennemi déclaré. Il va de soi que leur réussite faisait tout de même naître quelques jalousies. A une époque où le monde paysan vivait presque en totale autarcie, où on s'échinait durant toute une vie pour seulement assurer sa subsistance, il n'était pas courant de voir une famille se singulariser à travers l'achat de nouveau matériel agricole, sans parler du confort de la maison qui les faisait ressembler à des bourgeois de province.

Pour dire la vérité, la réussite des Maillot était largement méritée. Car c'était des travailleurs qui ne comptaient par leurs efforts. Il était rare de voir un des membres de la famille traîner dans les rues de Chavignac, et encore moins dans quelque estaminet des villages des monts de Blond.

Ainsi, quand Marius convola en justes noces avec Jeanne Delfosse, tout le monde pensa que la pauvre fille n'était qu'au tout début d'un long calvaire. Personne, dans toute la région, n'aurait parié un centime sur l'avenir d'une union qui ne pouvait conduire qu'à la catastrophe.

Ces réactions pouvaient parfaitement s'expliquer tant les Maillot étaient réputés ne vivre que pour leur terre. Rares étaient les jours où ils restaient les doigts de pied en éventail. Chez eux, il n'était pas question de respecter le jour du Seigneur ou une fête religieuse. La terre seule commandait le rythme des journées qui étaient souvent loin de s'arrêter au soleil couchant.

Contrairement à ce que beaucoup avaient prévu, et parfois souhaité, Jeanne se montra de suite à la hauteur de sa nouvelle famille. Grande, svelte, cette jolie blonde ressemblait davantage à une citadine qu'à une paysanne. En fait, elle cachait son jeu. Sous une apparence fragile se dissimulait une énergie peu commune. Infatigable, elle étonnait même le père Maillot qui, pourtant, en avait vu d'autres.

Malgré tout, elle ne perdait rien de sa féminité. Coquette, sachant s'habiller élégamment avec de simples nippes dénichées on ne savait où, elle mariait la grâce à un courage jamais pris en défaut.

En fait, tout était en place pour une existence heureuse. Marius était un bon mari, sans une once de méchanceté. Bien sûr, il n'avait pas inventé le fil à couper le beurre, mais il ne buvait pas, ne courait pas les filles et savait honorer sa femme quand le besoin s'en faisait sentir.

Et puis tout s'accéléra. On eût dit que le malheur s'était abattu sur la famille. D'abord, ce furent le père et la mère Maillot qui disparurent, emportés tous les deux par une maladie dont on ne savait pas grand-chose. Au point que le bon docteur Marchadier, de Blond, n'hésita pas à la qualifier de mystérieuse. Et puis, comme si cela n'était pas suffisant, survint ce terrible accident de chasse.

Sur le coup, personne n'imagina un seul instant la belle Jeanne en état de diriger la propriété. Elle avait beau posséder d'indéniables qualités, commander les commis et savoir prendre les bonnes décisions, c'était une tout autre histoire.

Eh bien, après avoir digéré son terrible chagrin, Jeanne fit la démonstration que rien ni personne n'était en mesure de la rebuter. Comme si cela allait de soi, elle fit preuve d'une autorité, d'un charisme qui confondit rapidement ses pires détracteurs.

Elle restait femme mais montrait souvent l'exemple avec une pugnacité qui faisait l'admiration des deux employés agricoles qui travaillaient à ses côtés. Elle était au four et au moulin, travaillait dans les champs, s'occupait de la cuisine, de la basse-cour, et trouvait encore le moyen de rendre visite à Antoinette Breuil, avec qui elle s'était liée d'amitié.

Les deux femmes étaient pourtant fort différentes. D'abord, elles n'appartenaient pas à la même génération. Et puis Jeanne Maillot était une personne qui avait tout de même fait quelques études. En outre, elle avait voyagé et s'était même offert un assez long séjour chez une tante maternelle qui habitait Paris.

La mère Breuil, quant à elle, n'avait jamais quitté son Limousin natal. Elle était toujours restée accrochée au granit de sa montagne. Elle n'avait abandonné la ferme que pour faire quelques modestes emplettes à Cieux ou à Vaulry.

Malgré tout ce qui les séparait, les deux femmes avaient quelque chose en commun : le travail de la terre. L'une comme l'autre éprouvaient un amour fou pour cette glèbe que leurs familles travaillaient depuis la nuit des temps. Pourtant, elles auraient pu en vouloir à cette sale garce qui ruinait la santé des plus solides et les faisait vieillir avant l'âge. Mais c'était une véritable passion qui les envahissait jusqu'à l'âme. Et avec la mort du père Breuil, elles s'étaient encore plus rapprochées. Pour un oui ou pour un non, Jeanne quittait la ferme de la Malterre et prenait la route qui la conduisait vers les hauteurs du Puychaud.

Elle s'occupait de tout. Et la mère Breuil avait beau lui faire remarquer qu'elle avait assez de charge avec sa propriété, elle n'en faisait qu'à sa tête. Elle était toujours présente pour épauler Etienne. Un jour, c'était pour la traite, la conduite des bêtes dans les prairies, un autre jour, c'était pour l'aider à rentrer le bois ou tout bonnement pour biner d'interminables rangées de pommes de terre.

Bref, elle était omniprésente à la ferme du Puychaud. Au point que cela faisait jaser dans tout le voisinage. On s'interrogeait sur le pourquoi de la chose ! Et même si la veuve Maillot avait toujours été considérée comme une belle âme, il n'en demeurait pas moins que ça en intriguait quelques-uns.

Pour certains, il y avait du louche là-dessous. Ils étaient persuadés que la belle fermière ne se brisait pas l'échine pour les beaux yeux de la mère Breuil. Avec leur esprit tordu, ils voyaient derrière tout ça une mainmise sur les six hectares de terre de la ferme du Puychaud.

Et ils avaient de solides arguments, les bougres ! Car après tout, moins de cent mètres séparaient certaines parcelles des deux propriétés. Et puis, il fallait bien admettre que la mère Antoinette était à bout de souffle. Depuis le décès du père Firmin, elle avait un peu perdu la tête. Quant à Etienne Morizot, il n'était plus que l'ombre de lui-même. Après toutes ces années passées à retourner cette terre ingrate, il avait beaucoup perdu de son allant.

Mais ils avaient beau jacasser, commenter ceci, critiquer cela, Jeanne continuait à se dépenser sans compter. Et rien ne laissait prévoir un changement d'attitude de sa part. Devant tant de bonté, de générosité, on en était arrivé à reconnaître que cette femme n'était pas une personne ordinaire. Alors, peu à peu, les mauvaises langues s'étaient tues. On s'était habitué à la voir arpenter le chemin qui reliait les deux propriétés. Disons que le sujet était devenu si ordinaire qu'il n'intéressait plus que quelques pipelettes en mal d'informations.

François Breuil connaissait tout, ou presque, de Jeanne Maillot. Le soir même, il avait pris la route qui conduisait vers le petit cimetière de Chavignac où reposait sa mère. Il s'était longuement recueilli devant le caveau où plusieurs générations de Breuil reposaient. Il eut une pensée particulière pour ses grands-parents paternels qui lui avaient laissé le souvenir de braves gens dont la pauvreté n'altérait en rien la tendresse qu'ils lui avaient toujours manifestée.

En remontant vers le Puychaud, il s'attarda un instant à l'intersection du chemin qui plongeait vers le hameau de la Grande Besse, ou qui montait vers la ferme familiale. Son regard parcourut l'immensité boisée qui s'étendait jusqu'au pied de la montagne. Sur la droite, une vaste étendue de terres labourées, de belles prairies, encerclait les grands bâtiments que formait la ferme de la famille Vial.

Rapidement, il reprit la route au milieu d'une nature que le soleil écrasait encore, comme si le printemps désirait rattraper le temps perdu au cours des longs mois passés sous la neige et dans le froid glacial du terrible hiver.

Quand il arriva à la ferme, elle était là. Malgré la description que lui en avait fait Etienne, elle lui apparut fort différente de ce qu'il avait imaginé. Grande, élancée, elle était vêtue simplement, comme toutes les paysannes de la région. Malgré tout, il y avait chez elle comme une élégance naturelle. Et puis il y avait ce beau visage au teint pâle, presque laiteux, et ces longs cheveux blonds qu'elle avait peignés en chignon. Mais ce qui retenait surtout l'attention, c'était son regard, d'un bleu transparent, qui respirait la joie de vivre. D'ailleurs, elle regardait François avancer vers elle avec un sourire discret accroché aux lèvres, comme si la venue du fils Breuil l'avait remplie d'une joie contenue.

Elle était plantée devant l'étable. François s'approcha d'elle et, instinctivement, enleva sa casquette dont les rebords étaient déjà recouverts de sueur.

— Je suis François Breuil. Je reviens du cimetière, mais je ne m'attendais pas à ce que la chaleur soit si forte. Je suppose que vous êtes Jeanne Maillot ?

— Oui, je suis bien Jeanne Maillot. Votre maman m'a très souvent parlé de vous. Pour dire la vérité, je vous imaginais moins grand. Enfin, c'est l'image que j'avais de vous après les multiples descriptions faites par madame Breuil.

Ils s'étaient retrouvés dans la salle commune et discutaient de choses et d'autres. Jeanne Maillot décrivait les derniers jours de la mère Breuil et exposait la situation de la propriété. Et cette dernière n'était pas particulièrement brillante. En effet, malgré toute sa bonne volonté, beaucoup de champs se trouvaient à l'abandon, et un certain laisser-aller était visible tant dans l'entretien du modeste cheptel que dans celui des clôtures ou des chemins creux qui menaient vers les pacages.

Jeanne s'était levée et faisait réchauffer un reste de café sur la vieille cuisinière à bois. Elle allait et venait dans la pièce, un peu comme si elle avait été chez elle. On voyait bien qu'elle avait pris ses marques dans cette maison où elle était accueillie chaque jour. Elle servit le café et vint s'installer en face du fils Breuil.

— Qu'avez-vous décidé ? Si vous repartez, il va vous falloir vendre le cheptel, la basse-cour, et peut-être même les bâtiments et les six hectares de terre.

Elle avait dit ça calmement, avec tout de même une émotion qui se devinait à travers le timbre de sa voix.

François Breuil ne répondit pas immédiatement. La question posée par Jeanne semblait l'avoir fragilisé. Il était pensif. Lentement, il roula une cigarette et ne releva la tête que lorsqu'il eut adressé un petit nuage de fumée vers les poutres noircies du plafond.

— Je ne sais pas encore. J'ai besoin de réfléchir, de retrouver ce pays qui m'est devenu un peu étranger.

Il avala une gorgée de café et se pencha vers Jeanne Maillot.

— Dans tous les cas, je crois que je vais avoir besoin de votre aide.

III

François Breuil avait le sentiment d'être arrivé au bout du monde. Sa longue absence l'avait complètement coupé des réalités d'un pays où pourtant plongeaient ses racines.

Dès le premier soir, il avait ressenti combien la vie était tout autre dans ce coin perdu du Limousin. Etrangement, il avait gommé de sa mémoire les mille et un petits détails qui ponctuaient l'existence du monde paysan. Par exemple, il avait été surpris de retrouver une soupe fumante sur la table de la salle commune. Celle-ci avait été ramenée par Jeanne Maillot. A table, en compagnie du vieil Etienne, les mets proposés étaient là pour lui rappeler qu'ici tout était différent.

Il se retrouvait bien loin de la vie trépidante qu'il connaissait à Paris. Terminés les petits repas pris dans le quartier de la République ou de la Bastille. Ici, les gros pains de seigle remplaçaient la baguette, et la table était encombrée des produits de la ferme : du jambon de pays, des fromages de chèvre, du fromage blanc, et aussi ce vieux pinard abominable que le père Morizot ingurgitait goulûment tout en poussant de petits grognements de satisfaction.

Mais ce qui le surprenait surtout, c'était le silence. Cela faisait bien longtemps qu'il ne s'était retrouvé dans une atmosphère aussi étrange. Une fois que la nuit eut enveloppé la campagne, il avait rejoint sa chambre et avait pris place sur le rebord de la fenêtre.

Malgré l'obscurité, il pouvait deviner les longues pentes boisées, les lumières qui scintillaient dans les hameaux isolés. Il s'imprégnait surtout de ce silence qui n'était violé que par le vol et les cris de quelques oiseaux nocturnes.

Il resta ainsi longtemps, comme s'il eût désiré s'imprégner de toutes ces senteurs, de tous ces parfums mêlés que drainait une légère brise du sud.

La nouvelle du retour du fils Breuil s'était propagée comme une traînée de poudre. En quelques heures, tous les villages et tous les hameaux des monts de Blond étaient au courant de sa présence à la ferme du Puychaud. Alors, comme il se doit, les commentaires fusaient de toutes parts sur le devenir de la petite propriété.

Pour la plupart, il était clair qu'il n'était descendu de Paris que pour brader la ferme. Ils ne pouvaient penser un seul instant qu'il resterait au pays après une si longue absence. Et d'ailleurs, pour quoi faire ? Car, de toute évidence, il était devenu un homme de la ville. Il s'était probablement habitué à une vie facile. Alors comment l'imaginer en train de labourer, de semer, de s'épuiser pour presque rien lors des durs travaux de la fenaison et de la moisson ?

Mais ceux qui se sentaient particulièrement concernés par le retour de François, c'était bien les Vial. Dans leur ferme de la Grande Besse, la nouvelle avait fait l'effet d'une véritable bombe. Ils avaient appris ça par la bouche même de la mère Chalumeau. Cette dernière habitait une vieille masure à deux pas de chez les Vial. Quand on lui avait rapporté que le fils Breuil avait été vu se dirigeant vers le cimetière de Chavignac, elle avait ressenti comme une sorte d'immense jouissance et s'était immédiatement précipitée chez ses voisins.

Car le temps avait eu beau passer, tout le monde se souvenait encore de l'affront infligé à Charles Vial avec le refus de François d'épouser la Bernadette. Aujourd'hui encore, on se rappelait ses colères et les terribles altercations qui l'avaient opposé au Firmin Breuil. A un moment donné, on pensa même que toute cette histoire allait se terminer en drame.

Alors c'était un peu le branle-bas de combat dans la grande salle commune des Vial. Ils étaient tous réunis autour de l'immense table de chêne, et tous avaient le regard tourné vers le vieux Charles qui trônait, le buste droit, visiblement étonné par ce qu'il venait d'apprendre de cette vieille langue de vipère de mère Chalumeau.

Pourtant, en dix années, bien des bouleversements s'étaient produits chez le fermier de la Grande Besse. En effet, à défaut de pouvoir offrir un mari à sa Bernadette, Charles avait réussi le tour de force de dénicher, enfin, une compagne pour son grand benêt de fils.

Mais il avait dû manger son chapeau. Que voulez-vous ! Il avait toujours espéré trouver une fille bien comme il faut, courageuse, possédant une dot confortable. Mais, désespéré de ne pas rencontrer une seule femelle disposée à partager sa vie avec le Roger, il avait fait contre mauvaise fortune bon cœur et avait accepté une certaine Marie Chaulet, du hameau de Banèche.

Il faut croire qu'il se trouvait aux abois, le père Vial, car accepter que la fille Chaulet entre dans la famille n'était pas sans risque. En effet, cette dernière avait une réputation pour le moins sulfureuse. Elle était connue à cent lieues à la ronde. A vingt-quatre ans, cette belle plante possédait un palmarès qui aurait pu faire rougir quelques grandes putains.

Il faut reconnaître qu'elle avait de qui tenir. Sa mère, la Germaine, avait toujours été considérée comme une femme vénale. Elle collectionnait les aventures sans trop se soucier du qu'en-dira-t-on, et encore moins des scènes de colère de l'Eugène, son pauvre cocu de mari.

Marie était le portrait craché de sa mère. Petite, menue, son aspect maladif cachait en réalité une force de caractère hors du commun. Nymphomane, elle était dotée d'un charme qu'elle utilisait au gré de ses fantasmes, et aussi de ses intérêts.

Elle avait eu tant de liaisons, vécu tant d'aventures amoureuses, qu'elle aurait été bien incapable d'en dresser le bilan. Elle ne vivait que pour le sexe et par le sexe. Durant ces périodes qu'elle qualifiait de « sentimentales », elle n'hésitait pas à s'amouracher d'un homme venu du « petit peuple ». Dans ces cas-là, peu lui importait si le compagnon choisi était en mesure de lui offrir ne serait-ce que le gîte et le couvert. Elle se donnait, s'abandonnait pour le seul plaisir de la chair. C'était alors des nuits de folie où cette garce, jamais rassasiée de jouissance, ne disparaissait que lorsque son partenaire, vaincu, s'abandonnait enfin dans les bras de Morphée.

Mais survenaient aussi ses périodes mercantiles. Car il fallait bien vivre, s'habiller, s'offrir quelques bijoux, voire se payer un petit séjour à Limoges. Terriblement charmeuse, aguicheuse, elle jetait alors son dévolu sur des bourgeois, des notables de Cieux, de Chamboret ou de Mortemart.

Dès lors, elle ne faisait pas dans la dentelle et ne s'occupait guère de l'âge de ses soupirants. La seule chose qui comptait à ses yeux, c'était leur compte en banque et leur générosité.

Et elle en avait ponctionné quelques-uns. C'est qu'ils craquaient, ces vieux, ces bedonnants, ces messieurs de la bonne société qui avaient pignon sur rue. Avec son adorable petite gueule, son corps de reine, elle aurait fait bander tous les saints du monde. Aussi avait-elle brisé pas mal de ménages. Mais cette diablesse en jupon, cette peste provocatrice n'en avait cure. Femme libre avant l'heure, elle se délectait des rumeurs qui couraient sur son comportement scandaleux.

Malgré tout, et en dépit des réserves de sa femme, elle allait être choisie par Charles Vial en personne. Car c'est le patriarche de la Grande Besse qui prit la décision d'en faire sa belle-fille. Il ne demanda l'avis à personne, ni à Marguerite, ni à Bernadette, et pas davantage à Roger qui, de toute façon, ne comprenait jamais rien des idées bizarres qui alimentaient le cerveau un brin dérangé de son père.

Il faut convenir qu'il fallait une certaine dose de culot pour oser faire rentrer cette dévergondée dans la famille. Mais le vieil homme avait-il un autre choix ? Après le refus de François Breuil d'épouser Bernadette et ses tentatives désespérées afin de dénicher une épouse pour son imbécile de fils, il était prêt à tout. Même au pire.

Et le pire arriva. Dans un premier temps, le choix du père Vial déclencha un véritable scandale. Car même si les Vial n'avaient jamais été considérés comme des gens sans reproches, cette union se présentait presque comme une véritable provocation.

Des mois durant, on ne parla que de ça. Beaucoup se demandaient si le vieux n'avait pas perdu la tête. On essayait de trouver une explication à ce choix qui dépassait l'entendement. On se perdait en supputations, en hypothèses absurdes. On tentait de comprendre ce qui avait pu le pousser à choisir cette fille, cette putassière dont la renommée n'était plus à faire. Mais on avait beau se creuser la cervelle, imaginer les scénarios les plus extravagants, on ne trouvait rien qui aurait pu expliquer la décision incroyable de Charles Vial.

Et pour cause ! Car pour comprendre le vieux fermier de la Grande Besse, il eût fallu connaître le fonctionnement du personnage. Or, celui-ci était des plus compliqué. Il ne réagissait jamais comme le commun des mortels. Chez lui, il existait toujours une réflexion pragmatique qui faisait fi de tout sens moral.

Fidèle à lui-même, il avait décidé de gommer le passé de Marie Chaulet. Peu lui importaient les ragots des dames patronnesses et de quelques pisse-froid dont il n'avait que faire. La seule chose qui occupait son esprit, c'était que cette grande baiseuse allait lui offrir de magnifiques petits-enfants. Et au diable les langues de vipère qui pronostiquaient le cocuage rapide du fils Vial.

Cela faisait déjà cinq années que ce dernier et Marie avaient été unis pour le meilleur, et surtout pour le pire. Au début, on eût pu croire que le miracle s'était produit. En effet, Roger était follement amoureux de cette créature qui lui avait fait découvrir les mille et un secrets de l'amour.

Jamais ce grand nigaud n'avait connu pareille chose. C'était des nuits torrides qui le laissaient exsangue, sans force, quand le père Vial l'appelait en vain pour la première traite des vaches.

Un moment, on craignit même pour sa santé. Il avait beau se gaver d'entrecôtes, de cochonnailles, et avaler des litres et des litres de pinard, il était dans l'incapacité d'assouvir l'énorme libido de sa femme tout en secondant son vieux père dans les pénibles travaux des champs.

Peu à peu, il se replia sur lui-même. Oh ! il honorait bien Marie de temps à autre, mais c'était davantage par mesure d'hygiène que par plaisir. Il avait trop baisé, trop plié devant les exigences de cette malade. Désormais, tout ce qui touchait au sexe était ressenti par lui comme une chose répugnante. Déjà fragile des neurones, il s'abandonna dès lors aux bons soins de sa mère et de sa sœur, qui maudissaient cette grande putain qui avait fait du Roger une sorte de légume, un pauvre hère totalement introverti.

Sans plus tarder, le vieux Charles prit la relève. En fait, il n'attendait que ça. Chaque fois qu'il voyait passer sa belle-fille, il sentait monter en lui un désir qu'il avait bien du mal à canaliser. Cette salope lui avait mis les sens en ébullition. Lui qui n'était pas un rêveur, qui s'était toujours satisfait de sa bonne Marguerite et de quelques filles de ferme faciles à basculer dans le foin, se mettait soudain à fantasmer.

Il passait ses nuits à imaginer son couillon de fils en train de sauter cette fille au cul aussi chaud qu'un four à pain. Alors, quand il vit Roger abandonner le combat, faute de munitions, il sut que son heure était enfin arrivée. Ah ! comme toujours, il ne prit pas de gants pour annoncer à la belle Marie qu'il prenait la relève. D'ailleurs, cela n'aurait servi à rien tant cette dernière était toujours disponible.

Cela faisait maintenant trois années que Charles Vial était l'amant de sa bru. Personne n'ignorait cette relation. Bien entendu, la famille avait rapidement découvert le pot-aux-roses. Dans un premier temps, Roger s'était emporté, avait même menacé son père. Mais le vieux l'avait rapidement calmé en l'assommant avec un manche de pioche. Quant à la mère Vial et à Bernadette, elles n'avaient rien trouvé à redire tant elles redoutaient les colères, voire la terrible violence qu'aurait pu déclencher la moindre de leurs critiques.

Au fil du temps, la famille Vial avait retrouvé une sorte d'harmonie, presque de sérénité. Le père Charles carambolait toujours Marie. Mais la chose était devenue tellement banale qu'elle ne contrariait plus personne. La mère Vial et sa fille ne s'en plaignaient guère, vu que les galipettes du vieux calmaient ses nerfs et le rendaient davantage accessible, presque humain. Quant à Roger, il travaillait pareil à une bête. Devenu taciturne, il passait souvent par de longues périodes de silence qui intriguaient de plus en plus son entourage.

De son côté, Marie trouvait tout de même l'occasion de s'offrir quelques extra. Au cours de ces dernières années, elle avait eu diverses aventures, mais sans lendemain. Vu son tempérament, elle était tout à fait excusable, la pauvre ! Car le père Charles avait beau être vaillant, sa santé était mise à rude épreuve. Pourtant, il s'activait, faisait preuve de bonne volonté. Il en était même arrivé à se doper à l'onglet de cheval. Il faut dire qu'en dehors du plaisir qu'il prenait, il n'avait pas perdu espoir d'engrosser la belle. Car après tout, elle avait été choisie pour ça. Le fait qu'elle ne prenne jamais le gros ventre lui gâchait un peu la fête.

Et c'était cette famille un peu particulière qui se retrouvait autour de la table de la salle commune. Chacun écoutait les explications du patriarche qui commentait le retour de François. Personne ne pipait mot tant le père Vial paraissait perturbé, intrigué par le retour soudain du fils Breuil à la ferme du Puychaud.

Ce qui le questionnait surtout, c'était la présence journalière de Jeanne Maillot, qu'il détestait. Car il en était certain : elle avait dû accourir de la Malterre et jouer de son charme auprès de François. Suite au décès de Firmin Breuil, il était bien monté une demi-douzaine de fois au Puychaud. C'est qu'il était têtu, obstiné, le vieux paysan des monts de Blond. Et chaque fois, alors qu'il proposait une somme rondelette pour acquérir la petite propriété, il avait eu la désagréable surprise de voir la mère Breuil se cabrer et lui montrer la porte en guise de réponse.

Devant une telle obstination, il s'était mis en tête que Jeanne Maillot jouait d'une grande influence sur Antoinette et ne décolérait pas. Car malgré ce qui s'était passé naguère avec le refus de François de se marier avec sa Bernadette, il n'en démordait pas : tôt ou tard, les six hectares du Puychaud allaient s'additionner aux trente hectares de la Grande Besse.

Cette idée fixe lui faisait perdre tout sens des réalités. Ainsi, il écartait d'une main toutes les difficultés qui pourraient l'empêcher de posséder un jour ces quelques hectares de terre. Il en avait même oublié l'existence de François, un peu comme si ce dernier était parti dans quelque pays lointain, sans le moindre espoir de retour.

En cette douce soirée de printemps, le père Vial était bien obligé d'avouer combien il appréhendait la présence du fils Breuil. Par expérience, il savait qu'il n'était pas un homme facile à manipuler. S'il avait du mal à imaginer qu'il restât définitivement au Puychaud, il ne savait trop comment il allait devoir s'y prendre pour l'amener à comprendre où se situaient ses intérêts. Car pour lui, aucun doute n'était permis : il devait vendre au plus offrant. Et il savait compter, le vieux Charles ! Autant il peinait pour lire trois lignes ou pour écrire quelques mots, autant il maîtrisait les quatre opérations.

Il possédait une mémoire phénoménale pour tout ce qui avait trait aux chiffres. Quand il faisait l'acquisition d'une vache ou qu'il vendait un veau, il n'avait nul besoin d'un crayon pour multiplier le prix au kilo par le poids de la bête. Il mémorisait les chiffres des années durant. C'était devenu un jeu dont les membres de la famille étaient friands. Souvent, la mère Marguerite lui demandait quel avait été le poids des récoltes de seigle ou de pommes de terre au cours de l'année 1900. Il se souvenait même du prix de vente de deux cochons en 1870, après la chute de Napoléon III.

Mais il possédait une mémoire sélective. Bizarrement, il ne répondait jamais quand la récolte avait été mauvaise, ou quand une bête bancale avait été bradée à bas prix. C'était son point faible. Cela dénotait chez ce vieil homme pourri d'orgueil une obstination à être toujours le premier et à gommer de ce fait les quelques ratés qui avaient ponctué son existence.

Ayant terminé son long exposé, il se redressa un peu plus et lissa longuement sa longue moustache poivre et sel.

— Le François est là ! Nom de Dieu ! J'en avais presque oublié qu'il était encore vivant ! Je le croyais crevé !

Il se tourna vers sa femme.

— Tu en penses quoi, la mère ?

— Après tant d'années d'absence, ce n'est plus un paysan. Je le vois mal en train de dédoubler les betteraves, ou manier la faux lors de la fenaison.

— C'est vrai ça ! Pour travailler cette putain de terre, faut pas avoir goutté à la ville ! Je suis certain que son corps ne supporterait plus le labeur quotidien des hommes de la campagne. Il a dû faire de la mauvaise graisse. Tiens ! Ma tête à couper qu'il a dû perdre le goût d'un bon salé aux choux, ou d'un bon chabrot dans une soupe bien grasse.

Puis, se tournant vers le Roger, il ajouta :

— Et toi ? Tu le connais, le François ! Tu en penses quoi ?

Roger était affalé sur la table, les coudes écartés, visiblement éreinté tant par le travail que par les chopines de vin rouge qu'il s'était glissé derrière la cravate.

— Moi, j'peux rien dire vu que j'ne connais pas la ville. La seule chose que je sais, c'est qu'il lui en coûtera s'il est obligé de vendre le Puychaud.

— Il a raison, le Roger ! Moi aussi je le connais le François ! C'est un homme pas facile qui ne nous a jamais aimés. Alors je ne vois pas pourquoi il aurait changé. Et puis, il y a Jeanne Maillot. Ah ! celle-là ! Elle va certainement le travailler au corps, intervint à son tour Bernadette.

Chacun donnait son avis, à l'exception de Marie qui écoutait tout ça d'une oreille distraite.

Soudain, la mère Vial se tourna vers elle.

— Et toi ? Tu as peut-être quelque chose à dire ? Je crois savoir que tu connais tous les hommes du pays. Alors celui-là a peut-être laissé quelques souvenirs de coucherie.

Marguerite ne manquait jamais de lui faire comprendre combien elle la détestait. Il faut dire qu'elle avait des raisons pour cela. Cette garce était la maîtresse de son mari et ne s'en cachait point, mais elle n'était même pas fichue de pondre un enfant.

Au début, tous avaient pensé que ça venait du Roger. Pourtant, les encouragements ne lui manquaient pas. Tous les quatre matins, son père lui demandait :

— Cette nuit, l'as-tu baisée ?

Son fils lui répondait toujours d'une manière affirmative, pour bien montrer qu'il avait rempli son devoir conjugal. Alors, immanquablement, le père Charles rétorquait :

— Mais, nom de Dieu, bourre-la ! Bourre-la !

Désormais, il était en première ligne, et rien de bien intéressant ne se passait dans le ventre de Marie. Pourtant, il y mettait du sien. Parfois, il dépassait même la ligne jaune tellement il désirait se montrer à la hauteur de sa réputation.

Car tout le monde dans la famille était d'accord sur un point. Que le géniteur soit le père ou le fils, peu importait.

En réalité, la seule chose qui comptait, c'était qu'il fallait à tout prix engrosser cette fille. Il en allait de l'avenir de la Grande Besse vu que cette pauvre Bernadette s'enlaidissait un peu plus chaque jour.

Et puis, ce qui agaçait aussi la mère Vial, c'était la place qu'occupait désormais sa belle-fille dans la vie quotidienne. Il fallait bien admettre que Marie n'était pas une feignante. Si elle adorait faire l'amour à tout va, elle ne laissait jamais sa part quand elle devait mettre la main à la pâte.

Elle était dotée d'une énergie telle que la mère Vial et Bernadette avaient bien des difficultés à la suivre. Que ce soit à la ferme ou dans les champs, elle étonnait par son endurance. Cette petite femme dégageait une volonté qui forçait l'admiration de beaucoup, même de celles et ceux qui ne la portaient pas dans leur cœur.

Rapidement, elle s'était imposée. Avec son petit air de ne pas y toucher, elle avait pris l'ascendant sur les deux femmes, et même sur son mari. Le seul devant qui elle baissait encore pavillon, c'était le père Charles. Même si elle en avait fait son amant et si le vieil homme savait se montrer généreux avec elle, il n'en demeurait pas moins qu'il l'impressionnait, qu'elle conservait une certaine méfiance pour ce personnage dont les réactions étaient très souvent imprévisibles.

Alors la mère Vial, elle était forcément frustrée. Quand elle pouvait lancer une pique à sa belle-fille, elle ne s'en privait pas. Et c'était bien ce qu'elle venait de faire avec des sous-entendus qui n'avaient, bien évidemment, échappé à personne.

— Tu ne réponds pas ? Il m'étonnerait pourtant que tu n'aies pas rencontré ce coureur de jupons. Ah ! on peut dire qu'il en a séduit quelques-unes ! Quand je pense que ce grand couillard n'a pas voulu de notre Bernadette ! Ah ! bordel de merde ! Avec un gars pareil, elle aurait été grosse tous les quatre matins, intervint tout à coup le père Charles.

— J'ai dû le croiser une ou deux fois. Mais à l'époque, j'étais bien trop jeune pour regarder les hommes. La seule chose que je sais de lui, c'est qu'il faisait tourner la tête à pas mal de filles.

Après avoir formulé cette réponse, Marie se tourna vers son beau-père :

— Tiens, il ne m'étonnerait pas que la belle madame Maillot tombe bientôt sous son charme.

IV

Cela faisait maintenant une bonne semaine que François Breuil était de retour au pays. Il avait l'impression que le temps s'était écoulé à une vitesse folle. C'était probablement dû au fait que ses journées étaient confortablement remplies.

Les premiers jours, il avait suivi le père Morizot qui tenait absolument à lui faire visiter la propriété. Pas un arpent de terre n'avait été oublié. Ils avaient parcouru chaque pré, chaque champ, et traversé les petits taillis de châtaigniers qui étaient éparpillés sur les hauteurs des monts.

Rien n'avait été véritablement bouleversé au cours de ces dernières années. Il y avait bien quelques nouvelles terres que le père Breuil avait acquises, mais c'était des champs minuscules, de petites parcelles enclavées entre des forêts de sapins et qui ne pouvaient offrir que de maigres récoltes.

Les chemins creux, les sentiers qui conduisaient vers les champs ou les pacages se trouvaient en très mauvais état. Certains étaient même à l'abandon. Beaucoup, mal entretenus, n'avaient pas été empierrés depuis des lustres. De chaque côté, des broussailles, des épineux, de hautes fougères avaient proliféré, et des éboulis de terre et de roches obstruaient le passage. En divers endroits, des rigoles dégringolant de la montagne avaient formé d'innombrables petites mares où croupissait une eau saumâtre.

Au fur et à mesure que François découvrait ce qui était désormais son héritage, il ressentait au plus profond de lui comme une douleur qui le mettait tout près d'éclater en sanglots. Il ne pouvait se faire à l'idée de voir ces quelques hectares de terre laissés dans un état aussi pitoyable. Il avait conservé le souvenir de champs propres, parfaitement labourés. Bien sûr, ils n'offraient pas de récoltes miraculeuses que ce soit de blé, de betteraves ou de pommes de terre. Mais c'était toujours du travail bien fait, avec des chemins dont les bordures étaient chaque année remises en état, des pacages où les clôtures vieillissantes étaient changées, réparées, dès que le besoin s'en faisait sentir. Là-dessus, le père Breuil était intraitable. Il avait beau courir la gueuse et se saouler la gueule, il n'oubliait jamais sa terre qui était son gage de ne jamais crever de faim.

Chaque soir, alors qu'il revenait d'une longue balade qui l'avait conduit vers le hameau de Labatouille ou vers le puy Grenier, François retrouvait Jeanne Maillot, toujours présente pour participer à la traite des vaches et autres petits travaux concernant la basse-cour.

Ah ! quel pauvre cheptel ! Là aussi, il y avait de quoi se faire du souci. Six vaches, deux bœufs et une quinzaine de moutons, c'était en tout et pour tout la petite fortune que la mère Breuil avait laissée à son fils. Et si les bêtes étaient encore correctement nourries, on sentait bien qu'elles ne respiraient pas la santé.

D'ailleurs, il suffisait de jeter un œil vers la barge pour constater que le stock de paille et de foin se résumait à bien peu de chose. Bien entendu, avec la venue du printemps, les bêtes passaient à nouveau leurs journées dans les pacages. Mais l'herbe tardait à pousser, d'autant que la pluie était absente depuis de longues semaines. Aussi commençait-on à redouter un été sec, qui pourrait malheureusement se transformer en une terrible canicule.

La présence de Jeanne lui était devenue indispensable. En effet, si le père Etienne lui avait fait redécouvrir chaque parcelle de la propriété, il était bien incapable de lui fournir la moindre indication quant à la rentabilité de cette dernière.

Ce brave homme ne s'était jamais intéressé aux problèmes que pouvaient connaître ses patrons. Il servait les Breuil depuis plus de trente ans. Chez eux, il avait toujours été assuré d'avoir une bonne soupe fumante, le vin à volonté, un lit pour dormir et quelques pièces à la vente d'une vache, d'un veau ou de quelques volailles.

Comme il n'avait connu que la misère, les privations, il bénissait le père Firmin de l'avoir pris à son service. Jamais il n'avait été aussi heureux. Il ne quittait pratiquement jamais la ferme du Puychaud, comme s'il avait voulu oublier un monde qui ne lui rappelait que de tristes souvenirs.

Chaque soir, une fois les vaches rentrées des pacages, les deux hommes avaient pris une habitude un peu surprenante. Pendant que François attendait devant l'étable, le père Morizot charriait le fumier tout en jetant un regard vers le chemin qui descendait vers la ferme de la Malterre. Dès qu'il apercevait la silhouette de Jeanne, il plantait sa fourche et, d'un petit air malicieux, annonçait :

— La voilà ! La traite va pouvoir commencer !

C'était devenu comme une sorte de rite. Mais au-delà de traire les vaches et de discuter de la qualité du lait, il était clair que la présence de Jeanne Maillot représentait un véritable réconfort pour le fils Breuil. Elle était la seule personne avec qui il pouvait aborder d'autres sujets que ceux concernant la vente d'un mouton ou la fenaison prochaine.

Jeanne l'impressionnait. Au début, il avait vu en elle une belle paysanne légèrement émancipée, sans plus. Oh ! il avait bien deviné qu'elle était une personne qui savait prendre ses responsabilités. Elle ne ressemblait en rien à ces femmes soumises qui peuplaient la campagne. Mais il n'avait jamais pensé un seul instant qu'elle avait elle aussi voyagé, qu'elle avait lu, qu'elle était relativement cultivée, et de ce fait n'était pas insensible à tout ce qui se passait dans le monde.

En réalité, la traite n'était qu'un prétexte. Car celle-ci terminée, ils se retrouvaient toujours dans la salle commune.

Là, Jeanne préparait le repas du soir. Elle faisait réchauffer la soupe, cuisait un poulet de la ferme ou faisait sauter quelques pommes de terre dans une immense poêle aussi noire que les poutres du plafond.

Une fois que le père Etienne avait rejoint sa chambre, ils restaient de longues heures à égrener des souvenirs. François parlait de la vie parisienne, des gens qu'il avait rencontrés, de l'ambiance des grands boulevards avec ces voitures qui pétaradaient à tout va tout en se faufilant entre les piétons, les vélos et les chevaux apeurés qui tiraient les carrioles.

Mais Jeanne n'était pas en reste. Car elle aussi avait vu du pays. Certes, elle n'avait pas fait le tour de la planète. Mais tout de même ! Non seulement elle était montée plusieurs fois dans la capitale, mais elle avait aussi eu le grand plaisir de découvrir Toulouse, et même de pousser l'aventure jusqu'aux montagnes pyrénéennes où elle s'était longuement recueillie devant la grotte de Massabiel, à Lourdes.

Car elle était pieuse, la belle Jeanne. Mais sa piété n'en faisait pas, loin s'en faut, une grenouille de bénitier. Disons que la foi était en elle depuis sa plus tendre enfance. C'était en quelque sorte son jardin secret.

Quand elle était arrivée chez les Maillot, sa présence aux messes dominicales et aux vêpres avait quelque peu perturbé le bel ordonnancement de la famille. Ses membres étaient certes de bons catholiques, mais la pratique religieuse restait le cadet de leurs soucis. Malgré les quelques reproches de son Marius de mari, elle n'avait jamais cédé, faisant front aux quolibets du père Maillot qui considérait que travailler la terre et curer les casseroles était encore le meilleur moyen de servir le bon Dieu.

François avait rapidement deviné combien Jeanne restait attachée à certaines valeurs. Même si elle était une femme enjouée qui n'était pas insensible à la plaisanterie, on ressentait chez elle comme une certaine distance avec cet homme qu'elle connaissait peu et qui, en prime, arrivait de la ville.

En quelques jours, elle lui avait donné mille conseils. Il faut dire qu'elle maîtrisait comme personne tout ce qui touchait à l'alimentation du bétail comme à la bonne utilisation des semences. Avec sa petite voix douce, elle n'avait de cesse d'expliquer à François les techniques nouvelles afin d'améliorer les rendements en blé ou en seigle.

Elle agissait comme si le fils Breuil avait d'ores et déjà décidé de reprendre la propriété familiale. Elle l'accompagnait souvent à travers les chemins qui conduisaient vers les prés ou les champs cultivés. Elle trouvait toujours un mot à dire sur telle ou telle décision qu'avait prise la mère Breuil. Elle était intarissable sur cette terre qu'elle prenait parfois à pleines mains, qu'elle caressait, malaxait avec amour, comme si elle avait désiré découvrir quelque secret qui aurait été enfoui en son sein.

François ne pipait mot. Il buvait chacune de ses paroles. Peu à peu, lui revenaient des souvenirs du temps jadis. C'était des images fortes où il se revoyait en compagnie de ses parents, le corps plié en deux, le visage ruisselant de sueur, les membres brisés par le labeur, ou rentrant enfin à la ferme alors que la nuit était déjà tombée.

S'il parlait peu, par contre il enregistrait. C'est qu'en dix années, l'agriculture s'était tout de même un peu modernisée. Bien entendu, la modernité ne frappait encore qu'aux portes des grandes propriétés. Dans les monts de Blond, on avait conservé les traditions d'antan. Beaucoup de paysans travaillaient encore au même rythme que leurs pères ou leurs grands-pères. C'était une agriculture figée qui paraissait incapable de sortir de certaines habitudes ancestrales.

Mais comment en aurait-il été autrement ? La mécanisation n'était pas encore à l'ordre du jour. Et les quelques machines agricoles étaient réservées aux grands domaines du bocage dirigés par quelques hobereaux installés depuis plusieurs générations.

Dans les petites propriétés, la charrue était encore tirée par des bœufs, et la fenaison et la moisson se pratiquaient toujours à la faux, ou même à l'aide d'une faucille quand il s'agissait du seigle.

Entre les nantis de la plaine et les pauvres de la moyenne montagne, se trouvaient quelques cultivateurs qui avaient compris qu'ils devaient aller vers le progrès s'ils ne voulaient pas disparaître. Jeanne Maillot était de ceux-là. Elle faisait partie de la race de celles et ceux pour qui le labeur quotidien est la seule raison d'être. Par défaut, elle était tombée amoureuse de la glèbe. Là se situait sa véritable et unique passion.

Pour comprendre cet état d'esprit, il eût fallu fouiller un peu dans le passé de Jeanne. Par exemple, elle avait toujours été élevée dans l'amour du travail bien fait. Même si ses parents ne possédaient que quelques hectares de terre, ils lui avaient inculqué le respect de celle qui les nourrissait. Associées à une éducation chrétienne, ces valeurs avaient forgé le caractère d'une jeune fille animée par la recherche de l'absolu.

Elle avait cru l'atteindre en rencontrant Marius Maillot. L'homme possédait effectivement de réelles qualités. En sus, c'était un beau garçon. Grand, athlétique, il n'était pas dépourvu de charme. Mais son rêve s'était rapidement évanoui. Car si elle avait trouvé un compagnon sérieux, travailleur, cette femme passionnée avait vite déchanté en ce qui concerne les sentiments.

Disons que le brave Marius s'occupait davantage de ses vaches et de ses labours que de sa jeune femme. Leur lune de miel avait été de courte durée. Au fil du temps, leurs relations intimes étaient devenues pratiquement obsolètes. Et le père et la mère Maillot avaient beau espérer encore un heureux événement, la réalité n'inclinait pas à l'optimisme : le couple s'était laissé dévorer par la terrible besogne journalière.

Aujourd'hui, Jeanne Maillot avait un comportement qui en intriguait quelques-uns. Depuis le décès de son mari, rares étaient les occasions où on l'avait vue déambuler dans les rues de Cieux ou de Blond. Elle ne quittait pratiquement jamais la ferme de la Malterre, si ce n'était pour monter au Puychaud.

Elle se dépensait sans compter. Parfois, les hommes qui étaient à son service se demandaient où elle puisait une telle force associée à une telle endurance. Jamais elle ne s'offrait le moindre repos en dehors de quelques escapades à Vaulry, lors de la célébration de la messe dominicale.

Cette belle femme dans la fleur de l'âge semblait avoir perdu toute illusion quant à son avenir sentimental. On avait beau épier ses moindres faits et gestes, nulle liaison, pas la plus petite aventure à l'horizon.

En sa compagnie, François s'était peu à peu replongé au plus profond de ses racines. Avec des mots choisis, elle avait su lui faire redécouvrir les secrets cachés de la montagne. Et puis, elle n'avait pas son pareil pour parler de la terre, de la noblesse du métier de paysan.

Et ce soir-là, comme ils en avaient pris l'habitude, ils discutaient encore et toujours devant l'immense cheminée de la salle commune. En fin d'après-midi, ils étaient allés visiter les pacages du puy Bouraud et avaient prolongé leur longue promenade jusqu'à l'étang de la Vilatte. Une petite pluie fine les ayant surpris, ils étaient revenus à la ferme dans un état pitoyable, les vêtements trempés, les chaussures crottées comme il n'était pas possible.

Cette petite mésaventure avait eu pour effet de détendre l'atmosphère. Il est vrai que François restait souvent sur une certaine réserve en présence de Jeanne. Même s'il appréciait beaucoup ses visites, il n'était jamais tout à fait détendu en face d'une femme aussi sûre d'elle-même.

Mais ce soir-là, ils riaient de bon cœur tout en se séchant devant un bon feu de bois. Pendant qu'ils reprenaient des forces avec une bonne soupe de pot-au-feu, Etienne Morizot parcourait un journal tout en mâchouillant une énorme chique entre ses dents.

Soudain, Jeanne posa son bol près de l'âtre. Elle passa une main sur sa longue robe grise dont le bas était recouvert de petites plaques de boue.

— Qu'avez-vous décidé ? demanda-t-elle subitement tout en relevant légèrement la tête.

— A ce jour, je n'ai rien décidé. Hier, j'ai écrit à mon patron afin de lui annoncer que je prolongeais mon séjour en Limousin.

— Il serait tout de même dommage que vous abandonniez cette propriété. C'est un patrimoine qui vient de loin, qui a coûté beaucoup de sueur à votre famille.

François ne répondit pas immédiatement. Il semblait perdu dans une longue réflexion. Le silence qui s'était installé dura assez longtemps, jusqu'à ce que le fils Breuil se décide à sortir de ses pensées.

— Je me doute que certains doivent être impatients. Le père Vial, par exemple. Cela fait des années qu'il rêve d'acheter le Puychaud. Comme je connais ce vieux brigand, il doit passer pas mal de nuits blanches.

— Ces dernières années, il est monté voir votre mère à de multiples reprises. Je crois même savoir qu'il lui a proposé une belle somme afin d'acquérir la propriété. Mais elle n'a rien voulu savoir. Et vous la connaissiez mieux que moi. Quand elle avait une idée bien ancrée dans la tête, il était inutile d'insister.

Jeanne se releva légèrement afin d'arranger sa robe qui avait bien des difficultés à sécher.

— Et puis, à ce que je sais, elle avait toujours une bonne raison qu'elle n'avait de cesse de répéter à Charles Vial.

— Laquelle ?

— C'est assez simple. Elle rappelait votre existence et affirmait même qu'elle était persuadée qu'un jour vous reprendriez la ferme.

Trois jours s'écoulèrent sans que rien de particulier ne se passe. François et le père Morizot ne se quittaient plus.

Le retour de son jeune patron avait donné au vieil homme comme une seconde jeunesse. Lui qui, d'ordinaire, traînait sa pauvre carcasse en se plaignant de mille douleurs, se levait dorénavant aux premières lueurs de l'aube et ne rejoignait sa chambre que lorsque tout le travail programmé avait été accompli.

Ils s'entendaient comme larrons en foire. Il faut préciser que le père Etienne, grand bavard, n'était en outre pas dénué d'humour. On ne savait trop par quel mystère il était au courant de toutes les rumeurs qui couraient dans la région. Cela était d'autant plus étonnant qu'il ne quittait que très rarement la ferme du Puychaud. La seule explication possible se trouvait dans les nombreuses rencontres qu'il faisait au détour d'un champ, d'un bois, ou quand il accompagnait les bêtes dans les pacages.

C'était un homme à qui les paysans du secteur portaient une grande estime. Ils le connaissaient depuis des lustres. Ce qui forçait surtout l'admiration des gens, c'était l'attachement qui le liait à la famille Breuil. Aussi longtemps que les anciens pouvaient se souvenir, ils l'avaient toujours connu en train de trimer sur cette terre si ingrate des monts de Blond.

Avec lui, François était au courant de tout ce qui se disait sur son compte. Ainsi, il avait appris combien son retour avait été commenté dans tout Chavignac. Il y avait ceux qui ne pouvaient croire qu'il resterait très longtemps sur cette garce de terre qui détruisait les plus endurcis. Pour eux, il allait vite déchanter dans ce coin perdu, au beau milieu de cette nature où les caprices du temps étaient bien souvent imprévisibles. Mais il y avait aussi ceux qui faisaient preuve d'une grande lucidité. C'était souvent de vieilles personnes qui avaient encore gardé en mémoire le départ précipité du fils Breuil. Elles ne pouvaient imaginer que le père Vial ait oublié l'affront qui lui avait été fait. Certains étaient prêts à parier leur chemise que le vieux allait revenir à la charge, désireux fou qu'il était d'acquérir la terre d'une famille qui l'avait jadis profondément humilié.

Mais, en même temps, l'image qu'ils avaient conservée de François offrait bien peu de chance de voir ce dernier céder son patrimoine à un personnage qu'il détestait depuis toujours. Il avait trop d'amour-propre, de morale, pour se fourvoyer dans une affaire essentiellement mercantile.

Bien entendu, ils ne négligeaient nullement la présence de Jeanne Maillot. Ils en arrivaient même à douter de ses bons sentiments. Pour ceux qui avaient l'esprit un peu plus tordu que les autres, il était clair qu'elle se positionnait pour acheter une propriété dont certaines terres jouxtaient les siennes.

Bref, tout cela occupait les commères et permettait de meubler les discussions des longues veillées. Dans un pays où rien de très extraordinaire ne se passait, on était aux aguets de la moindre nouvelle, du plus petit événement qui permettait de sortir un peu de la monotonie quotidienne.

Mais tous les ragots que le père Etienne narrait laissaient François de marbre. Souvent, il ne pouvait s'empêcher de sourire tant le vieil homme adorait enjoliver ses commentaires. Cela avait le mérite de créer une atmosphère conviviale qui brisait la solitude assez pesante dans laquelle vivaient les deux hommes.

Aussi, quand François Breuil vit le père Morizot courir à sa rencontre alors qu'il remontait du pré de la Clavière, il pensa immédiatement qu'il s'apprêtait à lui annoncer le tout dernier bruit qui courait dans Chavignac. Le vieil homme était à bout de forces. Il respirait avec peine et passait un mouchoir sur son visage baigné de sueur.

— Que se passe-t-il ? A te voir, on pourrait penser qu'il y a le feu à la maison ? s'exclama François.

— C'est pas l'feu, mais ça y ressemble !

Il s'approcha du fils Breuil et posa amicalement une main sur son épaule.

— Le père Vial est à la ferme. Cela fait une bonne heure qu'il fait le pied de grue. Il veut te parler à tout prix.

Un beau et grand sourire éclaira soudain le visage de François. A son air, on pouvait deviner combien il attendait cet instant avec impatience. Il resta un long moment silencieux, le regard perdu dans le lointain, et fit soudain quelques pas, avant de se retourner en direction du père Morizot.

— Ah ! Etienne ! Mais que désire-t-il, ce vieux brigand ? Peut-être veut-il me proposer une seconde fois son horrible Bernadette ? s'exclama-t-il tout en pouffant de rire.

Il avait beaucoup changé. Il n'était plus aussi fringuant que naguère. Son grand corps s'était légèrement voûté, et il était vêtu de vieilles nippes douteuses. Ah ! on était fort loin du grand et bel homme que le fils Breuil avait connu, mais dix ans s'étaient écoulés.

François s'arrêta à quelques mètres de Vial. Il n'était pas question qu'il lui serrât la main. Il resta un court instant à détailler ce personnage avec qui il n'avait entretenu que des relations conflictuelles.

— Que voulez-vous ? demanda-t-il sur un ton sec.

Le vieux fit un pas en avant. Il avait pris un air renfrogné, comme si l'accueil qui lui était réservé lui faisait redouter le pire.

— Je viens te causer. Cela n'a jamais fait de mal à personne.

Pour François, l'occasion était trop belle. Il rêvait à cet instant depuis plusieurs semaines. Il ne pouvait croire que Charles Vial résisterait longtemps au désir obsessionnel d'être un jour le propriétaire du Puychaud.

A maintes reprises, il avait fait des propositions au père Breuil, et par la suite à son épouse. Sans résultat. Loin de se décourager, il se présentait aujourd'hui devant François, persuadé qu'il était que ce dernier ne pourrait refuser l'offre qu'il s'apprêtait à lui faire.

Les deux hommes s'étaient installés, face à face, à la grande table de la salle commune. Au milieu d'un silence pesant, ils se regardaient, se jaugeaient sans mot dire. On pouvait alors imaginer combien d'images anciennes devaient défiler devant leurs yeux.

Ils ne s'étaient jamais aimés. François avait toujours ressenti un profond mépris pour ce personnage qui se saoulait la gueule en compagnie de son père, puis se querellait avec lui au sujet d'un bornage ou d'une fille sur laquelle ils avaient jeté leur dévolu. Il avait toujours pensé que l'homme était malsain, sans la moindre bribe de moralité, capable d'utiliser les moyens les plus condamnables pour arriver à ses fins.

Pour le père Vial, François Breuil n'était, ni plus ni moins, qu'un emmerdeur, un empêcheur de tourner en rond. Même lorsque celui-ci était adolescent, il l'avait souvent retrouvé sur son chemin dans le seul but de nuire à quelques projets inavouables qu'il avait fomentés dans son pauvre cerveau malade.

C'est le vieux Charles qui, le premier, brisa le silence. Il se redressa un peu plus sur sa chaise et plaqua ses deux mains sur la table.

— Je suis venu pour sauver une propriété qui est en perdition. En un mot comme en mille, je suis tout disposé à te l'acheter à bon prix, dit-il sur un ton hautain.

— Vos trente hectares ne vous suffisent pas ?

Vial esquissa un léger sourire. Visiblement, il faisait un gros effort pour conserver son calme.

— Ils me suffisent largement ! Mais le problème n'est pas là. Tu as quitté le pays il y a plus de dix ans. Durant toutes ces années, tu as oublié ce que c'était que de travailler cette salope de terre. Tiens ! je suis certain que tu as pris des habitudes, de petites manies de citadin. Ah ! bordel de merde ! Comme je te connais, tu as dû en baiser quelques-unes ! s'exclama-t-il tout en partant d'un gros éclat de rire.

Après s'être ressaisi, il ajouta.

— Cela fait des années que tes terres sont mal travaillées, mal entretenues. Après le décès de ton père, ta pauvre mère a bien fait ce qu'elle a pu avec l'Etienne Morizot. Mais que veux-tu, la glèbe demande qu'on la nourrisse, qu'on en prenne grand soin. Actuellement, je me demande qui voudrait encore de tes six hectares, si ce n'est moi.

François était resté impassible. Décidément, Charles Vial ne s'était pas bonifié en vieillissant. Il restait toujours aussi lèche-bottes quand il s'agissait d'amadouer la personne avec qui il désirait réaliser une bonne affaire.

Mais il n'était pas dupe. Derrière sa bonhomie se cachait un personnage redoutable, capable des pires excès quand on contrecarrait ses plans. Afin d'en avoir le cœur net, il décida sur le champ de le faire sortir de ses gonds.

— C'est étrange. Vous ne vous êtes jamais posé la question de savoir si d'autres personnes pouvaient être intéressées par la propriété du Puychaud ?

Le père Vial bomba légèrement le buste. Son visage était devenu livide. On le sentait à deux doigts d'exploser de colère.

— J'en étais sûr ! C'est probablement cette grande garce de Jeanne Maillot qui t'a fait une offre ! Ah ! celle-là ! Si on la laissait faire, elle mettrait bien le grappin sur toutes les terres des monts de Blond ! Ah ! la gueuse ! hurla-t-il.

François Breuil se retint pour ne pas éclater de rire. Il jubilait par avance en imaginant la tête du vieux Charles quand il allait lui annoncer sa décision.

— Allons, père Vial ! On ne parle pas comme ça d'une femme. D'autant que madame Maillot est connue et appréciée pour sa droiture, son bon cœur.

— Ah ! tu parles ! Son bon cœur ! Moi je dirais plutôt son beau cul ! s'exclama Vial.

François en avait assez d'écouter toutes ces insanités. Brusquement, il se leva et se planta devant le père Charles qui s'était extrait de sa chaise.

— Vous êtes encore plus ignoble que je le pensais. Vous allez donc quitter cette maison immédiatement. Maintenant, pour votre gouverne, sachez que vous n'aurez jamais un mètre carré de ma propriété. Et savez-vous pourquoi ?

Il se dirigea vers la porte qu'il ouvrit en grand.

— La raison en est simple : j'ai décidé de rester au pays. C'est drôle, cette terre, je ne savais pas que j'y étais autant attaché.

V

Une fois encore, la nouvelle s'était propagée en un temps record. Le père Morizot en avait parlé au Gégène Delamare, un vieux berger qui avait en charge un beau troupeau d'une centaine de moutons, et tout naturellement Gégène avait dévoilé la chose entre deux chopines de vin rouge chez la mère Ricard, la tenancière d'un estaminet de Chavignac. Il avait commenté avec force détails le face-à-face entre François Breuil et Charles Vial.

A partir de là, on pouvait s'attendre au pire. En effet, avec tous les piliers de comptoir qui venaient se mouiller les papilles, il était inévitable que la visite du père Vial à la ferme du Puychaud allait être rapidement déformée.

Et elle le fut, bien au-delà des espérances des pipelettes. On ne parlait plus d'un face-à-face tendu, mais d'une terrible altercation entre les deux hommes. Et comme certaines personnes n'étaient pas en mal d'imagination, on affirmait, on jurait même que tout s'était terminé dans un affreux bain de sang.

C'était un va-et-vient incessant de rumeurs, de ragots qui se nourrissaient eux-mêmes d'autres ragots plus insensés les uns que les autres. Mais c'était surtout à partir du café sordide que prenaient naissance les toutes dernières informations concernant cette histoire. Ils étaient une jolie bande à prendre grand plaisir à ridiculiser le père Vial.

Pour une fois que ce dernier se trouvait en mauvaise posture, ils ne se privaient pas pour ressortir des histoires vieilles de plus de vingt ans. Il faut bien avouer qu'ils avaient du grain à moudre. En effet, le vieux Charles avait un tel passé qu'ils n'avaient guère de mérite pour se remémorer tel ou tel scandale dont il avait été l'auteur. Ils étaient ainsi une bonne demi-douzaine à rappeler les bagarres d'antan, les véritables pugilats dans lesquels le fermier des monts de Blond était la plupart du temps impliqué.

Et puis, restaient surtout ces histoires de fesse. Il y en avait pour tous les âges, tous les goûts. C'est que le père Vial avait toujours été reconnu comme un sacré coureur de jupons. Oh ! ses conquêtes s'avéraient souvent faciles. La plupart des filles qu'il culbutait étaient de grandes baiseuses, des dévergondées qui se donnaient à tous ceux qui savaient les récompenser.

Son territoire de chasse allait bien au-delà des monts de Blond. A une certaine époque, on lui connaissait des maîtresses du côté de Berneuil, de Nantiat. Durant de longues années, il avait même entretenu des relations avec deux vieilles filles vicieuses et alcooliques qui habitaient Mortemart.

C'était un véritable malade du sexe. Alors, aujourd'hui, on commentait non seulement l'altercation qu'il avait eue avec François Breuil, mais aussi la relation qu'il entretenait avec sa belle-fille.

Car c'était devenu un secret de polichinelle. D'ailleurs, il eût fallu être aveugle et sourd pour ignorer la chose. Les deux amants n'avaient que faire des regards chargés de reproches qui se posaient sur eux. Au cours de ses longues soirées de beuverie, le père Charles n'hésitait pas à dévoiler les mille et un vices cachés de sa jeune maîtresse. Il était tellement fier de ses performances amoureuses qu'il en rajoutait parfois des tonnes, histoire de faire saliver les quelques paysans qui l'écoutaient bouche bée.

Et c'étaient les mêmes qui s'étaient regroupés dans le café de l'Odette Ricard. C'était le lieu de ralliement de tous les ivrognes de Chavignac. Ici, on servait davantage de verres de rouge que de flûtes de champagne. Les consommateurs étaient pour la plupart des ouvriers agricoles, des journaliers, et quelques traîne-misère qui venaient oublier leur pauvre existence en ingurgitant un abominable pinard qui en avait détruit plus d'un.

Le plus excité de tous, c'était le Loulou Taillefer. Ce petit bonhomme rondouillard était connu pour son bagout. Avec sa petite voix nasillarde qui se répercutait aux quatre coins du café, il ne risquait pas de passer inaperçu.

Cela faisait des heures qu'il parlait de la famille Vial. De temps à autre, il se rafraîchissait le gosier, ce qui permettait au grand Volondat d'ouvrir sa gueule et d'affirmer que lui aussi avait des choses à dire.

— Le père Vial, je le connais comme personne ! Tiens, je suis le seul ici à avoir travaillé chez lui durant plusieurs années. Aussi moi je vous le dis, à la Grande Besse, on ne mélange pas le cul avec le boulot ! Ah ! on peut dire ce que l'on veut, mais c'est un homme qui sait mener sa propriété. Nom de Dieu de bordel de corne cul ! Quel bosseur ! C'est ça ! Un meneur d'hommes ! s'exclama-t-il avant d'avaler d'un trait son verre de vinasse.

Loulou Taillefer croisait le fer avec lui depuis plus de dix ans. Depuis toujours, il le considérait comme un type qui avait pris parti pour la famille Vial.

— Tu racontes encore des conneries ! Volondat, le vieux Charles est le pire des salauds ! D'abord, il fait travailler ses ouvriers comme des bêtes. Et puis, voilà qu'il saute maintenant cette chienne de Marie. Ah ! putain de merde ! On ne peut pas dire que je suis bégueule, mais tout de même ! Baiser sa belle-fille et s'en vanter dans tout le village, faut pas être chrétien pour faire des choses pareilles !

Une qui ne pouvait en aucun cas rester silencieuse, c'était bien la grosse Odette. Chaque fois qu'il était question de Charles Vial, le sang lui montait à la tête, et elle se retrouvait dans un état proche de l'apoplexie.

— Vous me faites chier avec ce vieux con qui fait la pluie et le beau temps dans tout le pays. C'est un porc, un point c'est tout. Tenez ! Je suis heureuse que François Breuil soit de retour. Comme je le connais, c'est bien le seul capable de lui tenir tête. La preuve !

— La grosse, tu dis n'importe quoi ! Et tout ça parce que le Charles a essayé de te sauter ! Mais ma pauvre, le vieux a plus d'un tour dans son sac ! Le fils Breuil, il l'a dans le collimateur. Je suis certain que les terres du Puy-chaud seront bientôt entre les mains des Vial, répliqua Volondat.

— Pauvre con ! Es-tu bête ! Es-tu bête ! Tu causes, tu causes, mais tu oublies la belle madame Maillot ! Ah ! celle-là ! Je suis persuadé qu'elle a un sacré rôle à jouer ! conclut Taillefer tout en commandant une autre chopine à l'Odette.

Bien loin des commentaires qui nourrissaient le brouhaha des cafés, des commerces, et souvent même des rues de Chavignac, la famille Vial s'interrogeait sur le refus de François de vendre sa propriété. Depuis que le père Charles avait décrit l'arrogance de ce dernier à son endroit, on mûrissait une vengeance tant ce blanc-bec s'était montré insolent.

Chaque soir, après le repas, une réunion de famille se tenait autour de l'âtre. C'était devenu une sorte de rite, un peu comme si on avait désiré se réconforter, se serrer les coudes face à cet homme qui prétendait pouvoir vivre avec six pauvres hectares de terre perdus sur les hauteurs des monts de Blond.

En fait, tout le monde était à l'écoute du père Vial, sans trop oser l'interrompre. Vingt fois, il avait narré sa rencontre avec François Breuil. Il ne décolérait pas. Cela faisait deux jours pleins qu'il braillait à tout va qu'on allait voir de quel bois il se chauffait.

La mère Marguerite avait beau lui mijoter de pleins faitouts de soupe aux choux, il demeurait d'une humeur exécrable. Pour un petit rien, il s'emportait, injuriait toute l'assemblée, prenait même le ciel à témoin tant il demeurait obsédé par les quelques hectares de la propriété du Puychaud.

Et ce soir-là, entre une soupe à la queue de vache et un salé aux lentilles, c'est la Bernadette qui, bizarrement, donna son point de vue sur cette histoire qui semblait avoir complètement détraqué la tête de son père.

— Je connais François mieux que tout le monde. C'est un orgueilleux qui ne lâchera jamais sa terre. Il préférera se briser les reins plutôt que de la céder à un paysan du coin. A moins que se prépare un arrangement entre lui et Jeanne Maillot, déclara-t-elle alors que personne ne lui demandait rien.

Le père Vial se redressa et tapota les accoudoirs de son fauteuil, histoire de bien montrer combien l'intervention de sa fille l'agaçait au plus haut point.

Soudain, comme s'il eût désiré se calmer, il avala cul sec son grand verre de vin rouge.

— Ah ! il ne manquait plus que tu ramènes ta gueule ! Si tu connais si bien François, explique-moi un peu comment tu as fait pour qu'il refuse de t'épouser. Ah ! nom de Dieu ! Pourtant, j'en ai fait des allers et retours pour le persuader. J'en ai promis des hectares, des vaches et des veaux. Sans compter tout l'argent que j'ai mis sur la table ! Eh bien, cela n'a pas suffi ! Il a préféré s'exiler plutôt que d'être obligé de caresser ta croupe. Faut croire qu'il ne te trouvait pas à son goût ! Tu me diras…

Devinant qu'il était tout près de déraper, Marguerite l'interrompit, d'une toute petite voix apeurée.

— Charles, je t'en prie ! Notre Bernadette est assez malheureuse comme ça. Pas la peine d'en rajouter.

Vial éclata d'un gros rire sonore.

— Avec toi, c'est toujours la même chose. Tu refuses d'appeler un chat un chat. Eh bien moi, je dis que la Bernadette est moche. La preuve en est, c'est que personne n'en veut. J'ai eu beau proposer des sommes rondelettes, tous semblaient effrayés à la seule idée de partager sa couche.

Puis, ignorant sa pauvre fille qui avait bien du mal à contenir ses larmes, il se tourna vers sa femme et ajouta :

— Je me suis toujours demandé si j'étais bien le père de cette horreur. Tu en penses quoi, la mère ?

— Je pense que parfois tu es un vieux con. Tu sais aussi bien que moi que tu m'as engrossée la veille de la Saint-Barthélemy. Ah ! je m'en souviens ! Tu étais plein comme une barrique. Tiens, pour être complète, tu m'as prise le même soir que le Fernand Poitevin prenait la Mauricette Simonet.

— Faut croire que c'était un jour sans, vu la gueule de leur progéniture, fit remarquer le père Vial.

La soirée se poursuivait dans une ambiance détestable, et le vin n'était pas étranger à la cascade de mots orduriers lancés par le père Charles qui excellait à ce jeu. On eût dit qu'il prenait grand plaisir à humilier son entourage. Il en aurait presque oublié les terres du Puychaud. Le vieil ivrogne était à son aise tant les membres de la famille semblaient terrorisés à la seule pensée d'une colère subite.

Celui qui ne pipait mot, c'était bien le Roger. Il ne regardait rien, ni personne, comme s'il eût été perdu dans quelque rêve secret. Avec son air de retardé mental et ses grands yeux noirs, globuleux, il avait de quoi inquiéter tous ceux qui se seraient fiés à sa mine.

Dans la réalité, il n'était ni plus ni moins qu'un pauvre type sans un sou de méchanceté. Il n'avait jamais levé la main sur quiconque. Quand il descendait à Chavignac, il acceptait sans broncher tous les quolibets, toutes les moqueries.

C'était une sorte de légume qui obéissait à son père, sans trop chercher à comprendre. La mère Vial et sa sœur avaient beau le secouer, lui demander de se révolter, il les écoutait, hochait la tête et repartait silencieux, comme si tout cela ne le concernait pas.

Il acceptait toutes les brimades, les humiliations, même la pire de toutes. Car il ne pouvait ignorer son infortune tant le vieux Charles ne faisait pas mystère du plaisir qu'il prenait au cours des nombreuses galipettes qu'il partageait avec sa belle-fille.

A ce propos, quel était le comportement de cette dernière ? Disons qu'elle était égale à elle-même. En fait, elle ne disait pas grand-chose. Parfois, elle esquissait bien un petit sourire quand le vieux Charles sortait un bon mot ou une grossièreté qui faisait rougir la pauvre Bernadette.

Cette petite garce semblait parfaitement heureuse au milieu d'une famille qui ne cherchait même plus à sauver les apparences. Elle paraissait jouir pleinement des visages décomposés de sa belle-mère et de Bernadette. Quant à son époux, cela faisait bien longtemps qu'elle ne lui adressait plus la parole, vu qu'elle le considérait ni plus ni moins comme un mort vivant.

C'était une sournoise, une jeune femme dénuée de toute moralité. Elle était incapable de discerner le bien du mal. Toute son existence s'était écoulée à profiter des hommes, à briser les couples, à déchirer les familles qui avaient commis l'erreur de se fier à son joli minois.

Elle jubilait. Encore un peu, elle se serait bien fait sauter par le vieux devant toute l'assemblée. Cette perverse n'avait aucune limite tant elle était possédée par un besoin de sexe qui la mettait souvent dans un état de névrose absolue.

C'était elle qui allait avoir le mot de la fin. Alors que pour la énième fois, le père Vial remettait sur le tapis sa rencontre avec le fils Breuil, elle se pencha vers son vieil amant et posa tendrement une main sur son bras.

— T'en fais pas, mon pépère ! Le François, on l'aura d'une manière ou d'une autre. Ne serait-ce que pour venger l'affront fait à Bernadette.

Elle se tourna vers cette dernière et la dévisagea longuement.

— C'est vrai que tu es laide.

François Breuil vivait dans une tout autre ambiance. Depuis la visite du père Vial, il avait l'impression que sa vie s'était soudain accélérée. Il avait pris une décision qu'il savait lourde de conséquence. Mais il ne pouvait se faire à l'idée d'abandonner cette terre et la ferme familiale. Après dix années au cours desquelles il avait été éloigné de son pays, il se sentait soudain le dépositaire d'un patrimoine qu'il devait sauver de la convoitise de quelques-uns. Aussi, avait-il écrit une longue lettre au père Benjamin par laquelle il lui faisait part de sa décision de rester en Limousin.

Le jour même, il avait annoncé la nouvelle à Etienne Morizot. Ce dernier, pourtant peu enclin à s'extérioriser, n'avait pu cacher l'immense bonheur qu'il ressentait à l'idée de voir la petite propriété rester entre les mains d'un Breuil. En agissant ainsi, François lui offrait aussi la garantie de terminer ses jours en un lieu où il avait pris des habitudes, auprès de gens auxquels il s'identifiait au point d'avoir le sentiment d'appartenir à la famille.

Quand Jeanne Maillot se présenta en fin d'après-midi, elle sentit de suite qu'un événement particulier s'était produit à la ferme. D'abord, elle remarqua combien le père Etienne était gai, presque euphorique. Lui qui bougonnait souvent sans trop savoir pourquoi, manifestait tout à coup sa bonne humeur. Il plaisantait, souriait, racontait une blague par-ci, une histoire un peu grivoise par-là. Bref, son attitude laissait penser que l'approche de l'été agissait positivement sur le moral du vieux paysan.

Quand François apparut dans l'entrebâillement de la porte qui donnait accès à l'étable, elle sut immédiatement qu'il en avait terminé avec la longue réflexion qui l'habitait depuis des semaines. Son visage était étonnamment reposé. Il semblait parfaitement serein. Pour la première fois, Jeanne devina à travers son regard comme une sorte de grande sérénité. Il ne souriait pas, mais l'éclat de ses yeux trahissait un bonheur tout simple qu'il essayait tant bien que mal de dissimuler.

— Que vous arrive-t-il ? Je ne vous ai jamais vu dans un état pareil ! Serait-ce le bon air des monts de Blond qui vous fait voir la vie d'un autre œil ?

François s'avança et prit place sur une vieille chaise qui traînait à l'entrée de l'étable. A quelques pas de lui, Jeanne s'était installée à son tour sur un petit tabouret et avait commencé à traire Rosalie, une belle vache limousine qui était connue pour son mauvais caractère.

— Alors, on n'a rien à me dire ? insista-t-elle tout en tirant sur les pies de la vache.

— J'ai reçu la visite du père Vial. Il désirait acheter la propriété. Je pense qu'il doit en rêver depuis des lustres.

— C'est un tenace. Il ne lâche jamais sa proie. Mais peut-être vous a-t-il proposé un bon prix ?

Elle lui avait jeté un regard qui montrait combien elle redoutait qu'il lui réponde par l'affirmatif.

— Il n'a pas eu le temps de me proposer quoi que ce soit. Je l'ai mis à la porte après lui avoir précisé qu'il n'aurait jamais la propriété du Puychaud.

— Bravo ! Mais cela ne résout pas le problème. Vous voyez peut-être ce dont je veux parler.

Elle s'était arrêtée de traire et faisait maintenant face à François.

— J'ai décidé de rester au pays. Je sais que cela va être difficile. Mais ces quelques pauvres hectares de terre, ils sont dans ma peau. Je les sens accrochés au plus profond de mon être, répondit ce dernier.

C'était le branle-bas de combat. On eût dit qu'une véritable tornade s'était abattue sur le Puychaud. Durant une journée entière, Jeanne et François avaient dressé un plan de travail qui ne laissait place à aucune improvisation. Il faut dire que la plupart des champs et des prairies de la propriété étaient dans un triste état.

Bien sûr, on avait labouré, semé, et le père Morizot avait fait de son mieux pour entretenir les différentes parcelles. Mais on avait pris un retard considérable. Alors il convenait de mettre les bouchées doubles afin de rattraper le temps perdu.

Toujours aussi généreuse, Jeanne Maillot avait mis un de ses commis à la disposition de François Breuil. Et pas n'importe qui. En effet, Riton Raveau était un homme fort, endurant, qui était habitué à cette terre de moyenne montagne. Mais en prime, c'était un type à l'humeur toujours égale que François avait toujours apprécié pour son honnêteté, sa franchise et la véritable passion qu'il manifestait pour un labeur qui n'était pas à la portée du premier venu.

Car il fallait être du pays pour accomplir des tâches qui souvent rebutaient les plus solides. Le climat, les parcelles exiguës, l'étroitesse des chemins, le pauvre matériel dont disposaient les paysans, étaient des handicaps qu'il fallait apprivoiser avec humilité, car la nature pouvait se venger à tout moment tant elle demeurait capricieuse.

François et Riton le savaient mieux que quiconque. L'un conservait des souvenirs de jeunesse, et l'autre s'échinait depuis plus de vingt ans dans les champs de la Malterre. Aussi maîtrisaient-ils leurs efforts dans la petite parcelle du Boucheron. Celle-ci était toute proche de la ferme. Enclavée entre quelques maigres prairies et un taillis de châtaigniers, elle était la plupart du temps destinée à la culture des pommes de terre.

Dès la pointe du jour, ils s'étaient mis à l'œuvre. Dans un premier temps, ils avaient attelé la charrue à deux bœufs qui appartenaient aux Breuil. Ceux-ci étaient dociles. Ils avançaient la tête basse, les muscles tendus tant la terre était grasse à certains endroits.

C'était le grand Riton qui tenait l'estive de l'araire. Avec lui, on pouvait être certain que les sillons tracés allaient être droits. C'était un minutieux, un perfectionniste dont le renom avait largement dépassé la région des monts de Blond.

De temps à autre, afin de reprendre des forces, il cédait sa place à François qui n'attendait que ça. Oh ! ce n'était pas une sinécure que de guider la charrue dans un sol qui, souvent, se dérobait sous les pas.

Malgré la douce température de cette matinée de printemps, les deux hommes souffraient et leurs visages étaient déjà marqués par la fatigue. Mais, rapidement, François avait retrouvé ses marques, ces mille petits détails qui étaient restés accrochés en quelque endroit de sa mémoire.

Peu à peu, au fil des jours, revenaient des automatismes, comme la dépose des semences de pommes de terre ou celle du fumier. Plus le temps s'écoulait et plus il prenait un réel plaisir à redonner vie à la vieille ferme du Puychaud.

Car le travail ne manquait pas. Souvent, les journées s'avéraient interminables. François et Riton Raveau passaient des heures à nettoyer les chemins, à rénover les barrières, à remettre en état la barge où croupissaient des tas de choses inutiles.

De son côté, le père Morizot était chargé de curer l'étable et de mener les vaches et les moutons dans les pacages. Mais il s'activait aussi à nourrir la volaille, les lapins et deux beaux cochons qu'il libérait souvent afin qu'ils puissent s'ébattre dans le coudert qui s'étendait à l'arrière de la ferme.

C'est que le temps pressait. Juin approchait à grands pas. L'herbe déjà haute annonçait une fenaison que beaucoup pressentaient comme exceptionnelle. Alors on surveillait les deux champs de betteraves et de raves, mais surtout les trois prés qu'on s'apprêtait à faucher aux alentours de la Saint-Jean.

D'un commun accord, Jeanne Maillot et François avaient décidé que les deux prés les plus importants seraient fauchés à l'aide du râteau-faneur dont disposait la fermière de la Malterre. Quant au petit pré de la Bouchoule, on avait décidé de le faner comme au temps du père Breuil, à savoir à la faux.

Une qui restait admirative, c'était Jeanne. D'un œil discret, elle observait François Breuil et était étonnée. Décidément, cet homme n'avait de cesse de l'intriguer.

D'abord, malgré l'amitié qui les unissait, François restait étrangement distant. Il parlait peu et toujours à bon escient. Et puis, malgré l'occasion qui leur était donnée de se rencontrer chaque jour, ils continuaient à se vouvoyer, ce qui n'était pas habituel chez les paysans de la contrée.

Mais ce qui la surprenait surtout, c'était la rapidité avec laquelle il s'était réadapté au travail de la terre. En effet, cela faisait une semaine qu'il se brisait le dos, du matin au soir, sans une seconde de répit. Il était partout à la fois. Car non seulement il s'activait dans les champs en compagnie du Riton Raveau, mais quand ce dernier rejoignait la Malterre, il n'avait rien trouvé de mieux que de remettre en état le potager qui jouxtait la maison d'habitation.

C'était son dada. Dès qu'il avait quelques instants de disponibles, il se précipitait vers le jardin. Il bêchait, semait, ratissait, comme s'il avait été animé par une folle envie de voir renaître ces quelques mètres carrés de terre.

Alors que les bêtes s'apprêtaient à rejoindre l'étable, Jeanne l'observait, suivait chacun de ses gestes. Déjà, il avait planté plusieurs rangées de salades, de tomates et de poireaux. Un autre carré avait été réservé à l'ail, aux échalotes, et deux interminables sillons aux haricots.

On eût dit qu'il voulait tout régler en même temps. Souvent, il s'arrêtait et caressait la terre, ou en prenait une poignée qu'il respirait longuement, comme s'il eût désiré s'imprégner de ce terroir dont il avait été séparé durant de longues années.

Jeanne ouvrit la porte qui donnait accès au jardin. Immédiatement, il se releva, planta la bêche et vint à sa rencontre.

L'effort lui avait creusé deux longues rides tout au long des joues. Il semblait écrasé de fatigue. Mais, en même temps, on le sentait heureux, parfaitement en osmose avec cette nature hostile, sauvage, qu'il avait pensé un moment ne jamais revoir.

— Vous n'êtes vraiment pas raisonnable ! J'ai peur que cette terre ne dévore toute votre énergie ! Vous ne savez donc pas vous reposer ?

François releva sa casquette tout en éclatant de rire.

— J'ai tant à faire. Vous le savez aussi bien que moi. Il me faudra beaucoup de temps pour remettre cette propriété d'aplomb. Ah ! je suis persuadé que certains m'attendent au tournant. Ils doivent prévoir que je vais craquer, que le travail va me rebuter. J'ai bien l'intention de les décevoir.

Jeanne s'approcha de lui.

— Sachez qu'on nous observe. Il paraît même que les langues vont bon train à Chavignac. Vous pouvez imaginer les ragots qui se colportent de village en village.

François enleva sa veste qu'il suspendit sur le manche de la bêche. Il jeta un regard à droite, à gauche, fit quelques pas, comme s'il hésitait encore à prononcer les quelques mots qui lui trottaient dans la tête.

— Eh bien ! Que vous arrive-t-il ? interrogea Jeanne Maillot.

Maintenant, il était planté devant elle, l'air décontracté, les deux mains enfouies dans les poches.

— Si on se disait tu ? Qu'en pensez-vous ? demanda-t-il d'une petite voix timide.

VI

La glace était rompue. Ils avaient réussi à briser cette timidité, cette sorte de retenue qui était un obstacle aux relations qu'ils entretenaient. Malgré tout, ils éprouvaient parfois quelques difficultés à maîtriser le tutoiement, comme si celui-ci n'était pas une chose tout à fait naturelle. Leur langue fourchait en certaines occasions. Au cours d'une conversation, ils mêlaient le tutoiement au vouvoiement, même si ce dernier perdait du terrain au fil des jours.

Juin était arrivé avec une série d'orages qui alternaient avec des périodes de fortes chaleurs. Cela avait des conséquences multiples, et parfois contradictoires. En effet, si le soleil et la pluie favorisaient le mûrissement du blé, du seigle, et surtout la quantité et la qualité de l'herbage, on découvrait aussi que beaucoup de chemins avaient été ravinés, et souvent jonchés de profondes ornières. A plusieurs reprises, François était parti visiter les champs et les prairies en compagnie du père Morizot. Durant plusieurs jours, ils avaient remis en état certains chemins creux qui étaient devenus quasiment impraticables. Ils avaient aussi passé de longues heures à réparer une clôture qui s'était affaissée sous l'effet conjugué de la pluie et du vent.

Dorénavant, François Breuil se partageait entre le Puychaud et la Malterre. C'était une condition qu'il avait fixée et à laquelle Jeanne Maillot avait souscrit, non sans quelques réticences.

Il refusait d'être un assisté permanent. S'il acceptait volontiers l'aide que lui apportait Jeanne, il désirait, en quelque sorte, rétablir l'équilibre en lui prêtant main-forte.

Mais tout se déroulait sans le moindre accroc. Peu à peu, la ferme du Puychaud reprenait vie. Cela se voyait à travers de multiples détails. En quelques jours, François et Riton Raveau avaient nettoyé de fond en comble la porcherie. Et ce n'était pas un luxe !

Mais ils avaient aussi procédé à un large nettoyage de la cour. En effet, cette dernière était encombrée d'outils en tout genre, de plusieurs stères de bois, sans oublier ce tas de fumier qui s'étendait bien au-delà de la place qui lui était normalement réservée.

C'était le grand lessivage de printemps. Profitant de quelques jours de calme, François s'était décidé à visiter chaque recoin de la maison d'habitation. Et il avait de quoi faire ! En effet, cette dernière renfermait une quantité incroyable de vieilleries qui s'étaient accumulées depuis plusieurs générations de Breuil.

Animée par un goût prononcé de conservatisme, la mère Breuil n'avait jamais voulu jeter ou céder les vêtements qui appartenaient à ses beaux-parents, voire aux arrière-grands-parents de son mari. Elle entassait. Les deux chambres du premier étage, le cellier, une petite pièce qui jouxtait la salle commune, contenaient des montagnes d'habits, d'ustensiles de vaisselle, sans oublier de vieilles photos jaunies et quelques lettres tendres écrites de la main même du père Breuil, au temps où il était encore amoureux de son Antoinette.

La tâche était tellement gigantesque qu'il passait d'une pièce à l'autre sans trop savoir par où commencer. Ne sachant que faire de toutes ces robes, ces blouses, ces coiffes des temps anciens, il n'avait rien trouvé de plus commode que de faire appel à Jeanne Maillot pour le conseiller sur la destination à donner à tout ce bric-à-brac qui encombrait les armoires.

Ils passèrent deux jours entiers à trier, à brûler, et surtout à rire. En cette circonstance, François découvrit une femme dont le comportement n'engendrait pas la mélancolie. Elle n'était pas dénuée d'humour. Devant les yeux étonnés du fils Breuil, elle n'hésitait pas à revêtir les vieilles robes d'antan et à se coiffer de chapeaux de paille qui avaient dû appartenir à quelque grand-mère à l'époque du Second Empire.

Cette femme avait plusieurs visages. Sa manière d'être pouvait parfois surprendre. Autant elle pouvait avoir une attitude rigide, voire sévère, quand elle dirigeait la propriété de la Malterre, autant elle pouvait être d'un abord agréable quand elle avait décidé de s'offrir quelque récréation.

A quelques jours de la fenaison, on scrutait le ciel. Ce dernier n'était habillé par aucun petit nuage. Le vent s'était positionné au sud. C'était une légère brise qui apportait un air chaud, parfois irrespirable. Avec toute la pluie qui était tombée, l'herbe était haute, drue, ce qui annonçait une récolte qui allait probablement sortir de l'ordinaire.

Profitant du temps libre qui se présentait devant lui, François décida soudain de descendre à Chavignac. Depuis son retour au pays, s'il avait effectué plusieurs visites au cimetière, il avait toujours évité de passer par le centre du village. Oh ! il ne se faisait aucune illusion. Il savait fort bien que ses moindres faits et gestes étaient épiés et commentés par les autochtones.

Le fait qu'il restât au Puychaud à traîner à longueur de journée questionnait les gens. Ils ne comprenaient pas le besoin qu'il avait de s'isoler de la communauté villageoise. Cela était d'autant plus vrai qu'ils avaient conservé de lui le souvenir d'un jeune homme sympathique qui avait noué de nombreuses amitiés dans la région.

Aussi, quand il pénétra dans la longue rue qui donnait accès au centre de Chavignac, ressentit-il comme une sorte de gêne à la seule pensée qu'il devait être observé derrière les volets mi-clos.

Il aperçut quelques rideaux qui frémissaient ou qui se soulevaient sur son passage. Il devina des regards qui le dévisageaient dans l'entrebâillement d'une porte. Il croisa aussi plusieurs personnes connues qui le saluèrent furtivement avant de se retourner, comme si elles avaient douté de l'identité de l'homme qui se dirigeait à grandes enjambées vers le centre du village.

Il s'arrêta un instant à hauteur de la petite église de style roman. Elle était toujours aussi gracieuse, aussi bien proportionnée, avec toujours, hélas, cette sorte d'abominable verrue qui servait de sacristie et qui cachait la partie arrière de l'édifice.

Ce lieu faisait remonter en lui des tas de souvenirs. Il ressentit tout à coup comme une sorte de nostalgie pour une époque où il était encore enfant, adolescent. Et, bizarrement, ne remontaient en lui que les images d'un garçon heureux qui, à défaut d'être bien né, trouvait au milieu de cette nature sauvage une plénitude qui l'encourageait à croquer la vie à pleines dents.

Malgré les réserves émises par le père Breuil, il avait fait ses communions : la privée et la solennelle. Sur ce chapitre, sa mère n'avait rien voulu savoir. Non point qu'elle fût très portée sur la religion, non, mais elle restait attachée à certaines traditions.

Il avait conservé de ces deux cérémonies des souvenirs toujours aussi vivants. Surtout en ce qui concernait la belle et grande communion solennelle. Pour une fois, Antoinette avait mis les petits plats dans les grands. Faisant fi des reproches de Firmin, elle avait préparé un repas de fête auquel s'étaient joints quelques membres de la famille.

Le comportement de François fut la seule ombre au tableau. Jamais il ne s'était montré aussi dissipé que ce jour-là. Désagréable, indiscipliné au possible, sa mère n'avait rien trouvé de mieux que de clamer haut et fort que son fils avait dû probablement avaler le Diable en lieu et place du bon Dieu. Et puis, comme si cela n'avait pas suffi, il avait profité de cette journée à marquer d'une pierre blanche pour se déniaiser.

Il le fit avec une petite cousine qui n'avait pas froid aux yeux. Dans un coin isolé du verger, il découvrit les prémices de l'amour, les premiers émois, comme si, effectivement, l'hostie consacrée avait été habitée par quelque esprit démoniaque qui lui aurait retourné les sens.

Les années avaient passé, mais ces souvenirs déjà lointains restaient toujours gravés au plus profond de sa mémoire. Alors qu'il admirait la belle architecture de l'église, il sentit son cœur battre la chamade, un peu comme si la nostalgie d'une jeunesse à jamais perdue s'était invitée pour lui rappeler un petit bonheur bien éphémère.

Il reprit ses esprits et se dirigea vers le café de la mère Ricard. Par expérience, il savait que c'était en ce lieu que se retrouvaient la plupart des piliers de comptoir que comptait le village. Il était sûr qu'en dix ans les visages avaient beaucoup changé. Cela devait faire belle lurette que les vieux ivrognes avaient dû quitter les lieux, emportés probablement par leurs cuites répétées.

Mais, de manière inexplicable, ces habitués du zinc se renouvelaient de génération en génération. Le recrutement se faisait tout naturellement, au gré d'une rencontre ou tout simplement à cause d'une solitude insupportable ou du désespoir qui habitait ces pauvres travailleurs de la glèbe.

Quand il ouvrit la porte du café, il aperçut quelques têtes qui ne lui étaient pas inconnues. Ils étaient une bonne dizaine regroupés dans une semi-pénombre tout au fond de la salle.

La mère Ricard trônait derrière son comptoir. Cette grande femme pulpeuse en imposait. Elle avait succédé à sa mère qui elle aussi n'était pas femme à s'en laisser compter. A leur décharge, il fallait bien convenir qu'elles devaient souvent se confronter à des clients qui étaient loin d'être dociles.

Odette était un personnage atypique. Elle n'avait pas son équivalent à cent lieues à la ronde. D'abord, à défaut d'avoir trouvé l'âme sœur, elle avait collectionné pas mal d'aventures amoureuses. La rumeur courait qu'elle avait été la maîtresse de quelques notables de Cieux, de Vaulry, voire de Blond. Certains affirmaient même qu'elle avait toujours une relation suivie avec une personnalité connue de Limoges.

En fait, on racontait sur son compte beaucoup d'histoires plus ou moins vérifiables. Tout cela n'était que supputations, ragots, bruits qui circulaient et que rien ni personne ne semblait en mesure d'arrêter.

Car ce qui agaçait surtout les commères du secteur, c'était la discrétion extrême que manifestait Odette pour tout ce qui touchait à sa vie privée. Jamais elle n'avait été prise en défaut. On avait beau l'épier, la surveiller, observer ses fréquentations, elle avait toujours déjoué la curiosité malsaine de celles et ceux qui rêvaient de la surprendre en galante compagnie.

Dans son vieux café aux allures de coupe-gorge, pas un seul client ne se serait permis de faire la moindre allusion à ses conquêtes. C'était motus et bouche cousue. Car elle savait se faire respecter, l'Odette. En plusieurs occasions, elle n'avait pas hésité à faire le coup de poing. Alors on parlait bien des infidélités des uns, de la libido des autres, mais jamais des galipettes présumées de la patronne.

Quand elle tourna la tête et qu'elle vit François s'approcher du comptoir, un beau sourire éclaira soudain son visage. Il était clair que la venue de ce dernier lui procurait un grand plaisir. Cela faisait des semaines qu'elle ruminait, malheureuse qu'elle était de ne pas avoir encore eue la visite du fils Breuil.

Ils s'étaient toujours estimés. Elle avait toujours ressenti une certaine tendresse pour ce grand et beau garçon qui faisait chavirer le cœur des filles. Elle aimait sa manière d'être. Il est certain qu'il se différenciait des autres jeunes paysans des monts de Blond. Contrairement à la plupart de ces derniers, il parlait peu, et quand il s'exprimait, ce n'était jamais pour sortir quelque banalité.

Il était à part. S'il avait quelques amis triés sur le volet, souvent il choisissait d'être seul, comme s'il avait trouvé dans la solitude une sorte d'équilibre, disons d'épanouissement indispensable à son caractère qui excluait tout esprit jugé médiocre.

En fait, ils étaient de la même trempe. Chacun possédait un jardin secret qu'il tenait à protéger à tout prix. Ils avaient toujours entretenu des relations un peu particulières. Odette avait toujours considéré François un peu comme son jeune frère. Il était le seul à qui elle n'hésitait pas à se confier. Cette amitié qui n'entrait pas dans les normes avait longtemps fait jaser tout le village.

Odette Ricard était bien la seule à connaître le fils Breuil sur le bout des doigts. Et, à l'inverse, elle s'était souvent confiée à lui. Alors elle était visiblement heureuse, épanouie, sous le regard des clients qui ne perdaient rien de ces retrouvailles tant attendues.

— J'ai pensé un moment que tu me boudais ! Enfin, à ta décharge, le travail ne doit pas manquer à la ferme ! s'exclama-t-elle tout en se jetant dans ses bras.

Elle était restée la même. Son exubérance était toujours de mise. Elle s'exprimait à haute voix, sans trop s'occuper des oreilles indiscrètes.

— Viens ! Tu dois avoir des tas de choses à me raconter ! ajouta-t-elle tout en entraînant François vers une petite table installée tout près du comptoir.

Il devait tout raconter. Et il avait beau faire court, ces dix longues années passées à Paris demandaient tout de même quelques développements.

Curieuse, Odette Ricard désirait tout savoir. Comme elle l'avait toujours fait avec François, elle n'hésitait pas à lui poser les questions qui touchaient à sa vie la plus intime. Et ils riaient de bon cœur. D'autant qu'ils se rappelaient le bon vieux temps, avec les premières amours de l'un et la toute dernière aventure de l'autre.

Et puis, au fil de la conversation, ils en arrivèrent évidemment à parler du temps présent. Comme s'y attendait le fils Breuil, elle était au courant de tout. Elle parlait du père

Morizot, de la rencontre orageuse avec Charles Vial et, bien entendu, de l'omniprésence de Jeanne Maillot, la belle fermière du hameau de la Malterre.

A un moment donné, elle se pencha vers François, comme si elle avait désiré que leurs échanges verbaux restent confidentiels.

— Tu sais comment je pratique. Quand j'ai quelque chose à dire, je ne prends jamais de gants.

Elle se pencha un peu plus.

— Jeanne Maillot est une femme tout à fait exceptionnelle. Ici, dans tout Chavignac, c'est une personne respectée, même par ceux qui pourraient la jalouser.

Elle se releva légèrement.

— Il en reste un qui ne la porte pas dans son cœur. S'il pouvait la crever, il n'hésiterait pas une seconde. Tu vois probablement de qui je veux parler ?

— Non. Pas spécialement.

Elle se leva et alla chercher deux verres et une bouteille de porto qu'elle réservait pour les amis.

— Charles Vial, de la ferme de la Grande Besse. Un moment, il a cru pouvoir marier sa Bernadette avec Marius Maillot, de suite après que tu aies quitté le pays. Tu imagines les réactions de ce dernier. Alors aujourd'hui, il doit faire une sacrée gueule en constatant l'amitié qui s'est nouée entre toi et Jeanne.

— Mais cette dernière rendait de multiples services à ma mère, et cela depuis plusieurs années.

— Peut-être ! Mais maintenant, c'est toi et Jeanne ! Vous êtes ses pires ennemis. Réfléchis un peu, François ! Jeanne Maillot possède la plus belle propriété des monts de Blond. Quant à toi, tu t'accroches à quelques hectares de terre que Vial convoite depuis toujours. Et en prime, il existe un contentieux entre les Maillot et les Vial au sujet de cette pauvre Bernadette. Ah ! je te le dis comme je le pense, il serait bon que vous restiez sur vos gardes. Je connais le vieux, c'est un vicelard qui doit préparer sa revanche.

Soudain, en provenance du fond de la salle, la voix perçante de Loulou Taillefer s'éleva :

— Dis, François, tu ne viens plus dire bonjour aux vieux amis ? Tu sais, nous aussi on a peut-être des choses à te dire !

Ils étaient tous réunis autour du comptoir. Comme pour se faire pardonner, François Breuil avait commandé deux bouteilles de vin gris à la couleur et à l'odeur étranges. Et ils s'en donnaient à cœur joie ! C'était à celui qui en savait le plus sur la famille Vial. Chacun y allait de son petit secret sur Charles, sur Roger, et sur cette petite salope de Marie. Afin de se donner de l'importance, certains n'hésitaient pas à raconter des histoires abominables sur la vieille Marguerite, et même sur l'épouvantable Bernadette qu'ils qualifiaient de sorcière, de jeteuse de sorts.

Le vin aidant, les langues se déliaient, comme si tout à coup ils avaient ressenti le besoin de divulguer tout ce qu'ils savaient sur la famille de la Grande Besse.

François n'était pas venu pour rien. Cela allait bien au-delà de ce que lui avait narré le père Morizot. Le brouhaha était indescriptible tant ils gueulaient, gesticulaient, tout en se mouillant les amygdales. C'étaient principalement le père Vial et sa belle-fille qui occupaient une grande partie de l'interminable bavardage de ces soiffards. A les écouter, on eût pu croire qu'ils avaient suivi le couple infernal dans ses moindres déplacements.

C'était de longs commentaires sur leurs ébats, leurs fantasmes, leurs provocations. Et celui qui fournissait le plus de détails, c'était bien sûr le Loulou Taillefer. Il aurait pu parler de longues heures tant il connaissait le sujet. Devant les yeux ébahis de François, il ne laissait à personne le soin de commenter les toutes dernières rumeurs qui couraient sur Charles et sur Marie.

— Le vieux, il est en train de perdre la boule ! Cette garce lui a mis la tête à l'envers. Il ne peut plus s'en passer. D'après la mère Chaboulis du hameau de la Vérine, il la prend tous les quatre matins dans les taillis de la Chaize. Et ils ne sont pas gênés ! Si quelqu'un passe dans le secteur, ils poursuivent leur besogne !

Probablement malheureux de voir que Taillefer tenait la vedette, le grand Dédé Volondat se glissa tout près de François.

— Il se dit même que le père Charles aurait dépucelé la Bernadette. Cela peut surprendre, mais depuis qu'il saute la Marie, la seule chose qui compte pour lui, c'est le cul. A croire que quelque chose s'est détraqué dans son cerveau.

Il avala d'un trait son verre de vin et poursuivit :

— Pour dire la vérité, caramboler sa propre fille, c'est tout de même quelque chose qui sort de l'ordinaire. Il ne faut pas avoir la tête bien faite pour commettre, comment dit-on… ? L'insecte, je crois !

— Non, l'inceste ! rectifia Odette.

— Oui, c'est ça ! Mais en prime, se farcir cette horreur ! Ah ! putain ! Je préférerais encore me payer une de mes chèvres ! s'exclama-t-il tout en pouffant de rire.

Désormais, ils racontaient n'importe quoi sur n'importe qui. C'était une longue litanie d'injures, de qualificatifs qui ne faisaient pas dans la dentelle. Ils passaient en revue des familles de Chavignac, de Cieux, de Blond, mais aussi des hameaux comme Lavalette, le Queyroix, pourtant assez éloignés des monts de Blond.

Voyant que, dorénavant, il n'y avait plus grand-chose à espérer de cette bande d'ivrognes, François s'était esquissé, suivi par Odette Ricard, qui ne prêtait plus la moindre attention aux propos des uns et des autres.

Ils s'étaient retrouvés sur le pas de la porte. L'air doux leur fit du bien. A cette heure tardive, les rues de Chavignac étaient peu animées. De temps à autre, une carriole ou une charrette passait, laissant derrière elle un petit nuage de poussière qui voltigeait dans tous les sens.

Odette descendit les marches qui conduisaient au café et entraîna François à quelques pas de là.

— Comme ils sont partis, il va me falloir évacuer la viande saoule. Tu sais, il ne faut pas prendre tout ce qu'ils racontent au pied de la lettre. Tu les connais, ils se défoulent comme ils peuvent. Mais tout de même, fais attention ! A bientôt, mon grand, murmura-t-elle avant de l'embrasser bruyamment sur les deux joues.

A pas lents, il remonta vers le Puychaud. Parfois, il croisait quelques personnes qui le saluaient discrètement. Au loin, il devina plusieurs troupeaux de bovins que l'on ramenait vers les étables. La campagne entière était caressée par une légère brise. De chaque côté du chemin, l'herbe haute des prés montrait que l'on était tout près du début de la fenaison.

Tout en marchant, il pensait à tout ce qu'il avait entendu dans le café de l'Odette Ricard. Tout cela le rendait soucieux même s'il ne pouvait s'empêcher de sourire tant certaines affirmations paraissaient totalement infondées.

Tout à ses pensées, il ne prêta aucune attention à la présence d'un homme qui travaillait à l'entrée d'une prairie. C'est seulement en arrivant à sa hauteur qu'il découvrit Roger Vial qui s'affairait à réparer une barrière en piteux état.

Dans un premier temps, les deux hommes se regardèrent sans mot dire. C'était la première fois qu'ils se rencontraient depuis le retour de François. Dans le passé, ils s'étaient peu fréquentés, mais avaient toujours entretenu des rapports cordiaux.

Roger posa son marteau et s'avança jusqu'au petit talus qui bordait le chemin. Il avait beaucoup changé. François avait beaucoup de difficultés à reconnaître le jeune homme qu'il avait connu naguère. Bien sûr, il n'avait jamais été très séduisant. Et puis, il avait toujours ce regard étrange qui vous fixait intensément, comme s'il avait désiré connaître vos pensées les plus secrètes. Il avait épaissi, ses joues et son cou s'étaient remplis de graisse et ses cheveux hirsutes laissaient apparaître un début de calvitie.

Il regardait François et ne savait que dire. Il se dandinait sur une jambe et sur l'autre, au point de ressembler à une sorte de primate égaré au beau milieu de la campagne limousine.

— Salut, Roger ! Je vois que tu prépares l'entrée des prés en vue de la fenaison. On dit que cette dernière devrait être excellente. Tu en penses quoi ?

Roger Vial s'avança d'un pas.

— Je n'ai jamais vu autant d'herbe. Elle est serrée et de bonne qualité. Maintenant, il ne faudrait pas que la pluie arrive en pleine coupe.

Il jeta un regard à droite, à gauche, et fit quelques pas de plus en direction de François.

— Je suis heureux de te revoir. Il paraît que tu as décidé de rester au Puychaud. Bon d'la ! Faut aimer la terre pour vivre sur cette montagne. Mais tu as probablement des raisons qui te poussent à travailler la propriété de tes parents.

— Il est vrai que j'ai des raisons. J'aime ce pays, ces paysages, les soirs d'été quand la nuit apporte un peu de fraîcheur. Mais il faut certainement être un peu fou. Les monts de Blond sous la neige ! Quoi de plus beau, Roger ? répliqua François Breuil avec une certaine émotion dans la voix.

Ce dernier jeta un regard autour de lui, comme s'il eût redouté quelque visite.

— François, je sais que mon père est venu te voir. Il est têtu comme il n'est pas possible. Il serait prêt à tout pour avoir le Puychaud. Oh ! j'espère qu'il se calmera avec le temps.

Soudain, comme sortie du diable vauvert, Marie Vial apparut. Elle tenait à la main un long panier en osier qui était rempli d'herbe à lapins.

C'était la première fois que François rencontrait celle qui alimentait les rumeurs les plus folles à cent lieues à la ronde. Elle était habillée sobrement d'une longue robe grise, de sabots, et avait jeté sur ses épaules un petit châle mauve.

Elle avait du charme. Petite, frêle, son teint d'une pâleur extrême faisait ressortir le bleu de ses yeux. Elle regardait François. Disons plutôt qu'elle le détaillait de la tête aux pieds avec un petit sourire accroché au coin des lèvres.

Soudain, elle ouvrit la barrière et se planta sur le bord du chemin.

— Ce que tu dis est faux ! Le vieux, il n'a pas perdu la boule ! Et s'il apprend que tu as parlé à cet homme, tu risques d'en entendre parler ! Tu vois peut-être ce que je veux dire ? Hein ! grand couillon !

VII

Cela faisait des jours qu'elle essayait de le convaincre. Il l'écoutait, hochait la tête, mais hésitait encore à franchir le pas. Et puis, à force de persuasion, il avait convenu que l'idée n'était pas mauvaise, que cela allait dans le sens de ce qu'il souhaitait pour la ferme du Puychaud. Aussi s'étaient-ils retrouvés sur le chemin qui descendait vers Chavignac. Pour la circonstance, Jeanne avait proposé sa carriole qui était tirée par un petit cheval un brin fougueux.

Elle seule était en mesure de se faire obéir par cet équidé au caractère impétueux. Dans le chemin plus ou moins bien entretenu qui serpentait jusqu'à l'entrée du village, elle ne disait mot, occupée qu'elle était à guider le Noiraud et à prévenir ses sautes d'humeur.

C'était la toute première fois qu'ils se montaient ensemble à Chavignac. Même s'ils désiraient dissimuler leur inquiétude, ils avaient la gorge serrée et le cœur qui battait la chamade à la seule pensée de tous les regards qui allaient inévitablement se poser sur eux.

Il y avait foule. Une fois par mois, le village accueillait la plus importante foire aux bestiaux de la région. Les éleveurs, les maquignons accouraient de partout. Durant une journée entière, le foirail résonnait de mille bruits, et d'autant d'odeurs. La grande place était divisée en plusieurs secteurs réservés aux bovins, aux ovins, aux porcins et à quelques animaux de basse-cour qui étaient proposés par des paysannes des environs.

Ils avaient vu juste. Alors qu'ils traversaient le foirail, on n'avait de cesse de se retourner sur leur passage. De petits groupes d'hommes et de femmes s'étaient formés et discutaient à voix basse.

On sentait combien François et Jeanne dérangeaient, ou tout au moins interrogeaient les autochtones. Même si rien ne prouvait qu'ils étaient amants, flottait dans l'air comme une sorte de suspicion quant aux relations qu'ils entretenaient.

Pour certains, c'était presque de la provocation. Car même s'ils n'étaient que des paysans, des culs-terreux, il n'en demeurait pas moins qu'ils restaient attachés à certaines valeurs qui devaient venir de la nuit des temps.

Mais il en aurait fallu davantage pour déstabiliser François et surtout Jeanne. Cela faisait bien longtemps que cette dernière se désintéressait des multiples bruits qui couraient sur son compte. Elle avait beau être mariée avec le fils Maillot, elle avait toujours été regardée comme une étrangère, une rapportée qui n'avait rien trouvé de mieux que de chiper un gars du pays.

Mais elle n'en avait que faire. Et cela se voyait fort bien alors qu'elle guidait François au beau milieu de cette foule qui s'agglutinait autour des bestiaux. Et ce n'était pas rien que de se faufiler entre les maquignons, les bouchers et les éleveurs qui vantaient leurs bêtes, et concluaient la vente par une tape amicale dans la main de l'acheteur.

Jeanne était comme un poisson dans l'eau. Elle allait et venait, s'arrêtait pour adresser un bonjour à l'un ou un salut à l'autre. Parfois, elle s'attardait derrière une bête, l'observait sous toutes les coutures, la caressait, donnait son avis sur l'animal, comme si elle eût désiré rappeler qu'elle était une vraie paysanne capable d'en apprendre à certains.

Il était tout de même étrange de voir cette belle et grande femme habillée élégamment, chapeautée, chaussée de petites bottines du meilleur goût, s'intéresser aux vaches, aux moutons, et même aux énormes verrats qui grognaient tout au fond de la place.

Qui aurait pu penser qu'elle dirigeait la ferme de la Malterre ? Car elle était comme ça, madame Maillot.

Autant elle apparaissait comme assez négligée quand elle devait travailler dans les terres ou s'occuper de la basse-cour, autant elle aimait se montrer élégante quand elle descendait dans les villages, et bien entendu quand elle s'offrait une petite journée de détente à Limoges.

Ils avaient rapidement trouvé une belle génisse de race limousine. Fort bien équilibrée, elle possédait une belle tête qui avait tout de suite séduit François. Puis, profitant de la dernière occasion qui leur était donnée de s'évader un peu de la routine journalière, ils s'étaient longuement attardés sur le foirail. Ensuite, ils s'étaient offert un petit repas champêtre dans un restaurant installé à l'entrée de Chavignac. Là, François avait retrouvé de vieilles connaissances, des amis d'autrefois qu'il avait perdus de vue depuis de longues années.

Ils avaient repris le chemin de leur chère montagne plus fatigués que s'ils étaient restés à la ferme. Cela faisait bien longtemps qu'ils n'avaient passé une aussi bonne journée. Jeanne menait toujours la carriole. A ses côtés, François surveillait la génisse qu'ils avaient accrochée à l'arrière et deux agneaux qui, coincés entre les sièges, n'avaient de cesse de bêler.

En arrivant au Puychaud, le père Morizot les accueillit, le visage radieux, visiblement ému de constater que le cheptel s'agrandissait d'une vache et de deux agneaux.

Dès le lendemain matin, ils décidèrent de visiter une fois pour toutes les prés qui devaient être fauchés. Durant près de deux heures, ils parcoururent les petites parcelles du Puychaud, mais aussi les grandes prairies de la Malterre. L'herbe était magnifique et promettait une belle fenaison. En outre, tous les chemins avaient été remis en état, même les plus difficiles d'accès qui menaient à de minuscules prairies situées sur les hauteurs des monts de Blond.

Il fut donc décidé que la première fauche interviendrait avant la fin de la semaine. Pendant ce temps, on aurait tout loisir pour s'occuper des champs de betteraves, de raves, sans oublier le potager si cher au cœur de François Breuil.

Chez les Vial, l'atmosphère était fort différente. Le vieux Charles, qui était au courant de tout ce qui se passait dans le pays, était entré dans un cycle de colères qui semblait ne jamais avoir de fin.

D'abord, il avait appris par Marie que son fils s'était entretenu avec François Breuil. Au début, il avait pensé que c'était encore une invention de sa belle-fille afin de discréditer un peu plus son imbécile de mari.

Mais, rapidement, il avait dû convenir que la rencontre avait bien eu lieu. Et, détail important, aucune insulte n'avait été échangée par les deux hommes. Bien au contraire. D'après cette chipie de Marie, les échanges avaient été parfaitement courtois. Et comme si elle voulait mettre un peu plus d'huile sur le feu, elle avait répété à maintes reprises qu'ils ressemblaient à deux compères tout heureux de se revoir.

A l'annonce d'une telle lâcheté, le père Vial avait été tout près de péter les plombs. Durant des heures, il avait vomi des flots d'injures à l'encontre de Roger. Et comme si cela devait calmer ses nerfs, il avait ingurgité une quantité impressionnante de litres de vin gris. Il l'avait répété cent fois : « Plus de contact avec François Breuil, et pas davantage avec la fermière de la Malterre. »

Alors qu'on espérait le retour d'un certain calme, la nouvelle que François et Jeanne s'étaient montrés ensemble sur le foirail de Chavignac avait complètement déstabilisé le père Vial. Le fait même qu'ils aient osé affronter toute la population paysanne de la région lui avait mis les neurones en effervescence.

Pour lui, cette démarche prouvait que la belle blonde était bel et bien passée à la casserole. Il ne pouvait en démordre. Le matin, au petit déjeuner, durant le repas de la mi-journée, et surtout lors du souper du soir, il n'avait sur les lèvres qu'un seul sujet de conversation : François Breuil et la veuve joyeuse de la Malterre.

On ne l'avait jamais vu dans un tel état. Sa haine était telle pour ces deux personnages qui lui pourrissaient la vie qu'il déraisonnait totalement. Parfois, il tenait des propos dont il était difficile de saisir le sens.

Il en aurait presque oublié le travail journalier et la fenaison prochaine. Toute son énergie se cristallisait autour d'une vengeance qu'il désirait violente et rapide. Mais il avait beau réfléchir, échafauder mille scénarios, il ne savait trop comment s'y prendre pour mettre au pas cet homme et cette femme qui se conduisaient comme s'ils étaient devenus les maîtres des monts de Blond.

C'est au moment où il commençait à désespérer, que la solution jaillit, inattendue. Elle l'était d'autant plus qu'elle se présenta subitement dans l'esprit pour le moins tourmenté de Bernadette.

Il serait judicieux de préciser, que depuis peu, quelque chose s'était modifié dans son comportement. D'ordinaire, c'était une femme plutôt silencieuse qui prenait rarement part aux conversations. Elle murmurait bien un mot par-ci, un mot par-là, mais c'était surtout pour bien montrer qu'elle était encore vivante et pas totalement idiote. Mais jamais elle n'émettait le moindre avis sur tel ou tel sujet.

Et puis, tout à coup, ses réactions devinrent plus agressives. Ce qui n'était pas sans interroger son entourage. Ses sautes d'humeur étaient devenues si nombreuses que le père et la mère Vial en étaient arrivés à évoquer quelque maladie nerveuse, voire des règles douloureuses. Mais ils devaient rapidement découvrir les raisons profondes qui avaient changé ce mouton en véritable louve.

Elle crevait de jalousie ! Eh oui ! le retour au pays de François Breuil avait réveillé en elle des sentiments qu'elle croyait à jamais enfouis. Etrangement, elle avait espéré en une dernière chance. Elle s'était inventé une belle histoire d'amour qu'elle enjolivait au gré de fantasmes qui n'avaient de cesse de l'habiter.

Cette pauvre fille était désormais envahie par un désir fou qui touchait à l'obsession. Plusieurs fois, elle était montée vers le Puychaud pour le seul plaisir d'apercevoir la silhouette de l'homme aimé. François Breuil était devenu une idée fixe qui la projetait dans des rêves insensés.

Elle passait des nuits blanches à l'imaginer auprès d'elle. Cette femme sevrée de plaisir se projetait dans un imaginaire fait de caresses, de jouissance. Elle s'abandonnait dans une suite de masturbations frénétiques qui la laissaient exsangue à l'heure où se préparait la première traite matinale.

Et puis, soudain, la présence quasi quotidienne de Jeanne Maillot auprès de François se transforma en une véritable souffrance. Avec les propos que tenait le vieux Charles et les bruits qui couraient dans tout le pays, elle ne pouvait se faire à l'idée qu'ils ne fussent pas amants.

Elle avait beau faire, prier, essayer d'analyser calmement la situation, elle ne pouvait se défaire de l'image de François et Jeanne enlacés, se couvrant de baisers, se donnant l'un à l'autre, heureux, passionnés, étrangers au regard des autres.

Désormais, la haine avait pris possession de son âme. Son désespoir était tel qu'elle errait du matin au soir, silencieuse, absente, sous le regard inquiet de ses parents qui ne savaient trop que penser d'une attitude qui dépassait l'entendement.

Enfin, vint le jour où l'horrible douleur submergea la non moins horrible Bernadette. Le drame éclata au beau milieu du repas du soir. A la demande du vieux Charles, la mère Vial avait saigné un vieux coq de quatre ans d'âge. Vu tous les kilomètres qu'il avait parcourus en courant après ses femelles, elle l'avait fait mariner, avec trois oignons piqués de clous de girofle, durant quarante-huit heures dans une jarre remplie de vin rouge.

Si cette initiative culinaire n'avait pas permis de l'attendrir comme elle l'eût souhaité, le met était tout de même acceptable. Disons satisfaisant. Même si le râtelier du père Vial montrait quelques signes de faiblesse quand il devait mâchouiller encore et toujours cette viande aussi coriace que celle d'un phacochère.

C'est alors qu'il mastiquait un blanc de la volaille et une patate chaude qui baignait dans la sauce que l'incident se produisit. Subitement, Bernadette se cabra et, sans prévenir, éclata en sanglots.

L'effet fut désastreux. Dans un premier temps, toute la nourriture qui se trouvait dans sa bouche sortit un peu comme de la mitraille. Des morceaux de viande s'éparpillèrent aux quatre coins de la table. Certains, projetés au-delà, traînaient sur le dallage de la salle commune. Tout heureux, le chien Pataud se précipita et les avala en deux coups de mâchoire.

Elle se trouvait dans un état qui frisait presque l'hystérie. Elle pleurait, hurlait, et de ses grosses narines sortaient de longues coulées d'une morve gélatineuse qui venait se mêler aux larmes qui coulaient sur ses joues.

Son visage avait pris toutes les couleurs de l'arc-en-ciel. En outre, elle gueulait des propos totalement incompréhensibles. Elle ressemblait à une démente qui serait subitement entrée en transe.

Marguerite Vial fut la première à réagir.

— Ma pauvre fille, que t'arrive-t-il ? Aurais-tu une fatigue passagère ? Depuis quelque temps, je te trouve toute chose.

— Moi je sais ce qu'elle a, intervint Marie Vial.

Marguerite, visiblement agacée, se tourna vers cette dernière.

— Toi, tu sais toujours tout. C'est à croire que tu as la science infuse. En vérité, tu ne connais pas grand-chose en dehors de tes galipettes.

— Laisse-la parler. Il est toujours bon de connaître l'avis des gens, intervint Charles Vial.

Marie se redressa un peu plus sur sa chaise. Puis elle posa ses deux coudes sur la table, comme si elle avait voulu se donner de l'importance.

— La Bernadette, elle a la maladie de la langueur. Depuis le retour du beau François, elle a le cul aussi chaud que le foyer de la cheminée. Ah ! ça doit lui titiller le ventre d'être autant en manque. Moi, j'ai connu ces moments-là qui me faisaient ressembler à une chienne en chaleur. Quand tu es dans un tel état, tu offrirais ton cul au premier venu. Bref, il n'y a pas à chercher midi à quatorze heures, il lui faut une grosse queue qui la ramonera consciencieusement afin de remettre un peu d'ordre dans ses entrailles.

Le père Vial se tourna vers sa belle-fille.

— Si je te comprends bien, la Bernadette a un besoin urgent d'un mâle vigoureux pour se faire sauter. Tu me diras, ça se trouve, mais ce n'est pas chose aisée. Tu sais, aujourd'hui les garçons deviennent difficiles. Ils veulent de la chair fraîche et des filles capables de répondre à leurs exigences. Pas facile dans ces conditions de trouver le candidat qui voudra se vautrer sur sa panse.

Il remplit deux verres de vin et en tendit un à sa fille.

— Avale ça ! C'est probablement un morceau de cette vieille carne de coq qui a dû se bloquer au niveau du larynx.

Bernadette semblait avoir retrouvé une partie de sa lucidité. Elle se cala au fond de sa chaise, attendant calmement la suite des événements.

Le vieux Charles reprit la parole.

— Ce François Breuil commence à me porter sur le système. Il est arrogant et ose se montrer sur le foirail de Chavignac en compagnie de la veuve Maillot. Dieu merci, je suis loin d'être à cheval sur les principes. Mais ce sont des choses qui ne se font pas. Un point c'est tout. La seule solution pour qu'il décampe du pays, ce serait de le corriger. Pas dans une petite bagarre d'où l'on sort avec quelques égratignures. Non, une vraie et grande correction qui lui montrerait qu'il n'est pas au bout de ses peines, que les difficultés vont devenir insurmontables s'il s'accroche encore à cette putain de terre.

— Mais qui peut lui donner une telle correction ? marmonna la mère Vial.

— Ici, personne n'est en mesure de faire plier Breuil. Moi, je suis trop vieux et j'ai perdu pas mal de forces ces dernières années.

Charles se tourna vers Roger.

— Quant à toi, tu ne ferais pas de mal à une mouche. Faut croire que tu as du sang de navet qui coule dans tes veines.

— Moi, j'ai toujours été en bons termes avec François. Il n'a jamais prononcé une mauvaise parole à mon endroit. Donc je ne vois pas ce qui pourrait me motiver pour lui casser la figure. Cet un homme avec qui j'ai toujours sympathisé. Et puis, pour dire vrai, toutes ces histoires ne m'intéressent pas.

Après un court silence, Marie se hasarda à prononcer un nom.

— Il y a bien Martin Chatignole. C'est un type costaud qui sait se faire respecter. Disons qu'il a des couilles au cul.

— Ce que tu dis est exact. Mais Martin pose tout de même problème. Car s'il a effectivement des couilles au cul, ce sont rarement les mêmes.

Vexée, Marie se cabra un peu plus.

— Qui t'autorise à dire des choses pareilles ?

— C'est assez simple. Ton Martin Chatignole est pédéraste comme il n'est pas possible. Tu l'imagines en train de conter fleurette à François Breuil ? Nom de Dieu ! Tu ne vois pas qu'ils tombent amoureux l'un de l'autre ? Putain de garce ! Ah ! je voudrais voir ça ! répondit Charles tout en éclatant de rire.

Alors que plus personne n'avait d'éventuel candidat à proposer, Bernadette s'extirpa de sa chaise et vint se planter face à son père.

— J'en connais un. C'est le seul qui peut espérer lui tanner la peau, dit-elle d'une petite voix qui montrait qu'elle avait retrouvé son calme.

— Je t'écoute ! Qui est-ce ?

— Le Gégène Champeaux du hameau de l'Age.

Fallait-il qu'elle soit prête à tout pour oser prononcer un nom pareil. Personne ne disait mot tant on était abasourdi par la proposition qu'elle venait de faire. Il faut dire qu'ils avaient des raisons pour réagir ainsi. En effet, les Champeaux étaient ce qui se faisait de pire dans toute la région. On avait beau remonter à plusieurs générations, la famille s'était toujours singularisée par sa violence, sa manière de vivre en marge de la société.

Depuis plusieurs années, Gégène habitait le hameau du Challard, à quelques kilomètres de Chamboret. Il partageait sa vie avec Lucienne Rouby à qui il avait fait trois enfants. Le couple vivait de rapines, de braconnages, de différents larcins qui permettaient de nourrir la maisonnée, et surtout de s'offrir des cuites pratiquement journalières.

En dehors de ces activités, Gégène était toujours disponible quand il fallait faire le coup de poing. Fort comme un bœuf, c'était un type redoutable, voire dangereux, tant il était vicieux, donc capable de préparer n'importe quel coup tordu.

Bien entendu, il ne se battait que contre quelques pièces sonnantes et trébuchantes. Peu lui importaient les raisons qui motivaient tel ou tel commanditaire de ces règlements de compte. Une seule chose comptait pour lui : taper sur la gueule des gens et empocher quelque argent. Disons qu'il joignait l'utile à l'agréable.

Toujours est-il que tous se demandaient si cette sacrée Bernadette n'avait pas tapé en plein dans le mille. Alors chacun donnait son avis en pesant le pour et le contre. Dans un sens, tout le monde pensait que l'idée était bonne, à l'exception de Roger qui émettait de sérieuses réserves.

— Votre Gégène, il est gras de partout. Et puis, avec tout l'alcool qu'il se glisse derrière la cravate, je doute qu'il puisse venir à bout de François. A moins qu'il le prenne en traite. Et encore !

— Mais mon pauvre garçon, on voit bien que tu ne connais pas le Gégène Champeaux. Il est peut-être un peu grassouillet, mais quand il empoigne un type, il ne le lâche plus. Ah ! je l'ai vu à l'œuvre ! C'était impressionnant !

Le père se tourna vers Bernadette et conclut :

— On va te venger, ma grande ! On va te venger !

L'affaire s'était vite conclue. Afin de régler le problème avant la fenaison, le père Vial était parti dès le lendemain à l'aube à la rencontre du terrible Gégène.

Dans la vieille bicoque du Challard, il n'y avait pas eu de marchandage. Les deux hommes se connaissaient assez pour savoir ce que l'un pouvait offrir et ce que l'autre devait accepter. Un gousset garni de quelques pièces, deux canards, trois lapins et une belle échine de porc que la mère Vial avait sortie du saloir, tel était le prix à payer pour s'offrir la tête de François Breuil.

Comme le temps était précieux, Gégène décida de rejoindre le jour même les hauteurs des monts de Blond. Il fit une partie du trajet en carriole et, afin de parfaire sa condition physique, escalada les derniers lacets qui conduisaient au Puychaud en pédalant comme un forçat de la route sur un vieux vélo qui craquait de partout.

Visiblement, il avait présumé de ses forces. A bout de souffle, il stoppa son ascension à une centaine de mètres de la ferme, rangea sa mécanique dans le fossé et prit place sur le rebord du talus afin de récupérer un peu.

Il resta ainsi une bonne demi-heure. C'était la première fois qu'il éprouvait une telle sensation. En effet, même si le père Vial s'était montré généreux, il appréhendait le face-à-face avec un homme qu'il connaissait peu. Il avait l'impression de partir vers l'inconnu, ce qui le questionnait sur la manière dont il allait devoir s'y prendre.

On était en fin d'après-midi. Le ciel était dégagé et une chaleur lourde s'était posée sur toute la région limousine. Pas le plus petit souffle de vent n'était présent qui aurait pu rafraîchir l'atmosphère. Au loin, on percevait des voix qui provenaient des prés ou des champs dans lesquels s'activaient quelques hommes.

Gégène Champeaux se leva, arrangea sa veste et entreprit de faire le reste du chemin à pied. Il marchait bizarrement, le buste penché vers l'avant, les bras écartés du corps. Sa silhouette était pachydermique. Il avançait d'un pas lourd, avec un regard constamment en éveil qui scrutait les moindres recoins de la campagne proche.

Quand il arriva à hauteur de la ferme du Puychaud, il s'arrêta et tendit l'oreille. De suite, il devina une présence devant la petite maison d'habitation. Il fit quelques pas et s'arrêta à nouveau face au petit portillon qui donnait accès au potager.

François Breuil était là. Du fait de la chaleur accablante, il s'était débarrassé de sa chemise et n'avait conservé que son maillot de corps. Ainsi, on pouvait mieux apprécier sa belle et longue musculature sur laquelle coulaient de longues traînées de sueur. Il bêchait la partie haute du jardin. Parfois, il plantait la bêche dans la terre et prenait une fourche avec laquelle il enfouissait le fumier tout le long de la rangée.

Gégène ne savait trop par où commencer. Il eut le sentiment subit que cette opération ne se présentait pas sans risque. Bien sûr, il en avait vu d'autres ! Tout au long de son existence, il avait toujours su se tirer des pires situations. Mais aujourd'hui, c'était comme un pressentiment dont il avait du mal à se défaire.

Soudain, trop orgueilleux pour abandonner le travail qui lui avait été confié, il s'approcha du portillon.

— Dis, tu ne serais pas le fils Breuil, par hasard ?

François se retourna. Il s'appuya sur le manche de sa bêche et essaya de deviner qui était l'individu qui s'adressait ainsi à lui.

— Oui, je suis bien François Breuil ! Que désirez-vous ?

Gégène ouvrit le portillon et se planta au beau milieu de l'allée centrale du jardin.

— Je m'appelle Champeaux. J'ai entendu dire que tu avais acheté une génisse sur le foirail de Chavignac et que tu l'aurais payée bien au-delà du prix qui se pratique actuellement. C'est malhonnête. Ce sont des choses qui ne se font pas.

François avait du mal à comprendre. Les propos tenus par ce Champeaux ne correspondaient à rien. Il était donc clair que sa présence au Puychaud ne pouvait être que de la provocation. Armé de sa pelle, il s'approcha de Gégène.

— Qui t'envoie ?

— Tu es bien arrogant. Je vois que tu ne me connais pas. Des blancs-becs comme toi, j'en ai corrigé des dizaines. Et des plus costauds que toi.

Inconscient du danger qu'il courait, il fit quelques pas en direction de François Breuil. Rapide comme l'éclair, ce dernier saisit des deux mains le manche de la bêche qu'il projeta avec force sur le visage de Champeaux. Puis, s'aidant du manche, il le frappa à nouveau au niveau de l'estomac.

Gégène vacilla quelques instants, perdit l'équilibre et vint choir au beau milieu du chemin qui longeait la ferme. François s'approcha de lui.

— Si tu désires poursuivre, je reste à ta disposition. Dans le cas contraire, va dire à l'homme qui t'a envoyé que François Breuil n'est pas homme à se laisser intimider, par qui que ce soit.

VIII

Charles Vial ressemblait à un spectre. Debout au beau milieu de la cour, il maudissait le ciel et ce bon Dieu qu'il rendait responsable de tous les malheurs qui accablaient sa famille.

En quarante-huit heures, la déprime s'était installée sur la ferme de la Grande Besse. D'abord, il y avait eu la raclée infligée à Gégène Champeaux. Ce dernier était redescendu du Puychaud dans un état pitoyable. La tête en sang et le corps plié en deux, il n'avait rien trouvé de mieux que de chercher refuge chez les Vial.

Quand la vieille Marguerite l'avait vu arriver, traînant péniblement son vélo, elle avait cru sur le coup qu'il avait fait une chute dans un des innombrables virages de la côte du Puychaud. Il se trouvait dans l'incapacité de rentrer au Challard. Les deux coups qu'il avait reçus l'avaient fragilisé à l'extrême. Honteux, blessé dans son amour-propre, il essayait toujours de comprendre ce qui lui était arrivé. Tout avait été si vite qu'il ne trouvait aucune explication rationnelle pour expliquer une punition qui sonnait le glas d'une invincibilité qui perdurait depuis plus de vingt ans.

La présence de Gégène à la Grande Besse était loin de faire l'unanimité. L'accueillir, c'était reconnaître que les Vial étaient partie prenante dans cette affaire. Celle qui était la plus remontée, c'était la Marguerite. Elle était visiblement affolée à la seule pensée qu'on ait pu l'apercevoir se dirigeant vers la ferme.

Avec l'aide de Marie, elle lui avait nettoyé les terribles blessures qui avaient entaillé son visage. En effet, le coup de bêche avait laissé de profondes balafres et déchiré une oreille qui saignait abondamment.

Mais ses souffrances étaient ailleurs. Le coup de manche au creux de l'estomac avait provoqué pas mal de dégâts. Avec toute la nourriture et, surtout, tous les litres de pinard qu'il avait avalés au cours de la journée, il n'avait de cesse de se plaindre de brûlures. De temps en temps, il se levait et se précipitait dans la cour où il vomissait tout en poussant des râles affreux qui créaient la panique chez toutes les volailles de la basse-cour.

On avait attendu que la nuit fût tombée pour le ramener au Challard. Là-bas, le père Vial avait dû subir le courroux de toute la famille. Quand la grosse Lucienne avait vu arriver son homme, elle avait poussé de petits cris stridents avant de s'affaler sur le dallage crasseux de la salle commune.

Comme à son habitude, elle était saoule. Le vieux Charles avait dû s'armer de patience et faire preuve de beaucoup de diplomatie pour calmer cette abominable mégère. Ainsi, il avait dû accepter de lui offrir deux poulets supplémentaires et une bouteille de gniole, son alcool préféré qui accompagnait chaque matin son petit déjeuner.

Mais, comme un nouveau malheur, voilà que la pluie s'était soudain abattue sur tout le pays. Elle était arrivée sans préavis. Les premières gouttes s'étaient mises à tomber au beau milieu de la nuit, accompagnées de violentes bourrasques de vent.

Au levé du jour, le ciel était encombré de gros nuages gris. La pluie tombait désormais sans interruption, fine, poussée qu'elle était par un fort vent d'ouest qui la fouettait avec une puissance incroyable.

Rien ne pouvait laisser espérer en une proche accalmie. Pas la moindre éclaircie ne se profilait à l'horizon. Les ruisseaux qui descendaient de la montagne s'étaient transformés en de véritables torrents. Çà et là, des rigoles dégueulaient leur eau qui avait envahi les prés et les champs situés dans les fonds.

La plupart des chemins étaient devenus difficiles d'accès. Vu l'état des prairies, les troupeaux de bovins et d'ovins avaient été ramenés dans les étables et dans les bergeries. Dans les fermes, les paysans étaient désemparés, catastrophés, cette pluie diluvienne arrivant au plus mauvais moment.

Si près de la fenaison, on se demandait ce qui allait advenir de cette belle herbe qui promettait tant. Les plus optimistes prévoyaient deux ou trois jours de mauvais temps. Sans plus. Quant aux pessimistes, ils avançaient déjà une année de disette. A moins que le bon Dieu n'intervienne rapidement afin de faire réapparaître le beau et grand soleil qui semblait s'être inscrit aux abonnés absents.

Toujours est-il que le père Vial était dans tous ses états. Il avait du mal à se remettre du terrible échec subi par Gégène Champeaux. Il ne pouvait se défaire de l'image d'un homme que personne n'avait osé bousculer jusqu'à ce jour. Il se sentait désarmé face à ce François de malheur qui semblait parfaitement heureux dans sa vieille ferme du Puychaud.

Et puis, voilà maintenant que la fenaison était reportée avec toute cette pluie qui inondait les chemins et ravageait les cultures. Il avait l'impression que sa bonne étoile était en train de l'abandonner. Pour la première fois de son existence, il se sentait fragilisé, comme si tout à coup il avait perdu une partie d'un pouvoir qui, jusqu'alors, n'avait jamais été remis en cause.

Et il n'en finissait pas de gueuler contre ce destin qui ne lui était pas favorable. A l'écouter, Gégène Champeaux l'avait tout simplement trahi. Quant au temps désastreux qui régnait sur toute la région, il n'hésitait pas à blasphémer sous les yeux horrifiés de la mère Vial qui n'avait de cesse de se signer.

La pluie cessa aussi brusquement qu'elle s'était mise à tomber, laissant place à un beau ciel bleu débarrassé de tout nuage. A Chavignac, les derniers événements n'avaient pas échappé aux commères et aux piliers de comptoir. Dans les quelques commerces du village ou chez la grosse Odette Ricard, on parlait certes du retard pris par la fenaison, mais surtout du bref affrontement qui avait opposé François Breuil et Gégène Champeaux.

Et on avait du mal à y croire. Gégène était tellement redouté qu'on se demandait ce qui avait bien pu se passer sur les hauteurs des monts de Blond. Oh ! bien sûr, il avait beaucoup perdu de sa force, de son agressivité, avec toutes les chopines qu'il avalait chaque jour. Mais cela n'expliquait pas tout. Car se retrouver le cul par terre sans même avoir eu l'occasion de réagir, il y avait de quoi se poser des questions.

Mais ce qui intriguait surtout les habitants de Chavignac, c'était les raisons qui avaient conduit Champeaux à provoquer François Breuil. Oh ! histoire de causer, d'alimenter les discussions, on mettait en avant quantité d'hypothèses plus ou moins discutables. Mais en réalité, personne n'était dupe du rôle qu'avait dû jouer le père Vial dans cette histoire qui s'était terminée en eau de boudin.

Bien loin de l'atmosphère bon enfant que l'on pouvait retrouver dans le bar tenu par Odette, les commères, les culs bénits et toutes les mauvaises langues que comptait le village s'étaient retrouvés chez mademoiselle Ernestine Laforêt. C'était en quelque sorte une habitude qui perdurait depuis des décennies. Toutes appartenaient à la bonne société. Il y avait là madame Bonnelle, l'épouse du notaire, madame Poujadoux, veuve depuis peu de Gustave Poujadoux, le médecin de Chavignac, et une demi-douzaine de bonnes femmes qui se retrouvaient chaque semaine, ou en urgence quand l'actualité brûlante les mettait sur des charbons ardents.

Mais avec ces dames, on était bien loin des braillements de Taillefer et autres ivrognes qui refaisaient le monde chez l'Odette. Ici, tout était feutré. On discutait sur un peu tout le monde tout en dégustant une petite tasse de thé et quelques gâteaux secs préparés avec amour par mademoiselle Laforêt.

L'image était trompeuse. Derrière la belle tenue, les jolies toilettes, l'air de ne pas y toucher de ces petites bourgeoises de province, se cachaient en réalité des âmes aussi noires que la soutane du père Lebraud, le curé de Chavignac.

Elles se nourrissaient de rumeurs, les alimentaient, les amplifiaient, les propageaient dans une sorte de jouissance presque hystérique. Car elles étaient comme ça, ces femmes de notables. En excellentes chrétiennes, elles étaient assidues à la messe, ne manquaient que très rarement les vêpres et allaient à confesse tous les quatre matins. Malgré tout, elles s'ennuyaient ferme derrière les volets de leurs belles maisons de caractère. Alors, à défaut de plaisir conjugal, elles se délectaient de toutes les nouvelles, de tous les ragots, surtout ceux qui avaient trait à quelque histoire de sexe, de coucherie inavouable.

Et pour l'occasion, elles avaient de quoi faire. Il faut dire qu'elles s'étaient retrouvées toutes frémissantes tant elles savaient que le sujet qui allait être évoqué était synonyme de longs frissons. Elles salivaient à l'avance, avaient la lèvre gourmande, un peu comme si elles s'apprêtaient à quelque orgasme exceptionnel.

Dans le salon douillet d'Ernestine, on sentait comme une ambiance particulière. On parlait de la pluie et du beau temps qui était enfin de retour. Mais il y avait une certaine retenue dans les propos échangés, comme si ces derniers avaient eu peu d'intérêt au regard des tout derniers événements qui s'étaient produits dans le pays.

C'est madame Bonnelle qui prit l'initiative de crever l'abcès. C'était sa spécialité. Elle était la plus impulsive, celle qui n'hésitait jamais à enfoncer le clou.

— Et si on parlait un peu de ce qui s'est passé à la ferme du Puychaud ? Doux Jésus ! Ces paysans se conduisent toujours pareils à des bêtes !

La petite assemblée n'attendait que cela. Reprenant la balle au bond, mademoiselle Deschassagne intervint à son tour.

— Ce Gégène, il est connu comme un personnage brutal. Mais après tout, qu'allait-il faire au Puychaud ? Je vous le demande ?

— Là-dessous, il y a du Vial. Que voulez-vous, il n'a pas digéré que le fils Breuil refuse de lui vendre la petite propriété ! Vous le connaissez aussi bien que moi, il est capable de tout. A mon avis, c'est lui qui a demandé à Champeaux de provoquer François Breuil, fit remarquer mademoiselle Laforêt.

Désormais, chacune y allait de son petit couplet. Il faut dire qu'aucune ne plaignait Gégène d'avoir été sévèrement corrigé. Il n'avait reçu que ce qu'il méritait. Depuis le temps qu'il faisait régner la terreur, on attendait avec une certaine impatience celui qui lui ferait un jour mordre la poussière.

Et puis, au fil du babillage, on en était arrivé à parler surtout de François Breuil. Il est certain que l'homme les intriguait. Toutes le connaissaient depuis sa plus tendre enfance. Il avait toujours été considéré un peu comme un marginal, un garçon très différent des autres jeunes paysans de la région.

Même s'il n'appartenait pas à leur milieu social, elles l'aimaient bien, ces braves dames patronnesses. Oh ! elles ne pouvaient ignorer toutes les filles qu'il avait séduites. Malgré sa longue absence, sa réputation de coureur de jupons était restée vivace. Alors, inévitablement, on avait mis de côté Gégène Champeaux et le père Vial pour se consacrer au seul cas François Breuil, et à la séduisante madame Maillot.

Elles étaient aux anges. Bizarrement, ces femmes, d'ordinaire si prudes, perdaient toute retenue quand il s'agissait de parler de liaison amoureuse, d'amants, de maîtresses, de ces secrets d'alcôve dont visiblement elles se délectaient.

Cela faisait quelque temps qu'elles lorgnaient du côté de la Malterre. L'état de veuvage de Jeanne Maillot n'avait de cesse de les questionner. Mais elles avaient beau se renseigner auprès de leurs multiples réseaux, rien ne permettait de jeter le moindre blâme sur cette femme à la morale irréprochable.

Elles enrageaient. Elles ne pouvaient croire que cette jeune paysanne se satisfasse de son labeur quotidien. Désirable, belle, elles s'étaient mises en tête qu'elle devait avoir une double vie. Une qui n'en démordait pas, c'était mademoiselle Laforêt. Cette vieille fille acariâtre avait toujours fait une fixation sur la fermière de la Malterre. Elle la détestait. Chaque fois que l'occasion se présentait, elle ne se privait pas pour jeter la suspicion sur le comportement de cette dernière.

C'est donc elle qui ouvrit les hostilités.

— La Maillot, c'est une sainte-nitouche ! Ah ! on peut dire qu'elle joue bien son jeu ! Mais ce n'est que de la poudre aux yeux ! Tenez, je suis persuadée qu'elle doit bien s'offrir quelques petits moments de plaisir ! Il ne faut jamais oublier que ce n'est qu'une paysanne.

Désormais, elles étaient toutes dans leur élément. Il est vrai qu'elles n'avaient jamais porté Jeanne dans leur cœur. Elles lui reprochaient d'être trop distante, de ne jamais avoir fait le moindre effort pour se faire reconnaître comme une des leurs.

Et puis, restaient les trois décès des Maillot qui jetaient comme un trouble chez ces dames bon chic, bon genre. Elles n'osaient trop évoquer le sujet tant les idées les plus folles traversaient leurs esprits. Elles abordaient bien la disparition du père et de la mère Maillot, et de ce pauvre Marius, mais, à défaut d'émettre le moindre avis sur ce grand malheur, elles se regardaient en silence avec des mimiques qui montraient combien de questions troublantes restaient encore sans réponse.

Alors cette amitié qui s'était nouée entre François Breuil et Jeanne Maillot ne pouvait pas les laisser indifférentes.

Pour un temps, elles en oubliaient même leurs bonnes manières. C'était à celle qui allait être la plus impudique, la plus grossière. Elles rivalisaient de jurons, de mots orduriers qui les faisaient ressembler à d'abominables mégères.

Prenant le relais de mademoiselle Laforêt, Berthe Pujadoux se libéra soudain.

— Inutile de tourner autour du pot. Même si certains se voilent la face, moi j'affirme ici même que la veuve Maillot est une grande putain ! Ah ! il faut la voir traversant les rues de Chavignac ! C'est qu'elle porte beau, cette salope ! Et elle est fière ! Quand on la croise, c'est tout juste si elle daigne faire un petit salut de la tête. Mais d'où sort-elle, je vous le demande un peu ? s'exclama-t-elle, le visage rouge de colère.

A son tour, Maryvonne Bonnelle intervint.

— Comme vous y allez, ma chère ! Même si la veuve n'est pas une femme de très grande qualité et qu'elle n'appartient pas à notre milieu, comment pouvez-vous avancer des monstruosités pareilles ? demanda-t-elle en prenant un petit air scandalisé.

— Dites-moi un peu ce qu'elle va faire à Limoges ? Elle passe des journées entières à traîner dans le centre-ville. Je suis certaine qu'elle a un amant de cœur. Mais que voulez-vous, il doit arriver qu'elle éprouve le besoin de se faire réchauffer l'entrecuisse, répliqua la mère Pujadoux.

A la ferme du Puychaud, on était à mille lieues de tous ces commérages. Avec la fin de la pluie, on comptait les jours qui restaient avant la première fauche.

La Saint-Jean approchait à grands pas. Mais dans certains pacages, l'eau stagnait encore. Pourtant, le soleil brillait dorénavant de mille feux. Sur les flancs de la montagne, des chemins avaient été ravinés et d'autres étaient gorgés de boue. Mais, peu à peu, un fort vent du sud s'efforçait d'effacer les traces qu'avait laissées cette pluie diluvienne.

Dans l'attente de la fenaison, François vaquait à ses occupations quotidiennes. Avec l'aide du père Morizot, il conduisait le bétail dans un pré voisin, s'occupait de la basse-cour, et surtout passait de longues heures dans le potager où pas le plus petit carré n'était désormais disponible.

En quelques semaines, la terre s'était enrichie des légumes les plus variés. C'était un foisonnement de couleurs avec des alignements de radis, de salades, de haricots, et cette longue rangée de tomates dont les premières fleurs étaient déjà écloses.

Chaque fois que Jeanne montait au Puychaud, elle le retrouvait en train de biner, de ratisser, d'enlever minutieusement les mauvaises herbes. Elle ne pouvait s'empêcher de sourire en lui faisant malicieusement remarquer que l'entretien du jardin était généralement réservé aux femmes.

Ce soir-là, quand elle se présenta à la ferme, il était en train de puiser l'eau du puits. Elle l'observa longuement avant de le rejoindre. Elle s'approcha de lui avec ce petit air particulier qui annonçait qu'une idée avait dû germer dans sa tête.

— Après-demain, c'est la foire de la Saint-Jean à Cieux. C'est la plus importante de l'année. J'aimerais que tu m'accompagnes.

François posa son arrosoir et se tourna vers elle.

— Mais, chère madame Maillot, quel plaisir pouvez-vous trouver à vous promener entre les vaches et quelques chèvres ?

Il l'avait vouvoyée. Il aimait la taquiner avec un vouvoiement qui l'agaçait au plus haut point.

— Cher monsieur Breuil, sachez que je ne vais pas à Cieux pour me promener, mais essentiellement pour travailler.

— Tu vas travailler ? Comment ça ?

Elle fit quelques pas et prit place sur le rebord du puits.

— Je m'installe sur le marché. Je vends quelques poulets, des canards, des lapins. Il m'arrive même de descendre quelques livres de beurre et quelques douzaines d'œufs frais.

Elle arrangea ses longs cheveux blonds qu'elle avait relevés en chignon.

— Voilà une bonne occasion de te faire un peu d'argent. Tu as une volaille magnifique. Il serait tout de même dommage de ne pas en profiter.

Elle se leva et s'approcha de François.

— Départ après-demain matin à six heures. Surtout, pas d'excuse. Tu verras, cela te changera les idées. En sus, les ventes gonfleront ton porte-monnaie, conclut-elle sur un petit ton autoritaire.

Il ne savait rien lui refuser. Elle avait pris sur lui une telle influence qu'il en arrivait parfois à se demander ce qu'il deviendrait sans elle. Leurs rapports ne souffraient d'aucune ambiguïté. S'ils aimaient discuter de tout, ils manifestaient une certaine retenue pour les sujets qui touchaient aux sentiments, à leur vie passée. Rares étaient les fois où Jeanne avait évoqué le souvenir de son mari. De son côté, François avait posé une véritable chape de plomb sur les dix années qu'il avait passées à Paris.

On eût dit que ces sujets les gênaient, les mettaient mal à l'aise. Et puis, il y avait tant à faire à la Malterre et au Puychaud qu'ils avaient visiblement choisi de conjuguer leur vie au présent. Ils savaient parfaitement qu'on les observait, que certains étaient même dans l'attente du moindre faux pas. L'un et l'autre connaissaient assez la mentalité des gens du pays pour ne pas prêter flanc à la critique.

Et c'était pour bien montrer qu'ils n'avaient rien à cacher qu'ils s'étaient retrouvés sur le marché de Cieux. Ils étaient partis aux premières heures de la matinée. Dans la carriole, on avait entassé une quantité importante de marchandises. François avait suivi les conseils de Jeanne à la lettre. Dans de grands casiers, il avait regroupé des poulets, des lapins, des œufs, et avait même récolté des laitues de printemps dont il était si fier.

Ils s'étaient installés tout près de l'église. Rapidement, la foule avait envahi la place du marché et le foirail où étaient présentés les plus beaux spécimens de la race limousine. Les gens avaient accouru des quatre coins de la région. Pour la plupart, c'était des hommes et des femmes de la campagne. Cela se devinait à travers leurs tenues vestimentaires. Une grande majorité des paysannes était habillée d'une longue chemise en toile, d'une brassière de droguet, d'un cotillon et d'un jupon de dessus. Certaines portaient encore un grand tablier de toile de chanvre et la coiffe de toile pour la tête. Beaucoup étaient encore chaussées de sabots de bois.

Quant aux hommes, ils étaient presque tous vêtus à l'identique. A savoir une chemise toute simple, un pantalon de velours côtelé, une ceinture de flanelle, un gilet et une veste de toile ou de drap. Leur tête était protégée par un chapeau à large bord.

Et ça gueulait, ça braillait au milieu des éclats de rire des jeunes filles tout émoustillées de croiser d'aussi beaux garçons. L'ambiance était plutôt sympathique, voire chaleureuse. Oh ! François était bien loin des petits marchés de la région parisienne. D'autant qu'il ne savait trop où donner de la tête tant les gens étaient intéressés par les produits qu'il avait ramenés de la ferme.

A midi, ils avaient tout vendu. Jeanne n'avait plus un seul gramme de beurre, et elle avait même trouvé preneur pour quelques canards de Barbarie. Quant à François Breuil, même ses chères salades avaient trouvé acquéreuses. Ils étaient follement heureux et ne s'en cachaient point.

Afin de fêter l'événement, ils avaient décidé de s'offrir un bon repas dans une petite auberge située à la sortie du bourg, sur la route de Vaulry. Ils avaient trouvé refuge dans une petite salle à manger dans laquelle étaient dressées quelques tables. De la grande salle enfumée leur parvenaient les hurlements de quelques paysans et maquignons qui s'affrontaient encore sur le prix d'une vache.

François était légèrement étourdi par tout ce tintamarre, toutes ces clameurs qui créaient un vacarme épouvantable. Au cours de ces dernières semaines, il avait perdu l'habitude de la compagnie des hommes. Il s'était habitué à d'autres bruits, à d'autres senteurs. Tout en se délectant d'une savoureuse blanquette de veau, ses pensées allaient vers ces quelques hectares de terre, ces monts dont il pouvait deviner l'imposante silhouette à travers les fenêtres de l'auberge.

Cela faisait bien longtemps qu'il n'avait ressenti un tel bonheur. C'était une sensation indéfinissable qui avait pris possession de tout son être. Face à lui, Jeanne semblait être au diapason. Elle souriait, dégustait les mets proposés, levait son verre rempli de vin rouge avec, dans les yeux, une joie de vivre qui ajoutait encore à son charme singulier.

Ils parlaient peu, comme s'ils avaient peur de gâcher l'instant présent. Ils savouraient ce moment particulier durant lequel leurs regards se croisaient, s'évitaient, un peu comme s'ils avaient redouté de dévoiler les pensées qui leur traversaient l'esprit.

Ils n'avaient cure des gens qui les observaient, et pas davantage de ceux qui murmuraient quelques propos à leur endroit aux tables voisines. Cela faisait quelque temps qu'ils n'avaient que faire des critiques qui pouvaient courir sur leur compte.

Quand ils quittèrent l'auberge, ils remarquèrent que le marché se poursuivait encore. Si la vente des bestiaux s'était peu à peu éteinte, par contre les étals des marchands étaient encore présents. Sur une petite place qui jouxtait le foirail, une petite fête foraine battait son plein. La foule se pressait autour des balançoires, d'une confiserie et d'un manège de chevaux de bois qui faisait le bonheur de nombreux enfants.

Ils restèrent un long moment à musarder, comme s'ils hésitaient encore à prendre le chemin du retour. Ils se promenèrent quelque temps le long des berges de l'étang de Cieux. Puis, comme l'heure avançait, ils rejoignirent la carriole qu'ils avaient garée derrière la petite église.

Un qui commençait à s'impatienter, c'était bien ce diable de Noiraud. Il piétinait sur place et remuait la tête dans tous les sens, ce qui était chez lui le signe d'une extrême nervosité.

Visiblement éreintée, Jeanne proposa à François de prendre les rênes. Celui-ci ne se fit pas prier. Il faut dire qu'il avait toujours eu un faible pour les chevaux. Dans sa jeunesse, à l'époque où son père possédait une vieille carne qui s'appelait Fanny, il était le seul à pouvoir l'approcher. Aussi était-il fier de traverser le village, le buste droit, pas du tout inquiet des réactions imprévisibles dont était assez coutumier le Noiraud.

Le temps était d'une douceur exquise. Parfois, Jeanne attirait son attention sur la beauté d'un troupeau de bovins ou sur les blés, déjà hauts, qui se balançaient, caressés par une légère brise.

Au loin, en provenance de Chavignac, des bruits laissaient deviner que l'on préparait les feux de la Saint-Jean. C'était une tradition qui venait de loin et qui devait purifier par le feu. Alors, chaque année, on dressait le bûcher sur la place du village.

Ah ! Jeanne et François en avaient gardé de ces images qui les renvoyaient vers une jeunesse pas si lointaine. Comment oublier ces rondes autour du feu, ces chants, et puis le moment tant attendu où il fallait sauter au-dessus du gros tas de braises ? C'était le point culminant de la fête. En effet, sauter à plusieurs reprises était synonyme d'une bonne récolte de raves, de protection contre les fièvres et de considération auprès des filles.

On était entre chien et loup. Les prairies et les champs avaient laissé place à une forêt de résineux au milieu de laquelle serpentait le long chemin qui conduisait vers le Puychaud. Le cheval peinait dans cette interminable montée qui semblait ne jamais finir. On était arrivé au lieu-dit les Forges, là où la pente se signalait par des virages aux pourcentages impressionnants.

François sentait que le Noiraud avait grand besoin de récupérer un peu. Prudent, il décida de s'arrêter un instant sur un petit terre-plein qui avait été aménagé sur le bas-côté du chemin.

Dès qu'il eut stoppé la carriole, il se tourna vers Jeanne qui paraissait absente, comme perdue dans ses pensées.

— Le Noiraud en a plein les pattes. Je pense que quelques minutes de repos lui feront le plus grand bien, dit-il tout en sortant son paquet de tabac gris.

Elle n'émit aucun commentaire sur la décision prise par François. Elle resta un long moment sans mot dire, la tête légèrement tournée vers cet océan de résineux qui était déjà plongé dans une semi-obscurité.

— Jeanne, que se passe-t-il ?

Lentement, elle tourna la tête vers lui. Elle avait les yeux noyés de larmes. Elle semblait en cet instant sur le point de défaillir.

— Embrasse-moi… embrasse-moi, murmura-t-elle tout en venant se blottir entre ses bras.

IX

C'était l'histoire d'un homme et d'une femme que rien ne prédisposait à se rencontrer. C'était surtout les prémices d'une histoire d'amour qu'ils n'avaient pas programmée et qui arrivait soudain, à travers un premier baiser, une première étreinte, sur le bord d'un petit chemin qui en avait probablement vu d'autres.

Ils réagissaient de manière étrange, un peu comme s'ils vivaient là leur première aventure amoureuse. Ils en auraient presque oublié leur environnement, protégés qu'ils étaient par une obscurité qui, désormais, enveloppait ce lieu isolé, perdu au cœur des monts de Blond.

Ils avaient su cacher leurs sentiments. Durant de longues semaines, ils s'étaient côtoyés quotidiennement sans rien divulguer de l'attirance qu'ils éprouvaient l'un pour l'autre. Rien ne pouvait laisser prévoir cet abandon subit de Jeanne. Elle, si distante, habitée de principes religieux, s'était retrouvée dans l'incapacité de résister plus longtemps au désir d'aimer et d'être aimée.

De son côté, François n'était pas homme à dévoiler ses états d'âme. Et puis, au fil du temps, il s'était forgé une image de Jeanne qui ne l'incitait guère à prendre une quelconque initiative. A sa décharge, il faut bien reconnaître que cette dernière paraissait peu attirée par une liaison sentimentale. Sa manière d'être, son caractère, l'énergie qu'elle dépensait pour diriger sa propriété représentaient autant d'obstacles pour celui qui aurait souhaité lui conter fleurette.

Et pourtant ! Derrière cette réserve qui n'était qu'apparente, se cachait une femme passionnée, toujours à la recherche du grand et bel amour auquel elle avait longtemps rêvé.

Et dans la petite carriole au confort plutôt rustique, ils étaient bien loin de se poser la question sur le pourquoi et le comment de la chose. Ils n'en étaient plus là. Pour un temps, ils avaient mis de côté leurs préoccupations quotidiennes. Ils vivaient des moments intenses, se couvraient de baisers, de caresses, se murmuraient des mots doux, ignorant superbement le pauvre Noiraud qui, lui, devait probablement rêver à une bonne ration d'avoine et à son écurie de la Malterre.

Ils avaient beau dire et beau faire, leur vie était désormais bouleversée. Nullement habitués à ce genre de situation, ils ne savaient trop comment s'y prendre pour ne pas éveiller les soupçons. Ils improvisaient donc au gré de leurs rencontres. A chaque occasion qui leur était donnée, ils s'isolaient dans la ferme du Puychaud, ou en quelque lieu perdu sur les hauteurs des monts de Blond.

Ils vivaient cette histoire un peu comme une révélation. Jeanne Maillot n'avait jamais ressenti une telle passion pour un homme. Quant à François Breuil, ses conquêtes féminines n'avaient été, la plupart du temps, que de tristes aventures sans lendemain. Alors, que ce soit dans la petite chambre de ce dernier ou dans quelque coin de la forêt profonde, ils n'avaient de cesse de se découvrir, de se donner l'un à l'autre, de partager un plaisir fou qui leur faisait côtoyer l'indicible.

La confidentialité de leurs relations ne dura en fait que quelques jours. Ils étaient bien trop amoureux pour prendre toutes les précautions qui les auraient mis à l'abri des regards indiscrets. S'ils assumaient toujours les multiples travaux qui se présentaient au Puychaud et à la Malterre, il eût fallu être aveugle pour ne pas deviner que quelque chose d'important avait changé dans leurs rapports.

Le premier qui découvrit le pot aux roses, ce fut le père Morizot. Ce qui lui avait mis la puce à l'oreille, c'était le ton qu'ils prenaient désormais pour se parler. Contrairement à leur habitude, ils n'échangeaient plus leurs propos à haute voix. Ils les murmuraient, comme s'ils avaient eu quelque chose à cacher.

Dans un premier temps, cela l'avait fortement intrigué. Curieux comme une chouette, il s'était mis à surveiller leurs va-et-vient, les différents déplacements qu'ils effectuaient à travers les terres des deux propriétés, car il fallait bien penser à la fenaison. Avec toutes ces pluies, elle avait pris un certain retard, même si celui-ci n'était pas encore catastrophique. Malgré tout, certains prés restaient encore fortement humides, sans oublier plusieurs chemins où l'eau en ruisselant avait créé de véritables éboulis.

L'œil toujours aux aguets, le vieil Etienne s'était bien aperçu que quelque chose ne tournait pas rond. Par exemple, quand Jeanne et François partaient visiter une prairie proche de la ferme, leur absence s'éternisait, et ils rentraient avec de petits visages fatigués et des vêtements souvent parsemés de multiples brins d'herbe.

Cette manière d'agir l'agaçait profondément. Non point qu'il eût trouvé quelque chose à redire sur une éventuelle liaison entre Jeanne Maillot et François. Non. Mais il eût aimé ne pas être mis à l'écart, un peu comme s'il avait été un étranger. Il faut dire que depuis le temps qu'il travaillait chez les Breuil, il se considérait un peu comme faisant partie de la famille.

Alors qu'il commençait à désespérer, la chance lui sourit dans les tout premiers jours de juillet. Ce matin-là, François était allé à la Malterre, en compagnie de Riton Raveau, afin de préparer la faucheuse et le râteau-faneur. Bien entendu, il avait déjeuné en tête à tête avec Jeanne. Puis il avait effectué quelques menus travaux avant de partir avec sa bien-aimée vers le lieu-dit le Quéru, là même où ils avaient prévu de débuter la fenaison.

Rapidement, ils avaient pu constater que la terre avait absorbé une grande partie de l'eau. Ne restait que la partie basse du pré où il eût été hasardeux d'utiliser la faucheuse et le râteau-faneur. De l'avis de Jeanne, quelques jours devaient suffire pour assécher la totalité des pacages et des champs de la propriété.

Sans passer par la Malterre, ils avaient pris directement le chemin qui menait au Puychaud. En effet, vu l'heure avancée, ils désiraient être à pied d'œuvre afin de traire les vaches et s'occuper des veaux.

Ils allaient enlacés. De temps à autre, ils s'arrêtaient et se couvraient de baisers. L'amour les avait transfigurés. Jeanne était resplendissante. Il se dégageait de tout son être un tel bonheur que sa beauté, son charme, se trouvaient sublimés, un peu comme si une grâce s'était soudain posée sur elle.

François n'était pas en reste. Lui pourtant si introverti s'était soudainement libéré. Il s'exprimait davantage, riait, plaisantait, minimisait le retard pris pour commencer les foins.

Ils étaient tout bonnement heureux. Et dans le petit chemin pentu qui précédait la ferme du Puychaud, ils avaient le sentiment d'être seuls au monde. Ils ne prêtaient aucune attention au paysage environnant. Ils avançaient en se tenant par la taille, nullement inquiets d'être vus tant le lieu était peu fréquenté par les paysans du secteur.

Quand ils débouchèrent dans la cour de la ferme, ils constatèrent que les bovins n'avaient pas rejoint l'étable. Ils en déduisirent de suite que le père Morizot avait dû partir les chercher. Sans plus attendre, ils se dirigèrent vers la maison d'habitation afin de se désaltérer un peu.

Quand ils pénétrèrent dans la salle commune, ils ne remarquèrent rien de particulier. Tendrement, Jeanne vint se blottir entre les bras de François. Ils restèrent ainsi jusqu'à ce qu'ils perçoivent comme un bruit de papier froissé.

Immédiatement, François Breuil tourna la tête et aperçut la silhouette du père Morizot qui se dessinait dans un recoin assez obscur de la pièce.

— Que fais-tu là ? Tu n'es donc pas parti chercher les bêtes ?

Le vieil homme sortit de la pénombre et fit quelques pas en direction de Jeanne et de François.

— Je lisais un article du journal. Et puis, je ne sais trop pourquoi, mais je me suis assoupi.

— Sacré toi ! Sans notre venue, tu dormirais encore ! As-tu assez de forces pour ramener le bétail ?

Le père Morizot avait reboutonné sa veste et remis sa casquette sur sa tête. Il contourna la table, prit son bâton et s'arrêta, l'air songeur, un peu comme si quelque idée lui trottait dans la tête.

— Dans le journal, j'ai lu qu'un homme connu avait été assassiné. Je crois que c'était le fils d'un roi, ou quelque chose comme ça.

Il fit demi-tour et alla chercher le journal qu'il avait posé sur le rebord de la table.

— C'est bien ce que je disais. C'est l'archiduc François-Ferdinand, l'héritier du trône d'Autriche. Tiens ! Il a été assassiné à Sarajevo. Ils disent que c'est une ville de Bosnie. En outre, le journaliste précise que tout cela peut être grave pour la paix. Qu'en pensez-vous ?

François et Jeanne se regardaient et étaient perplexes. Ils étaient étonnés de voir que le père Morizot s'intéressait autant à l'actualité.

— Père Etienne, je ne sais trop quoi vous répondre. On ne peut qu'attendre et suivre les événements, répondit Jeanne Maillot.

Etienne Morizot traversa la salle et se dirigea vers la porte. Une fois arrivé devant cette dernière, il se retourna brusquement.

— Je vais chercher les bêtes. Quant à vous, je crois qu'il serait bon que vous changiez d'attitude. Celle-ci est parfaitement ridicule. D'autant que tôt ou tard, tout le monde saura.

Il ouvrit la porte et, visiblement satisfait de lui, ajouta :

— Quand on s'aime, il faut en faire profiter les autres. Vous savez, ça fait du bien de voir des gens heureux !

Les propos tenus par le père Etienne ne les avaient pas laissés indifférents. Le soir même, alors que ce dernier avait rejoint sa chambre, ils avaient passé de longues heures à les commenter. D'abord, il y avait cet article qui était paru dans le quotidien régional. Si François s'était déjà intéressé à la politique lorsqu'il travaillait chez le père Benjamin, à Paris, ses connaissances se limitaient à quelques références qu'il avait récoltées auprès de la classe ouvrière de la capitale, sans plus. En fait, tout ce qui touchait aux affaires du monde lui échappait totalement.

Ce n'était pas le cas de Jeanne Maillot. Cette boulimique de lecture avait toujours éprouvé un grand plaisir à découvrir ce qui se passait sur la planète. Elle tenait ça de son père, qui lui avait inculqué le goût du savoir. Durant sa prime enfance, elle avait passé des heures à l'écouter narrer le Second Empire, la défaite de 1870, l'annexion de l'Alsace et de la Lorraine, et le temps des cerises avec la création du Comité central de la Commune.

Elle était intarissable. Devant les yeux étonnés de François, elle avait un mot pour chacun des hommes d'Etat dont lui avait parlé son père. C'était une interminable galerie de portraits avec les Mac-Mahon, Grévy, Ferry, Gambetta, Delcasse, Combes, Briand et autres honorables barbus. Aussi cette histoire d'assassinat l'interrogeait-elle. Même si son érudition restait modeste, elle manifestait une certaine inquiétude quant aux répercussions que pouvait engendrer ce drame.

François découvrait une des faces cachées de Jeanne Maillot. Il était surpris et en même temps admiratif. Jamais encore il n'avait rencontré une femme aussi mystérieuse. Sa personnalité était difficile à cerner tant elle savait dissimuler certains traits de son caractère.

En réalité, elle était multiple. Bien sûr, c'était une paysanne, mais aussi une personne cultivée qui avait toujours soif de savoir. En cela, elle se différenciait de la grande majorité des femmes de son époque. Cette provinciale avait tout pour surprendre un homme comme François Breuil. Forcément, cela le changeait des petites midinettes qu'il avait rencontrées à Paris, ou des filles de ferme qui avaient croisé son chemin tout au long de sa jeunesse limousine.

Mais ce qui avait particulièrement touché Jeanne et François, c'était les quelques mots prononcés par le père Morizot quant à leurs relations. Décidément, ce vieux paysan était un fin observateur. Il n'avait peut-être pas inventé l'eau chaude, mais il possédait tout de même un certain bon sens.

Ils se demandaient s'il n'avait pas raison, si le fait de cacher leur liaison n'était pas une grave erreur de leur part, car ils ne se faisaient aucune illusion. Tôt ou tard, ils ne pouvaient que se faire surprendre, avec toutes les conséquences qui pouvaient en découler.

Car ils les connaissaient toutes ces langues de vipère du pays de Chavignac. Quand elles tenaient une affaire de ce genre, elles n'hésitaient pas à en faire des tonnes pour le seul plaisir de nuire, de voir la rumeur se propager bien au-delà des monts de Blond.

Jeanne Maillot avait quelques exemples de ragots qui avaient perduré durant plusieurs années sans que personne ne soit en mesure d'y mettre un terme. Combien de familles avaient été brisées par ces grenouilles de bénitier ? Elle n'aurait su le dire tant ces affaires restaient secrètes au sein d'une petite bourgeoisie provinciale qui avait encore à cœur de sauver les apparences.

Ils étaient l'un auprès de l'autre, assis sur un vieux banc. La nuit était tombée, et le ciel était habillé d'étoiles. Ils étaient bien, merveilleusement heureux. Au loin, des bruits diffus leur parvenaient des villages noyés dans le bocage. Jeanne avait posé sa tête sur l'épaule de François. Lentement, elle se redressa et se tourna vers ce dernier.

— Le père Etienne est un homme avisé. Il ne sert à rien de nous cacher. Nous sommes libres et n'avons de compte à rendre à personne.

— Tu proposes quoi ?

— Je te propose ceci : dès demain, nous descendrons ensemble à Chavignac. Nous irons faire quelques emplettes ici ou là. On verra bien la réaction des gens.

Elle s'approcha un peu plus de lui, si près que ses lèvres effleurèrent les siennes.

— Mais dans l'immédiat, je te propose de m'accueillir pour la nuit. Vu l'heure tardive, je n'ai nulle envie de redescendre à la Malterre.

Ils savaient par avance que leur venue allait faire scandale. Mais ils n'en espéraient pas tant. Ils étaient descendus au beau milieu de la matinée. Pour la circonstance, ils avaient de nouveau attelé le Noiraud et avaient pris le chemin de Chavignac tout en se demandant à quelle sauce ils allaient être mangés.

Ils avaient arrêté la carriole tout près du kiosque qui trônait au milieu de la place. L'endroit était assez ombragé pour éviter au cheval de subir trop longtemps les rayons ardents du soleil de juillet.

Puis, bras dessus, bras dessous, ils avaient emprunté la rue commerçante du village. Ils avaient beau s'y être préparés, leur cœur battait fort. Ils avaient la certitude que chacun de leurs gestes était observé, disséqué, analysé par tous les regards dissimulés derrière les fenêtres.

Ils s'arrêtèrent à l'épicerie de la mère Lombard, puis à la boucherie-charcuterie Rouillard. Puis, histoire de provoquer un peu plus toute une population qui semblait abasourdie par ce qu'elle voyait, ils ne trouvèrent rien de mieux que de s'installer à la terrasse de l'hôtel-restaurant de la famille Boudard.

Ils n'avaient pas choisi ce lieu par hasard. Dans le pays, tout le monde redoutait la curiosité malsaine de Germaine, la patronne de l'établissement. Ils étaient donc impatients de connaître ses réactions, d'autant qu'elle n'avait jamais porté Jeanne Maillot dans son cœur.

Quand elle les vit, elle s'arrêta tout net, comme si elle avait été soudain tétanisée par cette visite pour le moins imprévue. Puis, reprenant rapidement ses esprits, elle s'avança vers eux le sourire aux lèvres, avec cette façon un brin maniérée qu'elle affectionnait quand elle s'adressait aux clients.

— Mon Dieu ! quelle surprise ! Vous avez donc quitté votre montagne ! Il est certain que là-haut on doit se sentir un peu seul ! Vous désirez ? demanda-t-elle sur un petit ton mielleux.

Jeanne et François commandèrent un café serré et un demi de bière. Ils ne dirent mot, attendant patiemment le retour de Germaine qui devait être sur des charbons ardents. En fait, ils se retenaient pour ne pas pouffer de rire à la seule pensée de toutes les questions qu'elle n'allait pas manquer de leur poser.

Ils avaient vu juste. Elle était revenue, le visage rayonnant, toujours aussi affable en bonne commerçante qu'elle était. Après les avoir servis, elle resta plantée devant eux, arrangeant ses cheveux, adressant un petit bonjour aux passants, essayant de se donner une contenance devant les yeux amusés de ses hôtes.

Soudain, sans leur demander la moindre autorisation, elle prit une chaise et s'installa à leur table. Une fois qu'elle eut calé son gros fessier, elle se pencha vers eux.

— Pour dire la vérité, je suis heureuse que vous soyez venus me rendre visite. Oh ! vous connaissez la mentalité des gens de Chavignac ! Ils ne peuvent s'empêcher de parler, de dire n'importe quoi sur n'importe qui. Aussi, en vous montrant ensemble, vous allez couper l'herbe sous le pied de toutes ces commères qui n'ont de cesse de colporter des tas de rumeurs, souvent infondées.

Elle reprit son souffle et ajouta :

— Après tout, chacun est libre d'organiser sa vie à sa convenance. Au point où vous en êtes, peut-être avez-vous l'intention de réunir les deux propriétés ? Si cela était, ça en ferait des hectares !

Décidément, elle était toujours la même. Elle se serait damnée pour récolter la moindre bribe de nouvelle. Excitée comme il n'est pas possible, elle les regardait, attendant une réponse avec une impatience qu'elle avait bien des difficultés à contenir.

— Madame Boudard, contrairement à ce que vous pensez, nous n'en sommes pas là. Mais nous travaillons souvent ensemble. Oh ! cela ne doit pas faire que des heureux, mais nous n'avons que faire des critiques des uns et des autres, répliqua Jeanne Maillot.

Elle se pencha vers Germaine Boudard.

— Vous qui êtes une femme moderne, à l'esprit large, je vais vous confier un secret qui, j'en suis certaine, sera bien gardé. Madame Boudard, on s'aime, tout simplement.

Ils avaient quitté Chavignac sur le coup de midi. Euphoriques, ils ressemblaient à deux adolescents satisfaits du mauvais tour qu'ils venaient de jouer. Après les propos qu'ils venaient d'échanger avec la mère Boudard, ils pouvaient être certains que toute la communauté villageoise allait rapidement être informée.

Et, cerise sur le gâteau, voilà qu'à la sortie de Chavignac, ils avaient croisé le père Vial et son grand couillon de fils. Dans un premier temps, le vieux Charles leur avait jeté un regard assassin. Et puis, alors qu'ils s'éloignaient en direction de la ferme du Puychaud, ils avaient cru percevoir une série d'insultes, quelques quolibets à leur endroit adressés par le fermier de la Grande Besse. Mais cela ne les avait en rien contrariés tant ils ressentaient de bonheur à se retrouver seuls au cœur de cette nature sauvage qui les protégeait.

Par contre, à Chavignac, cela ressemblait à une petite révolution. On eût dit qu'une tornade s'était abattue sur le village. Il y avait ceux qui les avaient vus, de leurs yeux vus, et ceux qui s'en voulaient, qui étaient véritablement désespérés d'être passés à côté d'une chose pareille.

C'était le rappel général. Même ceux qui avaient commencé la fenaison avaient été informés de la visite de Jeanne et François chez Germaine Boudard. Des rassemblements spontanés s'étaient aussitôt organisés afin de commenter ce que beaucoup considéraient comme un comportement intolérable.

Chavignac vivait une journée bizarre, un peu comme si un événement extraordinaire venait de se produire. Il faut croire que les gens n'avaient pas grand-chose à se mettre sous la dent tant ils portaient d'intérêt à la moindre broutille qui venait modifier leur train-train quotidien. Paradoxalement, ils en avaient presque oublié l'assassinat de l'héritier du trône d'Autriche qui les avait intéressés quelque temps pour une liaison que certains n'hésitaient pas à qualifier de contre nature. Car ce qui agaçait toutes ces bonnes âmes, c'était moins que Jeanne Maillot se retrouve dans le lit de François Breuil que le fait d'imaginer les deux propriétés un jour réunies.

Ces femmes et ces hommes de la France profonde avaient toujours regardé d'un œil critique les alliances qui permettaient à certaines familles de sortir de leur condition. Ici, dans ce pays de traditions, les riches devaient s'allier avec les riches et les pauvres avec les pauvres. Aussi faisait-on remarquer combien la différence était grande entre la belle propriété de la Malterre et les pauvres terres du Puychaud.

Les langues bien pendues pouvaient s'en donner à cœur joie, et elles ne s'en privaient pas. Que ce soit dans les différents commerces du village, chez Odette Ricard, chez la mère Boudard et, bien entendu, chez mademoiselle Laforêt, il n'était question que de Jeanne Maillot et de François Breuil.

Les plus acharnées étaient les quelques bigotes qui versaient leur fiel sur celles et ceux qui osaient trahir la belle morale chrétienne. Elles faisaient bande à part. Elles n'avaient jamais fréquenté le salon de mademoiselle Laforêt. Elles n'avaient jamais accepté la séparation des Eglises et de l'Etat. Cela faisait des années qu'elles vouaient au père Combes une haine tenace. Alors, quand elles apprirent que la veuve de la Malterre avait eu le toupet de se montrer en compagnie de François Breuil, elles s'étaient précipitées vers la sacristie. C'était leur lieu de rendez-vous. Elles s'y sentaient chez elles, protégées qu'elles étaient par un grand crucifix et une statue grandeur nature du curé d'Ars.

Ici, on était loin du salon feutré de mademoiselle Laforêt. Toutes ces vieilles femmes qui servaient le curé de Chavignac étaient des aigries, des personnages atypiques qui tiraient à boulets rouges sur la laïcité, le socialisme, et surtout sur ceux qui enfreignaient les bonnes mœurs.

L'attitude de Jeanne Maillot était perçue comme une atteinte impardonnable aux bonnes mœurs. Elles ne pouvaient admettre qu'une veuve se commette avec ce coureur de jupons qu'avait toujours été François Breuil. Car son passé ne s'était jamais complètement effacé de leur mémoire. Il avait assez défrayé la chronique pour qu'elles se rappellent ses nombreuses conquêtes féminines. Alors, entre un signe de la croix et un Ave Maria, elles n'hésitaient pas à condamner ce couple maudit qu'elles auraient aimé voir excommunier.

— C'est une honte ! Comment peut-on accepter une telle provocation ? Ah ! quand je pense que la Maillot ose venir prier presque chaque dimanche ! Mais où va notre beau pays ? Ces gens chargés de péchés auraient-ils oublié que la France est la fille aînée de l'Eglise ? s'exclama madame Challard, une vieille réactionnaire qui ne jurait encore que par le général Boulanger.

— Je connais la famille Breuil. Le père était un vieil ivrogne qui ne croyait ni en Dieu, ni au Diable. Sa pauvre femme a eu bien du mérite pour partager sa vie avec un tel individu. Pour ma part, le fils ne vaut pas mieux. S'il ne boit pas, j'ai entendu dire qu'il était très favorable aux idées de ce bandit de Jaurès. Tenez, je suis persuadée qu'il fera tout pour mettre la bague au doigt à la veuve Maillot. Ainsi, il sera bientôt à la tête de la plus grande propriété du pays, intervint à son tour mademoiselle Charbonnel, une vieille fille qui avait longtemps enseigné dans une institution religieuse.

Alors que madame Challard servait un petit muscat, histoire de se remonter le moral, c'est la mère Lavigerie, une grosse femme bouffie de partout qui militait pour le retour de l'Ancien Régime, qui trouva le mot de la fin.

— Mademoiselle Charbonnel, votre analyse est pertinente. Mais ils sont comme ça, les socialistes. Avec eux, c'est fais ce que je dis, mais surtout pas ce que je fais.

Elle avala d'un trait son petit verre de muscat et conclut :

— Mais peut-être seront-ils châtiés par le père Vial ? Ah ! s'ils pouvaient se détruire les uns les autres ! Ah ! mon Dieu ! Exaucez-moi et je fais la promesse d'aller prier à Fatima ! A genoux, s'il le faut ! s'écria-t-elle, le regard tourné vers un Christ qui paraissait visiblement peu concerné par le délire collectif de ces harpies sans cœur, et peut-être même sans âme.

X

Cela faisait deux jours que la fenaison battait son plein. Les premières propriétés à sauter le pas avaient été celles qui se trouvaient disséminées dans le bocage. C'était celles qui avaient le moins souffert des pluies et de ce vent terrible qui avait soufflé sans interruption durant un jour et une nuit.

Dans les fermes dont la superficie ne dépassait pas quelques hectares, on travaillait encore à la faux. C'était un labeur dur, rude, qui demandait beaucoup de dextérité et une endurance à toute épreuve.

D'abord, il fallait être habile pour battre la faux sur l'enclume et l'aiguiser à la pierre. Ensuite, c'était le grand rendez-vous dans les petits prés biscornus bordés par des haies. En ces lieux exigus, il n'était pas question d'utiliser la faucheuse, et pas davantage le râteau-faneur. De toute façon, ces petits propriétaires n'avaient pas les moyens d'acquérir un matériel agricole réservé à quelques privilégiés.

La campagne entière se trouvait en effervescence. Dans toute la partie basse des monts de Blond, des hommes et des femmes rejoignaient les pacages dans une bonne humeur qui faisait plaisir à voir. Pourtant, le travail n'était pas une sinécure. Du matin au soir, avec seulement quelques courtes poses pour s'alimenter et se désaltérer, ils travaillaient sans relâche, le dos courbé, les traits tirés, le corps ruisselant de sueur.

Le spectacle était impressionnant. C'était toute une population de paysans qui se retrouvait dans les prés qui s'étendaient du côté de Cieux, de Chavignac, de Blond. Des familles entières se côtoyaient dans une ambiance conviviale qui n'engendrait pas la mélancolie.

Sous le terrible soleil de juillet, les faucheurs menaient leur rang en lignes décalées. Au fil des heures, les muscles brisés, leur rythme se ralentissait, devenait plus saccadé au fur et à mesure que la chaleur augmentait jusqu'à devenir presque insupportable.

Il fallait le repas de midi pour les requinquer un peu. Ce dernier était pour le moins rustique. Il se composait de tranches de lard, de soupe et de fromage. Parfois, le travail était tellement harassant qu'ils devaient se nourrir à quatre ou cinq reprises. Pour retrouver quelques forces, il était aussi recommandé de se désaltérer souvent. Pour ce faire, les femmes apportaient plusieurs litres de vin gris, de cidre et d'eau qu'elles déposaient sous un lit de fougères ou à l'ombre d'un chêne.

Mais elles ne se contentaient pas d'amener la boisson et la nourriture. Elles participaient activement à la fenaison. Derrière les hommes, elles retournaient, râtelaient et, par la suite, prêtaient main-forte pour rentrer le foin.

Chez les Vial, on était aussi sur le pied de guerre. Mais à la Grande Besse, les moyens étaient tout autres que dans les minuscules propriétés qui foisonnaient dans le pays. A la pointe du progrès, le vieux Charles avait fait l'emplette d'une faucheuse et d'un râteau-faneur d'occasion. Parfois, il arrivait que ce dernier tombe en panne. Malgré tout, ce matériel, que beaucoup regardaient avec envie, soulageait les organismes et accélérait la fenaison qui était désormais bouclée en quelques jours.

C'était Roger qui avait en charge la faucheuse. Même s'il était un peu simplet, il menait l'attelage avec une certaine dextérité. Avec lui, pas la moindre herbe n'était laissée de côté. Avec ses deux grands yeux ronds, il allait et venait dans le pré sans une seconde de repos.

Au fil des heures, la chaleur était devenue de plus en plus accablante. L'herbe haute, serrée, laissait prévoir une récolte tout à fait exceptionnelle. Le père Vial jubilait. De temps à autre, il prenait l'herbe entre ses mains, la caressait, la respirait, visiblement satisfait de sa qualité.

Les femmes étaient aussi de la partie, à l'exception de la vieille Marguerite qui était restée à la maison afin de s'occuper du repas du soir. En effet, ce dernier devait d'être copieux. Le repas de la mi-journée étant pris sur le pouce, il importait que tout le monde se rattrape avec des plats riches en viande qui vous chargeaient d'énergie pour les travaux à venir.

Marie et Bernadette étaient en quelque sorte les deux femmes à tout faire de la fenaison. Elles étaient sous les ordres du père Vial. Elles couraient de la ferme aux prés pour apporter un outil, une bouteille de pinard ou quelques miches de pain et un morceau de lard.

Depuis quelque temps, elles ne se quittaient plus. Pourtant, elles s'étaient longtemps évitées, voire détestées. Pour un oui ou pour un non, elles se cherchaient querelle, se jalousaient. Bernadette avait toujours jugé Marie comme une petite putain qui profitait outrageusement des largesses de son père. Quant à Marie, elle ne voyait dans la fille Vial qu'une pauvre fille malade d'une libido en friche.

Bizarrement, tout avait changé dans le comportement des deux femmes. Avec la nouvelle de la liaison entre François Breuil et Jeanne Maillot qui s'était répandue comme une traînée de poudre, elles avaient ressenti comme une blessure qui touchait leurs bas instincts de femelles. L'une n'avait jamais oublié l'affront que François lui avait fait. Quant à l'autre, elle enrageait de voir la veuve de la Malterre s'offrir le plus bel étalon que comptait le pays des monts de Blond.

Depuis que le père Vial avait croisé Jeanne et François à la sortie de Chavignac, il ne se passait pas un jour sans que l'on parle du couple des hautes terres. Quand ce n'était pas le vieux Charles, c'était Bernadette et Marie qui trouvaient toujours un prétexte pour relancer la discussion. De son côté, la vieille Marguerite ne pipait mot tant elle était horrifiée par les propos tenus par sa fille et sa belle-fille. Quant à Roger, il paraissait peu concerné par tout ce qui se disait autour de lui. La seule chose qui lui importait, c'était cette belle faucheuse et ce râteau-faneur qu'il menait afin de couper cette belle herbe et de la retourner avant qu'elle ne se transforme en un foin magnifique dont on remplirait l'immense barge de la Grande Besse.

A la fin de trois journées pleines, tous les prés avaient été coupés. Ne restait qu'un minuscule pacage, difficile d'accès, que Roger s'était proposé de couper à la faux. En attendant, on avait troqué la faucheuse pour le râteau-faneur. Du matin au soir, il passait d'un pré à l'autre, bravant cette canicule qui broyait les corps, tannait la peau, brisait les muscles des hommes jusqu'à ce qu'ils soient repus de fatigue.

C'est à la veille de rentrer la récolte que se produisit un événement qui devait être lourd de conséquences. Ce jour-là, le vieux Charles et Roger ne s'étaient guère attardés à table tellement ils avaient laissé de forces dans les pacages. Quant à la mère Vial, elle aussi n'avait pas demandé son reste tant elle avait touillé de sauces et fait cuire de volailles.

Dans la salle commune, restaient donc Bernadette et Marie. Il faut dire que ce n'était pas la première fois qu'elles veillaient ensemble. Ces derniers temps, elles adoraient se retrouver loin de la présence des autres membres de la famille.

Cette amitié nouvelle avait quelque chose d'assez étrange. Elles étaient si différentes. D'abord, elles n'avaient pas la même éducation, le même niveau d'instruction. Même si Bernadette avait un peu perdu la tête, il lui arrivait d'avoir des raisonnements qui montraient qu'elle n'était pas aussi sotte que certains voulaient le dire. Quant à Marie, c'était une jeune femme sans éducation et à l'instruction pour le moins limitée. Mais surtout, c'était une personne sans le moindre repère moral. Disons une nymphomane habitée tout de même par une forme d'intelligence qui lui dictait toujours où se trouvaient ses intérêts.

Mais ce qui les différenciait surtout, c'était leur physique. Autant Marie avait du charme avec son beau visage et son corps merveilleusement proportionné, autant la pauvre Bernadette était un véritable repoussoir tellement elle s'enlaidissait un peu plus en prenant de l'âge.

Longtemps, elles s'étaient détestées. Oh ! la raison en était simple. Quand Bernadette se regardait dans la glace, quand elle palpait son grand corps gélatineux, son cul en goutte d'huile et ses seins flasques qui ressemblaient à des oreilles de cocker, elle se rendait parfaitement compte qu'elle aurait du mal à attiser le désir d'un homme.

Face à elle, quelle image lui renvoyait sa jeune belle-sœur ? Celle d'une femme séduisante qui avait collectionné les aventures amoureuses. Celle d'une créature sensuelle qui jouissait pleinement de la vie et qui ne s'en cachait pas. Malgré tout, ces deux femmes que rien ne semblait pouvoir rapprocher avaient soudain trouvé un terrain d'entente.

Cela s'était produit avec l'annonce « officielle » de la liaison de François Breuil et de Jeanne Maillot. Aussi, depuis quelques jours, les voyait-on toujours ensemble, papotant à voix basse sous le regard des autres membres de la famille qui se demandaient ce qui pouvait bien se passer dans le cerveau de ces deux femelles.

Ils avaient bien raison de s'interroger sur cette amitié soudaine. Pour s'en rendre compte, il aurait suffi de les écouter échafauder mille plans plus insensés les uns que les autres. Et dans la nuit qui enveloppait dorénavant la campagne, elles avaient trouvé un petit coin isolé, bien loin des oreilles indiscrètes du Roger, et surtout du père et de la mère Vial.

En quelque sorte, c'était devenu le lieu de repli quand l'une désirait parler à l'autre. Dans ce cas-là, elle lui adressait un petit signe discret de la tête. Aussitôt, elles trouvaient toujours une excuse pour s'échapper et se retrouver à l'arrière de la maison d'habitation, dans un recoin du verger.

De là, elles avaient une vue imprenable sur la ferme de la Grande Besse et personne ne pouvait les surprendre. Ce soir-là, comme la température était particulièrement douce, elles avaient pris place sur l'herbe. Autour d'elles, la nature résonnait de mille bruits et l'odeur du foin remontait des prés fraîchement coupés.

Cela faisait plusieurs jours qu'elles imaginaient des tas de scénarios susceptibles de nuire à Jeanne et François. C'était à celle qui trouverait le moyen de pourrir la vie à ces deux êtres qu'elles vomissaient. Bizarrement, c'était la grande Bernadette qui faisait preuve d'une imagination débordante. Elle avait toujours une idée nouvelle derrière la tête, à tel point qu'elle se mélangeait parfois les crayons.

Mais ce soir-là, il faut croire que ses neurones avaient tout à coup retrouvé une seconde jeunesse. Jusque-là, Marie s'était creusé la cervelle afin de trouver le moyen de briser ce couple sur lequel elle faisait une véritable fixation car, pour dire la vérité, cette idylle l'avait fortement perturbée. Elle qui d'ordinaire ne prêtait que peu d'attention aux histoires de cœur se trouvait désormais dans l'incapacité d'évacuer l'image de François Breuil.

Elle réagissait un peu comme si elle avait été la seule dans le pays à pouvoir le séduire. Elle qui avait toujours vu les hommes à ses pieds ne comprenait pas ce qui l'avait poussé dans les bras de Jeanne Maillot.

En fait, elle crevait de jalousie. Mais c'était une jalousie bien différente de celle qui habitait Bernadette. Chez cette dernière, c'était avant tout une histoire de cœur. Par contre, chez Marie, tout ça se situait bien en dessous de la ceinture. Ce type, elle rêvait de devenir sa maîtresse afin de lui montrer de quoi elle était capable. Ah ! rien qu'à y penser, elle ressentait comme un début de jouissance qui lui prenait tout le bas du ventre. Sans vouloir se l'avouer, elle était prête à tout pour se faire sauter par le beau François. L'image de ce dernier ne la quittait plus. Et tout cela la rendait affreusement malheureuse, malade à en crever.

Plus futée qu'on aurait pu le croire, Bernadette avait rapidement deviné les pensées qui agitaient sa belle-sœur. Elle avait compris qu'elle rêvait de se faire culbuter par le fils Breuil. Pour en savoir un peu plus sur son état d'esprit, à diverses reprises elle avait prêché le faux pour savoir le vrai.

Chaque fois que Marie lui parlait de François, elle minimisait le charme de ce dernier et mettait en valeur d'autres hommes de la région. Peine perdue. Marie était comme envoûtée par cette idée fixe qui lui grignotait le cerveau. Bien entendu, toutes ces discussions avaient lieu loin des oreilles du père Vial car elles savaient toutes les deux combien le vieux paysan était peu partageux, en particulier quand il s'agissait de sa jeune et belle maîtresse.

Fidèle à ses habitudes, Bernadette avait laissé Marie parler longuement. Mais cette dernière n'avait que des projets totalement irréalisables qui ne pouvaient mener qu'à une impasse. On eût dit qu'elle avait perdu le sens des réalités. Son corps était tenaillé par un tel désir que sa lucidité en pâtissait un peu plus chaque jour.

Bernadette se releva légèrement, enleva les quelques brins d'herbe qui s'étaient accrochés à sa robe et dit soudain :

— Qui te dit qu'il n'a pas envie de toi ?

Marie se releva à son tour. Elle ne répondit pas immédiatement, comme si la question posée par Bernadette éveillait en elle un certain intérêt.

— S'il avait eu envie de me fourrer, il n'aurait pas fricoté avec cette pétasse de Maillot. Il devait bien savoir que j'étais disponible. Même si le vieux surveille, j'aurais toujours pu m'arranger.

— Que dis-tu ? Tu ne l'as rencontré qu'une seule fois ! Tu aurais tourné autour de la ferme du Puychaud, je suis persuadée que vous auriez pu faire affaire.

— Ton père est toujours sur mon cul. Il a besoin de l'avoir toujours à portée de la main. Ah ! celui-là ! Si ça continue, il va pourrir par la queue ! s'exclama Marie.

La fille Vial comprit que le moment était venu de jouer cartes sur table. Marie paraissait tellement excitée à la seule pensée qu'elle pourrait un jour s'offrir François Breuil qu'elle la sentait prête à toutes les folies pour atteindre son but.

— En ce qui concerne mon père et mon frère, ils ont trop à faire actuellement pour surveiller tes déplacements. Et comme je suis libre de mes mouvements, je vais pister l'emploi du temps de François.

Elle s'approcha de Marie.

— Tu es la seule à pouvoir le détourner de cette catin de veuve. Mais il faut que tu restes prudente. Tu connais le vieux ! S'il apprenait que tu veux absolument te faire culbuter par Breuil, il serait bien capable de te tordre le cou.

Marie ne dit mot. Elle réfléchissait à la proposition que venait de lui faire sa belle-sœur, pesait le pour et le contre. Tout cela était bigrement alléchant, même si les risques n'étaient pas négligeables.

— Une chose m'interroge. Comment peux-tu m'inciter à rencontrer François Breuil alors que tu as toujours rêvé d'écarter les cuisses devant lui. Tu n'es donc pas jalouse ? Imagine un peu qu'il morde à l'hameçon ! Quelle serait alors ta réaction ?

Elles s'étaient levées. Elles remettaient un peu d'ordre dans leurs vêtements. Autour d'elles, les arbres du verger étaient caressés par une imperceptible brise. De temps à autre, quelques oiseaux nocturnes passaient dans les airs avant de disparaître dans la nuit.

— Avec toi, je ne vois pas pourquoi je serais jalouse. Tu fais partie de la famille, et puis je sais bien que tu n'es pas une femme à t'attacher à un homme. Alors quand tu auras reçu ta dose, tu le laisseras comme les autres.

Que ce soit à la Malterre ou au Puychaud, on vivait dans une ambiance beaucoup plus sereine que celle qui régnait à la Grande Besse. La folle passion qui habitait François et Jeanne n'y était pas pour rien. Ils travaillaient dans une sorte d'euphorie permanente, comme si l'amour avait tout à coup gommé la pénibilité de leur labeur quotidien.

Là-haut, la fenaison avait aussi débuté. Mais on avait décidé de commencer par les petits pacages du Puychaud, ceux dans lesquels il n'était pas question d'utiliser la faucheuse, et pas davantage le râteau-faneur.

L'herbe était coupée à la faux. Pour ce faire, Jeanne avait réquisitionné ses ouvriers agricoles, le Riton Raveau et le Philibert Ratignoux. Et ils n'étaient pas de trop pour venir à bout de ces parcelles enserrées entre quelques taillis de châtaigniers ou de landes recouvertes de bruyère en fleur.

Les trois hommes faisaient plaisir à voir. Si le Riton et le Philibert n'avaient pas perdu la main, François connaissait un début de fenaison difficile. Après ces dix années d'absence, il avait du mal à tenir le rythme, et ses gestes étaient loin d'avoir la même efficacité que ceux de ses deux compagnons.

Mais il s'accrochait, serrait les dents, transpirait sang et eau tellement il était désireux de plaire à sa bien-aimée. Car Jeanne ne perdait rien de l'avancement du travail. Il faut reconnaître qu'elle ne restait pas sans rien faire. De l'aube au couchant, elle était avec les hommes afin de retourner le foin qui séchait à une vitesse folle.

Car la chaleur persistait. Le vent venait du sud et ne semblait guère enclin à changer de direction. C'était le temps idéal pour couper, râteler et charger le foin sur d'imposantes charrettes qui grinçaient sous la charge.

François s'était mis au diapason de ses deux compères. Bien sûr, ces journées interminables avaient pour conséquence de lui briser le dos. En deux jours, sa peau avait pris une teinte cuivrée et ses joues s'étaient creusées de deux longues rides de fatigue.

En dépit du terrible labeur, il était follement heureux. Il avait beau ressentir une certaine lassitude à manier la faux des heures durant, la présence de Jeanne suffisait à son bonheur. De temps à autre, il s'arrêtait, s'essuyait le visage et le cou et jetait un regard tendre vers celle qui avait bouleversé son existence.

Car ce qu'il vivait n'était pas une histoire d'amour banale. Cela ne ressemblait en rien à toutes les aventures, les courtes liaisons qu'il avait connues. Pour la première fois, il était subjugué par une femme dont la personnalité était pour le moins singulière. Même quand elle se montrait avec ses habits de paysanne, la belle fermière de la Malterre conservait toujours ce charme particulier qui la faisait ressembler à aucune autre.

En quelque sorte, elle restait un mystère. Besogneuse, autoritaire quand le besoin s'en faisait sentir, elle savait admirablement se faire pardonner ses sautes d'humeur. D'ailleurs, avec François, elle était tout miel. Elle le regardait avec les yeux d'une femme passionnée qui n'avait que faire de la présence de ses deux commis qui ne se faisaient plus guère d'illusions sur les rapports qu'entretenaient François Breuil et leur patronne.

Depuis leur visite à Chavignac, ils ne se cachaient plus. Certains soirs, François restait à la Malterre. Sinon, Jeanne partageait la couche de son amant dans la vieille chambre un brin poussiéreuse de la ferme du Puychaud.

Dans ce cas, Riton Raveau et Philibert Ratignoux descendaient seuls à la Malterre. Ils s'occupaient de la traite des vaches, curaient l'étable, l'écurie et distribuaient le grain à la volaille. De son côté, Jeanne aidait François à rentrer le premier foin sur la barge. Si pénible que soit l'exercice, elle prenait un vrai plaisir à partager ces quelques instants d'intimité avec l'homme qui lui avait redonné espoir en la vie.

Ils étaient sur le point d'en terminer avec les petits prés de la Terrade. Une grande partie du foin avait été rentrée. Ne restaient que deux charrettes à charger avant d'utiliser enfin la faucheuse et le râteau-faneur. A la veille de faucher les grandes parcelles de la Malterre et du Puychaud, on ne cachait pas sa satisfaction d'en avoir fini avec ce travail à la faux que les hommes redoutaient plus que tout.

Tout se déroulait comme ils l'avaient souhaité. Ces derniers jours, ils n'avaient pas vu âme qui vive. Seul le père Morizot leur rendait de temps à autre visite. Malgré son arthrose, il tenait absolument à participer en ratissant le reste de foin qui parsemait les prés.

Avant d'entreprendre les grandes prairies du Sauzy et de Chérugnat, qui étaient les plus vastes de la Malterre, on avait pris la précaution de les visiter. En effet, les terrains en pente étaient propices à des inondations provoquées par un ruisseau souvent capricieux. Dans les fonds, l'eau stagnait parfois durant de longues semaines. Aussi était-il recommandé de ne pas s'aventurer dans ce secteur sans avoir préalablement dressé l'état des lieux.

Jeanne Maillot en personne était allée se rendre compte si le risque subsistait. De son côté, François était descendu dans les pacages du Châtenet, les plus beaux du Puychaud, mais aussi ceux qui réservaient parfois quelques mauvaises surprises. Situés sur le flanc sud des monts de Blond, ils formaient une sorte de plateau sur lequel poussait une herbe abondante et de très grande qualité. C'était les seules terres à se trouver en contrebas de la ferme du Puychaud.

François Breuil allait d'un pas déterminé. Il avait hâte que la journée se termine. Celle-ci s'était passée à rentrer le foin, sans oublier le bétail dont il avait fallu s'occuper avec l'aide du père Morizot.

Quand il arriva au Châtenet, il devina de suite que la terre avait absorbé les quelques trous d'eau qui persistaient encore quelques jours auparavant. Il s'engagea dans le pacage, caressa l'herbe haute, s'attarda un long moment dans un endroit ombragé où souvent le terrain était meuble.

A l'instant même où il s'apprêtait à refermer la barrière, il entendit un bruit de pas qui provenait du chemin. Il se retourna et reconnut la silhouette de Marie Vial.

Cette dernière était en beauté. Elle était vêtue d'une longue jupe confectionnée dans un tissu léger et d'un beau chemisier clair, fermé au col. Ses cheveux noirs, courts, lui donnaient un petit air espiègle. Accroché à son bras, elle tenait un panier rempli de quelques effets féminins.

Elle s'arrêta, sortit un petit mouchoir brodé qui était dissimulé dans sa manche et s'essuya le visage. Il émanait d'elle une sensualité incroyable. Elle respirait l'amour, le désir, le plaisir. Elle s'avança d'un pas et déposa son panier sur le bord du talus.

— Bonjour ! Je ne savais pas que vous aviez des terres aussi proches de la Grande Besse ! Pourtant, je viens assez souvent dans ce coin. C'est étrange, mais c'est la première fois que je vous vois venir en ces lieux, dit-elle de sa petite voix légèrement voilée.

— Je descends au Châtenet chaque semaine. Par contre, que faites-vous ici ? Que je sache, la Grande Besse est derrière vous.

Elle esquissa un petit sourire. Deux petites fossettes s'étaient formées sur ses joues qui ajoutaient encore à la beauté de son visage. François ne pouvait s'empêcher de la détailler. Décidément, il avait du mal à croire que cette belle créature puisse être la maîtresse de ce vieux cochon de Vial.

Elle s'avança et posa un bras sur la barrière du pacage.

— Il paraît que vous êtes fiancé avec madame Maillot. Je dois reconnaître que c'est un beau parti, dit-elle tout en passant une main dans ses cheveux.

Elle avait sorti le grand jeu et fixait François. Sous son chemisier, on devinait deux petits seins aux formes parfaites. Elle se retourna, comme pour s'assurer que personne ne traînait dans le coin.

— Il faut que je fasse très attention. Avec le vieux, il importe que je sois toujours sur mes gardes.

— Que craignez-vous ? Je ne vois pas où est le mal ? A moins que je sois considéré un peu comme le diable ou un pestiféré ?

Elle fit un pas vers lui. Elle était si proche, qu'il pouvait sentir l'odeur de sa peau.

— C'est un vieux con ! Il me mène une vie impossible. Que voulez-vous ? En imaginant que je pourrais vous rencontrer, il a peut-être peur que je succombe, que je m'abandonne entre vos bras, répondit-elle tout en éclatant de rire.

XI

Sa rencontre avec François n'avait pas échappé à tout le monde, Marie s'en était aperçue quand elle était arrivée à la Grande Besse.

Dès qu'elle eut franchi le seuil, elle comprit qu'on l'attendait de pied ferme. D'abord, la mère Vial était assise au fond de sa cuisine. Dans la pièce, Roger se tenait derrière la table et, dans un recoin, Bernadette ne disait mot, recroquevillée qu'elle était sur elle-même. Enfin, debout, le visage écarlate, le vieux Charles ressemblait à une statue.

Elle n'eut pas le temps de dire quoi que ce soit. A peine fut-elle rentrée, qu'il se rua sur elle. Durant plusieurs minutes, ce fut un déluge de gifles, de coups de pied, d'insultes, sous le regard des autres membres de la famille qui semblaient tétanisés par la violence qui habitait le patriarche.

Quand il mit fin à la correction, Marie était allongée sur le dallage de la salle commune, le corps plié en deux. Elle se releva avec peine et vint se blottir sur les genoux de Bernadette. Personne n'avait émis la moindre critique tant les réactions de Charles étaient imprévisibles dans ces moments-là. Paraissant avoir retrouvé une partie de son calme, ce dernier prit place derrière la grande table de chêne et fit signe à sa femme de lui servir la soupe.

Marguerite s'exécuta. Elle savait combien le vieux désirait être obéi au doigt et à l'œil. Elle lui versa donc trois grandes louches d'une soupe grasse, peu appétissante. De suite, le père Charles y ajouta deux verres de vin rouge et touilla longuement le chabrot, le regard absent.

Une fois qu'il eut terminé, il se redressa, lissa sa moustache et se tourna vers sa belle-fille qui n'avait pas bougé d'un pouce.

— Ah ! je t'avais prévenue ! Mais tu n'en fais toujours qu'à ta tête ! Tu sais pourtant ce que j'ai décidé ! Personne dans la famille ne doit adresser la parole à ce pourri de Breuil ! En particulier toi ! gueula-t-il.

Il se versa un verre de vin rouge et poursuivit :

— Salope comme tu es, tu serais bien capable de te faire sauter par ce connard. Mais je te piste ! Je te piste ! Je suis bien placé pour savoir que tu es toujours en chaleur ! Hein ! sale petite pute !

Tant à la Malterre qu'au Puychaud, on s'activait afin de rattraper le temps perdu. La fenaison à la grande faux étant terminée, on avait sorti la faucheuse et le râteau-faneur dont Jeanne était si fière.

On avait commencé par les grands prés du Sauzy et de Chérugnat. Ah ! ça les changeait des petits pacages dans lesquels ils avaient laissé pas mal de leurs forces. Ici, le terrain était uniformément plat, avec une belle herbe qui avait très peu souffert des dernières intempéries.

C'était le Riton Raveau qui menait la faucheuse. Tirée par deux énormes bœufs, cette dernière avançait lentement sous l'œil de Jeanne qui ne perdait rien des allers et retours de la machine. C'était la première fois que François voyait fonctionner un tel engin. Il en était resté au mode d'agriculture que lui avait enseigné son père. Mais en dix ans, certaines habitudes avaient été mises à mal.

Dans la région des monts de Blond, seuls les Vial et les Maillot avaient sauté le pas. Encore faut-il préciser que ces machines avaient été achetées sur le marché de l'occasion. Malgré tout, on ne manquait pas de critiquer les deux familles. C'est que tout ça faisait pas mal d'envieux. Ceux qui ne possédaient que de petites propriétés savaient fort bien qu'ils devraient toujours se contenter de la faux pour couper le foin et le blé noir.

Et puis restaient des mentalités qui dénotaient toujours une certaine manière de vivre. Ces paysans perdus au cœur de la France ne pouvaient imaginer travailler la terre autrement que l'avait fait leurs pères. L'arrivée de ces machines monstrueuses était vécue presque comme une offense à la glèbe. Pour eux, cette dernière devait se mériter. C'était l'enseignement qu'ils avaient toujours reçu et qui perdurait encore dans les fermes. Alors on regardait les Vial et les Maillot un peu comme des aventuriers, des gens qui désiraient désormais économiser leur sueur, un peu comme s'ils étaient devenus des citadins.

Jeanne savait tout ça. Quand son beau-père avait décidé de se moderniser, il avait dû faire face à de multiples critiques. En certaines occasions, on l'avait même insulté, l'accusant de tous les maux. A de multiples reprises, il avait été l'objet de menaces. Il s'était même dit que certains fermiers n'avaient pas hésité à faire appel à une jeteuse de sorts.

Aujourd'hui, on n'en était plus là. Les choses avaient tout de même évolué. Oh ! il y avait toujours de l'incompréhension dans l'air. Mais le phénomène ne se limitait plus à deux familles. En effet, en peu de temps, plusieurs fermiers s'étaient dotés de ce type de matériel que l'on retrouvait dans plusieurs propriétés du côté de Mortemart, de Chamboret, voire de Nantiat.

Et François n'en revenait pas de voir l'herbe coupée, puis ensuite retournée par le râteau-faneur. Il était tellement excité qu'il n'avait pu résister longtemps à l'envie de mener la faucheuse. Et il n'était pas peu fier de mener l'attelage dans ces prés immenses que l'on débarrassait peu à peu de leur parure végétale.

La chaleur était devenue presque insoutenable. Au milieu de cette campagne écrasée par le soleil, les hommes voyaient leurs forces diminuer au fil des jours. Pourtant, ce n'était pas faute d'être ravitaillés par Jeanne. Aidée par le père Morizot, elle n'avait de cesse d'effectuer des va-et-vient entre la ferme et le lieu de la fenaison.

Et ils en ramenaient de ces viandes, de ces charcuteries, de ces fromages que l'on posait à l'ombre des feuillus. Quatre fois par jour, toute l'équipe s'offrait une pause et profitait de quelques minutes de répit pour s'alimenter et se rafraîchir le gosier.

Trois journées avaient suffi pour faucher toutes les parcelles de la Malterre et du Puychaud. Le foin était abondant et de qualité. Quant à la quantité, elle était telle qu'on était assuré de pouvoir nourrir le bétail tout au long des terribles mois d'hiver. En connaisseur, le Riton Raveau n'hésitait pas à affirmer que le regain allait être prometteur, pour ne pas dire historique.

Mais en attendant, il fallait rentrer la récolte. Et cela ne permettait pas de se reposer sur ses lauriers. Ici, on était trop habitué aux orages subits pour laisser le foin dormir dans les prés. Sans perdre de temps, il fallait profiter du grand soleil pour le mettre rapidement à l'abri sur la barge. On avait beau être repu de fatigue, on trouvait encore le moyen de puiser dans ses réserves pour charger les charrettes, manier les fourches et travailler encore et toujours sous les tuiles chauffées à blanc qui recouvraient les granges.

Ils ne ressemblaient plus à des hommes mais à des bêtes. Ils s'activaient du matin au soir, passant des prés de la famille Maillot à ceux des Breuil. Puis, quand la journée arrivait à sa fin, ils étaient visiblement soulagés de se retrouver dans la belle salle commune de la Malterre.

C'était le seul vrai moment de détente qu'ils pouvaient s'offrir. Ils prenaient place autour de la grande table et restaient de longues minutes silencieux, le regard perdu, comme abrutis par ces heures d'un labeur qui dépassait presque l'entendement.

En la circonstance, Jeanne montrait de réels talents de cuisinière. C'était un vrai cordon-bleu. Même le père

Morizot, qui avait pourtant la critique facile, reconnaissait la succulence des mets, sans parler d'un petit vin rouge fort agréable qui le changeait de celui servi à la ferme du Puychaud.

Malgré leur immense lassitude, les hommes faisaient honneur aux terrines de pâté, au jambon de pays, et à un merveilleux lapin sauté à l'ail et accompagné d'une belle fricassée de girolles. On dévorait à belles dents et on buvait de fortes rasades de vin sous le regard de Jeanne dont le bonheur irradiait la petite assemblée.

Bien entendu, on parlait de la fenaison en mettant l'accent sur ce foin dont la qualité dépassait tout ce qu'ils avaient espéré. De son côté, Riton Raveau n'arrêtait pas de maudire le râteau-faneur qui avait eu quelques ennuis mécaniques. Quant au Philibert Ratignoux, il ne disait pas grand-chose vu qu'il avait toujours la bouche pleine tant il était friand de tous les mets proposés par Jeanne.

François n'était guère bavard. Il était trop épuisé pour prendre part à la conversation. Tout en faisant honneur à la table, il observait sa bien-aimée et la trouvait plus belle que jamais. Pourtant, elle aussi était marquée par les efforts fournis au cours de ces derniers jours. Il est vrai qu'elle avait payé de sa personne. On eût dit qu'elle était partout à la fois. Souvent, il lui arrivait d'effectuer plusieurs allers et retours entre la Malterre et le Puychaud. Car il fallait bien s'occuper de la nourriture, mais aussi des volailles, des lapins, sans compter les deux traites journalières et le nettoyage des étables.

Malgré tout, elle resplendissait et trouvait encore le moyen de plaisanter. Parfois, elle passait derrière François, s'arrêtait et restait un long moment à lui caresser la nuque. Dans la petite assemblée, on ne disait mot. Chacun savait, mais on ne se permettait aucun commentaire sur une liaison qui était devenue un secret de polichinelle.

En fait, ils appréciaient assez cette belle histoire d'amour qui apportait un peu de piment à leur train-train quotidien. Et puis, ils étaient bien obligés de reconnaître que Jeanne et François formaient tout de même un couple qui sortait de l'ordinaire. Aussi l'ambiance était-elle chaleureuse, bon enfant, avec les histoires de l'un, les souvenirs de l'autre et l'attitude tout de même étrange de François qui paraissait un brin songeur.

Car en cette belle soirée d'été, une question lancinante lui trottait dans la tête. Les longues journées passées à faner n'y avaient rien changé. Il ne pouvait se défaire de l'image de Marie Vial. Il avait beau essayer de gommer cette rencontre de ses pensées, revenait toujours la silhouette de Marie avec son beau sourire et cette manière si particulière qu'elle avait de jouer de ses charmes.

Ce qui le questionnait en particulier, c'était sa présence en un lieu qui ne lui était pas habituel. En effet, le pré du Châtenet ne se situait pas sur le chemin qui conduisait à la Grande Besse. Loin s'en faut. Or, la belle-fille du père Vial rentrant de Chavignac, il n'y avait aucune raison pour qu'elle se trouve sur les terres du Puychaud.

Pour François Breuil, il était clair que tout cela avait été prémédité. Il était persuadé que cette démarche n'était pas le fruit du hasard, qu'elle n'était pas innocente. Cela l'inquiétait au point qu'il n'avait soufflé mot à Jeanne de cette rencontre qui laissait penser que les Vial n'avaient pas encore dit leur dernier mot.

Il sortit de sa longue réflexion au moment même où Jeanne présentait deux magnifiques tartes aux prunes. Pour la énième fois, Riton Raveau rappelait le mauvais état du râteau-faneur, pendant que Philibert Ratignoux se goinfrait d'une énorme part de fromage de pays.

Soudain, comme mu par un ressort, le père Morizot se redressa et sortit de sa poche quelques pages d'un journal qu'il étala devant lui.

— Tenez ! Avec tout le travail que vous avez sur les bras, je suis certain que vous ignorez ce qui se passe dans le monde. Ah ! on peut dire que ça sent mauvais, cette histoire.

Il était campé tout droit sur sa chaise. Ce vieux paysan presque inculte s'était toujours fait remarquer par un comportement singulier. S'il n'avait jamais quitté son Limousin natal, il s'était par contre toujours intéressé à ce qui se passait en France, voire sur la planète.

Aussi était-il un fidèle lecteur du *Populaire du Centre*. En effet, chaque semaine, il descendait au domaine de la Bachellerie. C'était devenu une habitude qui perdurait depuis de longues années. Là, il partageait une chopine avec le père Martinet, le propriétaire des lieux. Et comme ce dernier connaissait l'attrait d'Etienne pour la lecture, il lui donnait plusieurs numéros du journal, et parfois même quelques exemplaires du *Pays de France,* un nouvel hebdomadaire qui traitait du tourisme dans l'hexagone.

C'était devenu une véritable drogue. Même en plein cœur de l'hiver, il n'hésitait pas à descendre à la Bachellerie. Pourtant, il lisait avec difficulté. Un article de quelques lignes lui demandait un gros effort de concentration. Et puis, il butait sur beaucoup de mots dont il ne comprenait pas la signification. Malgré tout, il trouvait un grand plaisir à découvrir des nouvelles du monde qui l'éloignaient, pour un temps, de la triste monotonie de sa vie de paysan.

Voyant que personne ne réagissait, d'un geste brusque il poussa le journal au milieu de la table.

— Lisez un peu ! Ah ! moi je vous dis que ça sent le brûlé ! Bien sûr, je n'ai pas tout compris. Mais tout de même assez pour avancer qu'il y a de la tension dans l'air !

— Que dis-tu, Etienne ? Avec toi, je me méfie ! Tu comprends tout de travers ! intervint François.

Jeanne s'était saisie du journal. A son air, on pouvait deviner que ce qu'elle découvrait était pour le moins inquiétant. Le silence s'était fait dans la pièce. En bout de table, le père Morizot buvait du petit lait tant il était heureux de montrer qu'il n'était pas aussi gâteux que certains l'affirmaient.

Jeanne Maillot replia le journal et le tendit à François Breuil.

— Etienne a raison. L'assassinat de l'héritier du trône d'Autriche est une occasion inespérée pour l'Allemagne. Cette dernière veut la guerre. Mon Dieu ! j'espère que cela va se calmer ! Il doit bien exister des hommes de bonne volonté des deux côtés du Rhin.

— Mais quelle est cette histoire ? Bordel de merde ! le râteau-faneur ne suffit pas, il faut maintenant que les Prussiens s'en mêlent ! intervint Riton Raveau.

— C'est vrai ce que dit le Riton ! Nous, on se brise l'échine à travailler cette putain de terre. Cela nous suffit largement. Alors l'assassinat de l'hériter de je ne sais pas quoi, on n'en a rien à foutre ! Pas vrai ? gueula Philibert Ratignoux.

Jeanne se tourna vers François qui avait terminé de lire l'article.

— Tu en penses quoi ?

— J'ai un sentiment étrange. Ici, au cœur de notre montagne, on a l'impression d'être loin de tout. Pour beaucoup, Paris est au bout du monde. Nos seules préoccupations se résument à notre bétail et à nos récoltes. Et puis, soudain, au détour d'un article dans le journal, on se rend compte que tout peut basculer.

François se servit un verre de cidre avant d'ajouter :

— Que ce soit en France ou en Allemagne, les socialistes feront tout pour éviter un conflit. Il faut leur faire confiance. Un jour, j'ai eu la chance d'assister à un meeting où s'exprimait Jean Jaurès. C'est un homme de bon sens, plein d'humanité. Je ne peux croire qu'il n'agisse pas afin de calmer les va-t-en-guerre.

On avait rapidement évacué les craintes suscitées par l'article paru dans le journal. Ne restait que le père Morizot pour pronostiquer le pire. Pour dire la vérité, on ne l'écoutait que d'une oreille distraite tellement on était occupé à rentrer les toutes dernières charrettes de foin.

Car avec le retard pris, on n'allait avoir que quelques jours de répit avant que ne débute la moisson. Alors on mettait les bouchées doubles. D'autant que le ciel s'était habillé d'une multitude de petits nuages poussés par un vent d'ouest.

Les barges de la Malterre et du Puychaud étaient pleines à craquer. Cela faisait bien longtemps que l'on avait rentré une telle quantité de foin. Et comme une offrande venue du ciel, la qualité était aussi au rendez-vous, ce qui, ajouté à la prochaine récolte de betteraves, laissait présager une période hivernale sans problème particulier.

Le dernier soir, après que l'on eût refermé la porte de la grange, François et Jeanne se retrouvèrent enfin seuls dans la salle commune du Puychaud. Le fils Breuil était fatigué, mais visiblement fier d'avoir été à la hauteur de la tâche. Tout près de lui, Jeanne était tout simplement épanouie.

Elle était d'une beauté sauvage. Elle avait dénoué son chignon et laissé courir ses longs cheveux blonds sur ses épaules. Avec la chaleur ambiante, elle s'était laissée aller à entrouvrir son corsage et à relever sa longue jupe, ce qui n'était pas habituel chez cette jeune femme d'ordinaire si pudique.

Ainsi, elle était merveilleusement désirable. Ses pieds reposaient sur un petit tabouret et elle avait rejeté sa tête en arrière. Elle resta dans cette attitude un long moment, pendant que François la regardait avec les yeux de l'amour. Soudain, elle se redressa et passa une main dans ses cheveux, où s'étaient accrochées quelques brindilles de foin.

— Ce soir, je te propose une petite escapade. Dans un premier temps, tu vas te faire beau et moi je vais me faire belle. Ensuite, nous quitterons notre montagne. Pour quelques heures, nous oublierons nos vaches, notre basse-cour et la moisson à venir. Allez ! ouste ! s'exclama-t-elle tout en s'extirpant de sa chaise.

— Mais qu'as-tu manigancé ? Aurais-tu l'intention de m'abandonner en quelque coin perdu ? Avec toi, je m'attends à tout ! Alors que proposes-tu ?

Elle s'approcha de lui et passa ses bras autour de son cou.

— C'est une surprise ! Prépare-toi ! Après, nous descendrons à la Malterre. J'espère que Riton et Philibert auront attelé le cheval. Ah ! cette belle ganache doit déjà piétiner d'impatience.

Il avait eu beau la questionner, elle n'avait soufflé mot quant à ses intentions. Ils avaient donc pris le petit chemin sinueux qui partait de la Malterre et descendait en direction de la grande route qui conduisait à Bellac.

La température était particulièrement douce, agréable, même si un petit vent porteur drainait des senteurs qui annonçaient un prochain changement de temps. Jeanne avait rivalisé d'élégance. Elle était habillée d'une belle robe noire, toute simple, dans laquelle elle était tout simplement ravissante. Sur ses épaules, elle avait jeté un grand châle de couleur mauve. Comme à son habitude, elle s'était contentée d'un maquillage extrêmement discret. Quant à François, il avait sorti de la naphtaline un costume gris, de bonne coupe, mais dans lequel il paraissait mal à l'aise.

On était encore entre chien et loup. Jeanne avait pris les rênes et menait le Noiraud avec doigté. Ce dernier trottait joyeusement, heureux qu'il était de tirer la carriole et de s'évader pour un temps de son pré et de sa triste écurie.

François se laissait conduire tout en se demandant quel était le but de ce petit voyage surprise. Il avait bien tenté d'en savoir un peu plus, mais sans résultat. Jeanne restait absolument muette, ne répondant que par un large sourire à son bien-aimé un brin décontenancé.

Quand ils arrivèrent au lieu-dit la Peyrière, la nuit commençait à peine à jeter son voile sur la campagne limousine. Ici, la nature était fort différente de celle des monts de Blond. Les grands résineux avaient laissé place à d'imposants alignements de chênes, de hêtres, qui entouraient de jolis pacages et des champs de blé qui s'étendaient à perte de vue.

Jeanne tira sur les rênes et s'engouffra dans une vaste allée qui zigzaguait sur une bonne centaine de mètres. L'endroit n'était pas dépourvu de charme. Dorénavant, aux terres cultivées avait succédé un parc immense au milieu duquel trônaient d'énormes feuillus et quelques cèdres du Liban.

Soudain, sortant de la pénombre, une longue bâtisse apparut devant laquelle étaient stationnées quelques carrioles et même une automobile, ce qui n'était pas courant dans ce coin reculé du Limousin.

François Breuil ne savait trop que penser. Le secteur nord des monts de Blond n'avait jamais représenté pour lui un attrait particulier à l'époque où il écumait les bals de la région. C'était un coin qu'il connaissait très peu, sinon par ouï-dire. Aussi s'interrogeait-il sur cette belle demeure de caractère qui semblait a priori accueillir une clientèle plutôt aisée.

A ses côtés, Jeanne paraissait ravie. On devinait combien elle se retenait pour ne pas éclater de rire. Mais elle faisait un grand effort pour garder son sérieux tant elle désirait que la surprise soit complète.

L'ensemble était plutôt bourgeois. Quand ils pénétrèrent dans le hall, François comprit qu'ils étaient dans un restaurant qui sortait de l'ordinaire. On était bien loin des petites auberges qui peuplaient la région. L'ameublement était de qualité, et le décor, tout en longs tapis, en boiseries, créait une atmosphère feutrée.

La grand-salle était assez classique. Une douzaine de tables habillaient la pièce. Au fond, une cheminée monumentale retenait particulièrement l'attention. Déjà, quelques clients occupaient les lieux et discutaient à voix basse.

François et Jeanne s'installèrent à une table qui, visiblement, leur était réservée. Jeanne enleva son châle et le déposa sur le dossier de sa chaise. Face à elle, François avait pris l'attitude d'un homme qui attend une explication.

— Comment as-tu fait pour dénicher ce restaurant ? Jamais je n'aurais pu imaginer qu'un tel établissement existait dans le pays. Mais peut-être es-tu une habituée des lieux ?

Jeanne esquissa un petit sourire.

— J'espère que tu n'es pas déçu. C'est un cadeau que je tenais à t'offrir.

— Et encore ?

— C'est la première fois que je viens ici. Mais j'avais entendu parler de l'hôtel-restaurant Chavignoux. J'ai donc réservé par lettre, il y a une dizaine de jours.

Elle posa sa main sur celle de François.

— J'ai pensé que nous en avions besoin, toi et moi. Depuis des semaines, nous travaillons sans prendre une seule seconde de repos. Et puis, que sera demain avec ces nouvelles alarmantes qu'on peut lire dans les journaux. Alors quelques heures en tête à tête nous feront le plus grand bien. Tu en penses quoi ?

Il était visiblement ému. Décidément, cette femme n'arrêtait pas de le surprendre. Parfois, il avait le sentiment de l'avoir enfin découverte. Et puis, sans préavis, elle ouvrait tout à coup un autre tiroir secret.

— Parfois, je me demande si tu ne perds pas un peu la tête. Surtout, ne change pas. Je t'aime comme tu es.

Le repas était somptueux. Jeanne avait décidé de ne rien se refuser. Alors ils s'offraient des mets rares, des plats plus succulents les uns que les autres. Et ils faisaient honneur aux écrevisses à la Nantua, aux côtelettes de veau à la Vert Pré agrémentées de cèpes aux fines herbes. Sans parler d'un merveilleux fromage de brebis et d'une magnifique tarte à la Tatin. Et pour faire couler tout ça, ils n'avaient rien trouvé de plus confortable que de commander un délicieux saint-émilion cru grand bourgeois.

En cette soirée pour le moins particulière, on eût dit qu'ils désiraient rattraper le temps perdu. Ces deux êtres pourtant si différents partageaient dorénavant le même amour de la terre. Ces derniers temps, ils n'avaient pas ménagé leur peine. Levés aux aurores, leurs journées de travail ne laissaient que peu de place à la passion amoureuse qui les habitait. Bien sûr, restaient les nuits trop courtes où ils se retrouvaient le corps brisé, las de cette glèbe qui dévorait leur énergie.

Alors, dans le beau restaurant de la famille Chavignoux, ils faisaient fi de la prochaine moisson, de leurs troupeaux de bovins ou de ce qu'ils pourraient tirer de la vente de quelques moutons. Ils étaient sur une autre planète, heureux, merveilleusement grisés par le vin et l'ambiance si particulière qui régnait en cette somptueuse demeure qui paraissait presque irréelle.

François sortit sa montre de la petite poche de son gilet.

— Bientôt vingt-trois heures ! Il doit faire une nuit d'encre. J'espère que tu as pensé à te munir d'une lanterne. Dans le cas contraire, le retour va être délicat.

Jeanne ne le quittait pas des yeux. Elle avait posé ses deux coudes sur la table, sa tête reposant sur ses deux mains enlacées.

— Qui te parle de partir ? Pour ma part, je trouve l'endroit très romantique. En sus, personne ici ne prête attention à nous. Cela nous change de l'atmosphère des monts de Blond. Tu ne trouves pas ?

— Certainement. Mais le Noiraud doit commencer à s'impatienter. Mon Dieu ! quand je pense que dès demain matin il va falloir s'occuper de la traite !

Jeanne se pencha vers lui.

— Pas d'inquiétude pour le cheval. A cette heure, il se trouve au chaud dans l'écurie de l'hôtel, répondit-elle à voix basse.

François ne put s'empêcher de sourire. Subitement, il venait de comprendre qu'il n'était pas au bout de ses surprises.

— Si tu me décrivais la suite du programme, cela m'éviterait de dire n'importe quoi. Allons ! je suis prêt à tout entendre.

Elle était sur un petit nuage. Elle tarda à répondre, comme si elle avait désiré jouir pleinement de l'instant présent.

— Le cheval est dans l'écurie, et Riton, Philibert et le père Morizot s'occuperont demain matin de la traite à la Malterre et au Puychaud. Quant à nous, une chambre nous est réservée au premier étage. Voilà ! Quant au programme détaillé… je n'ose, répondit-elle dans un grand éclat de rire qui la conduisit au bord des larmes.

François Breuil se redressa sur sa chaise.

— Tu es encore plus folle que je le pensais. A bien y réfléchir, ce doit être pour cela que je t'adore.

XII

Cela dépassait tout ce qu'ils avaient pu imaginer. Ils étaient bien loin des petites chambres vieillottes de la Malterre ou du Puychaud. Ici, tout avait été prévu pour la satisfaction des clients. Et ils en avaient plein les yeux, étonnés qu'ils étaient de se retrouver en un lieu dont le confort n'avait d'égal que la décoration pour le moins surprenante.

La surprise était totale. Ils avaient presque l'impression de se retrouver dans une suite princière. Ils étaient sans voix. Soudain, François se tourna vers Jeanne.

— Tu étais au courant d'un tel luxe ? Quand je pense que certaines personnes vivent dans de véritables taudis ! Désormais, je vais avoir honte de t'accueillir dans ma petite chambre du Puychaud.

Jeanne s'approcha de lui et passa ses bras autour de son cou.

— Je ne savais rien de particulier. Tu sais, le décor je n'en ai que faire. La seule chose qui m'importe, c'est que nous soyons ensemble.

Au diable les meubles de qualité, les grandes et belles tentures et les vases garnis de fleurs ! Ils s'aimaient trop pour s'attarder plus longtemps sur le tape-à-l'œil de la chambre. Ils avaient déjà pris possession du lit au milieu duquel ils se sentaient un brin perdus.

Pour la première fois, ils faisaient l'amour sans la moindre anxiété. Ils n'avaient plus à redouter les indiscrétions du Riton et du Philibert quand ils couchaient à la Malterre, et surtout celle du père Morizot, toujours curieux de leurs moindres faits et gestes. Ils vivaient des moments intenses durant lesquels le désir fou qui les habitait les conduisait vers un plaisir qui touchait à l'indicible.

Leurs corps mêlés ne faisaient plus qu'un. Ils auraient aimé se fondre l'un dans l'autre. La recherche du plaisir les possédait à un point tel qu'elle semblait ne jamais avoir de fin. C'était une débauche de caresses, de mots murmurés, de longs baisers, avec cet abandon de tout leur être quand la jouissance venait clore provisoirement leurs ébats.

La nuit leur appartenait. Leur passion gommait leur quotidien. Ils avaient perdu toute notion du temps, comme s'ils avaient soudain été transportés dans un ailleurs. Ils ne trouvèrent un semblant de sommeil qu'au petit matin, à l'heure où la campagne commençait à se peupler de mille bruits. Déjà, le soleil haut dans le ciel annonçait une journée torride pour ceux qui terminaient la fenaison et les quelques moissonneurs qui avaient envahi les grands champs de blé nichés au cœur du bocage.

Ils n'avaient entrouvert les yeux que sur le coup de dix heures. Ils avaient encore musardé quelque temps au lit avant de se décider à rejoindre enfin les hauteurs des monts de Blond.

Ils échangèrent peu de paroles. De temps à autre, ils se lançaient un regard chargé de complicité. Dans le petit chemin qui montait vers la Malterre, ils ignoraient superbement la campagne qui défilait devant leurs yeux.

François menait le Noiraud. Auprès de lui, Jeanne avait posé sa tête sur son épaule. Leurs tristes mines trahissaient le peu d'envie qu'ils avaient de rejoindre les hautes terres. Autour d'eux, le bocage ressemblait à une ruche. Déjà, les hommes avaient rejoint les champs. Beaucoup d'entre eux rentraient les dernières charretées de foin, pendant que d'autres s'attaquaient à la moisson.

En une nuit, le ciel s'était débarrassé de tous les petits nuages qui l'encombraient la veille. Maintenant, un vent du sud venait caresser les blés et les hautes herbes qui n'avaient pas encore été fanées. La chaleur était toujours aussi intense.

Dans le chemin pentu qui serpentait au milieu de la forêt, la carriole soulevait un épais nuage de poussière. Mais Jeanne et François n'en avaient cure. Leur esprit était ailleurs. La folle nuit qu'ils venaient de partager les avait fragilisés à l'extrême. Ce qu'ils venaient de partager dépassait tout ce qu'ils avaient pu espérer. Désormais, leur amour était si fort qu'ils ne pouvaient imaginer vivre l'un sans l'autre.

Ils se projetaient dans un avenir qu'ils voyaient radieux. Comme par un coup de baguette magique, s'effaçaient les innombrables problèmes qui ne manqueraient pas de surgir. Et au diable les tensions internationales dues à l'assassinat de l'héritier d'Autriche ! Et au diable aussi le père Vial et les familles bien pensantes de Chavignac ! Bien entendu, ils ne se faisaient guère d'illusions sur les commérages, les critiques qui allaient être émises à leur endroit. Mais tout ça ne pesait pas bien lourd face à la passion qui les habitait. Le destin les ayant réunis, seule la mort était désormais en mesure de les séparer.

Quand la carriole s'arrêta enfin dans la grande cour pavée de la Malterre, ils étaient tous là. Visiblement, ils étaient attendus. Philibert Ratignoux et Riton Raveau étaient debout devant la grange. De son côté, le père Morizot avait pris place sur une vieille chaise et se faisait rôtir en plein soleil.

Peu discrets, ils ne se privaient pas de dévisager Jeanne et François. Encore un peu, et ils auraient bien demandé où ils avaient passé la nuit. On les sentait terriblement excités. Surtout le père Morizot. Il faut dire que ce dernier avait assisté naguère aux nombreuses conquêtes amoureuses du fils Breuil. Il avait conservé de cette époque quelques souvenirs croustillants. Alors, dans sa vieille caboche de paysan, il voyait la liaison qu'entretenaient François et Jeanne comme une aventure probablement sans lendemain.

Pourtant, il devinait bien que les temps avaient changé. François Breuil n'était plus le jeune homme insouciant qu'il avait connu autrefois. D'ailleurs, depuis son retour au pays, rares étaient les fois où il était descendu à Chavignac. Tout au long de ces derniers mois, il avait consacré tout son temps au bétail et à la fenaison. La seule entorse qu'il avait consentie, si l'on exceptait cette nuit, se résumait en une ou deux escapades en compagnie de sa bien-aimée.

La matinée s'était écoulée le plus normalement du monde. François avait rejoint la ferme du Puychaud afin de nettoyer l'étable et de vaquer à quelques occupations secondaires. De son côté, Jeanne avait passé son temps à préparer le repas de midi. Et comme on en avait pris l'habitude, tout le monde s'était retrouvé autour de la table de la salle commune afin de déguster un succulent rôti de porc accompagné de pommes de terre nouvelles.

L'ambiance était au rendez-vous. Bien entendu, on parlait encore et toujours de la fenaison et de tout ce foin qui avait été entreposé sur les barges. Mais on évoquait aussi la moisson à venir.

Oh ! que ce soit au Puychaud ou à la Malterre, les champs de blé étaient loin d'être importants. Jeanne possédait en tout et pour tout une belle terre en contrebas de la propriété et deux petites parcelles qui n'offraient que de maigres récoltes. Quant à François, il devait se contenter de deux petits champs qui, par contre, donnaient un blé d'une assez bonne qualité.

La récolte était si maigre qu'elle ne servait en fait qu'à nourrir les familles. Dans les années exceptionnelles, on tirait bien un petit bénéfice, mais celles-ci étaient plutôt rares. Aussi devait-on se satisfaire des quelques quintaux récoltés qui serviraient à confectionner le bon pain quotidien.

C'est au beau milieu du repas que le père Morizot intervint. Jusque-là, il s'était montré assez discret, occupé qu'il était à mâchouiller sa viande qui prenait un malin plaisir à se glisser entre les quelques chicots qui lui restaient encore.

— La fenaison est terminée. N'en parlons plus. Quant à moi, si j'ai un conseil à vous donner, c'est de ne pas trop tarder pour moissonner. Comme on n'a pas une grande superficie, cela ne devrait nous demander que quelques jours. Une fois que les gerbes seront engrangées, on pourra dormir tranquille, intervint-il tout en essuyant son couteau sur un morceau de pain.

— Tu sembles bien pressé ? Le temps est au beau fixe, que je sache. Alors respirons un peu, répliqua François Breuil.

— C'est vrai ça ! Tu nous ferais bien crever, si on t'écoutait, intervint à son tour Philibert Ratignoux.

Tout le monde riait de bon cœur. Il est certain que le père Morizot faisait souvent des propositions pour le moins surprenantes. Bien sûr, on le laissait s'exprimer, mais on tenait rarement compte de ses réflexions.

— Père Etienne, expliquez-moi un peu pourquoi nous devrions moissonner maintenant. Même si, effectivement, le blé est mur, il peut tout de même attendre quelques jours, fit remarquer Jeanne Maillot.

Le père Morizot releva la tête. Il avait pris un petit air ironique dont il était assez coutumier quand il devenait le centre d'intérêt de la petite assemblée.

— Je connais le pays sur le bout des doigts. Ici, sur les monts de Blond, le temps change plus rapidement qu'ailleurs. On ne sait pas trop pourquoi. Certains disent bien que les nuages portés par le vent d'ouest buttent sur les rochers du Puychaud. Mais tout ça, ce sont des histoires de bonnes femmes. La seule chose dont je suis certain, c'est que la chaleur est trop forte pour durer très longtemps.

Il avala son verre de vin et conclut :

— Le vent est sur le point de tourner. Et puis j'ai reniflé des odeurs qui annoncent la pluie. En outre, les bêtes sont nerveuses. Alors je n'ai qu'une chose à vous dire : faut pas tarder ! Faut pas tarder ! Et après, vous remercierez le père Morizot.

Le doute avait envahi les esprits. Durant une soirée entière, on avait pesé le pour et le contre. Et puis, à force de discuter, et la fatigue aidant, on avait décidé de faucher dès le lendemain les petites parcelles de la Malterre.

Et ce n'était pas une mince affaire que de s'attaquer à ces minuscules bouts de terre. Car, contrairement à la fenaison, la récolte de ces quelques blés chétifs ne se faisait pas sans problème. En effet, Jeanne Maillot ne possédait aucun matériel agricole capable de pénétrer dans ces petits champs exigus. C'était le choix qu'avait fait son beau-père. Devant le peu de rendement en blé, en seigle et en blé noir, il avait préféré acquérir un râteau-faneur plutôt qu'une moissonneuse. Aussi moissonnait-on encore à la faux, et même à l'aide d'une faucille quand il s'agissait de récolter le seigle.

Le travail était pénible, harassant. Cela était d'autant plus vrai que les parcelles ressemblaient à de véritables fournaises. Tout le monde était sur le pont. Riton Raveau, Philibert Ratignoux et François Breuil s'activaient comme de beaux diables. Ils maniaient la faux avec une rare efficacité. La cadence était infernale. A intervalles réguliers, les trois hommes s'arrêtaient afin de se désaltérer. Les visages étaient burinés et recouverts de sueur. Animés par le désir d'en finir au plus tôt, ils ne laissaient que peu de place à une quelconque récupération.

Ils ne pensaient à rien, sinon à faucher ces longues tiges qui s'affalaient sur le sol dans un sifflement bizarre. De temps à autre, les hommes se relevaient afin de s'essuyer le visage ou d'aiguiser la faux à la pierre. Contrairement à ce qu'ils avaient pensé, le blé était tout à fait acceptable. Contre toute attente, certains petits champs promettaient même une récolte bien au-dessus de la moyenne.

D'un jour à l'autre, on passait de la propriété de la Malterre à celle du Puychaud. Les moissonneurs étaient devenus de véritables automates. Derrière eux, Jeanne et le père

Morizot ne restaient pas les bras croisés. Mais ils avaient bien des difficultés à suivre le rythme imposé par les trois hommes. Car au fur et à mesure que les graminées étaient coupées, il leur appartenait de les assembler en javelles.

Les propos alarmistes du père Morizot avaient eu pour effet de décupler leurs forces. En effet, trois jours avaient suffi pour moissonner la totalité des champs des deux propriétés. Ne voulant prendre aucun risque, Jeanne et François avaient décidé d'enclencher immédiatement le transport des gerbes vers les granges.

Ils étaient proches de la rupture. Avec les efforts fournis lors de la fenaison, les organismes commençaient à être à bout de souffle. Les visages étaient terriblement marqués, les gestes plus lents, et parfois mal assurés. Malgré tout, on se faisait violence, désireux qu'on était de voir les derniers blés rejoindre le gerbier de la Malterre et du Puychaud.

Afin de fêter la fin de la moisson, Jeanne avait mijoté quelques plats savoureux. Et ce n'était pas un luxe tant les hommes étaient épuisés par ces longues semaines durant lesquelles ils n'avaient pas ménagé leur peine.

Elle n'avait pas été avare tant sur la quantité que sur la qualité. Encore un peu, et on se serait cru à un repas de la gerbaude. C'était une longue suite de plats qui défilaient dans une ambiance où, le vin aidant, les bavardages allaient bon train.

On dévorait à belles dents les terrines, le jambon et un énorme gigot d'agneau accompagné de petites pommes de terre rissolées au saindoux. Le vin coulait à flot. Ah ! ils ne cachaient pas leur joie d'en avoir terminé avec ces travaux qui font vieillir avant l'âge. Désormais, ils allaient pouvoir respirer un peu. Bien sûr, restait à battre le blé. Mais pour la circonstance, Jeanne faisait appel à une batteuse qui se louait de ferme en ferme. C'était nouveau, au point d'en effrayer quelques-uns. D'ailleurs, dans la plupart des petites propriétés, le battage s'effectuait toujours au fléau.

Mais en cette soirée de bombance, on était bien loin de s'interroger sur la suite des événements. Dans l'immédiat, on conjuguait sa vie au présent. Au fil du repas, les langues se déliaient. Bien entendu, on parlait des dures journées passées dans les prés et les champs. Mais, imperceptiblement, on se permettait quelques allusions quant aux relations qu'entretenaient Jeanne Maillot et François Breuil.

Comme toujours quand il s'agissait de nourrir sa curiosité, le père Morizot était le plus hardi. Entre un verre de vin et un morceau de fromage, il n'hésitait pas à taquiner François. C'était souvent à travers des sous-entendus sur sa petite mine ou sur ses longues balades dans la campagne en compagnie de Jeanne.

On riait de bon cœur. Derrière les paroles prononcées par le père Etienne, ne perçait aucun reproche, pas la moindre animosité. Tout cela se déroulait dans la plus parfaite convivialité. Et puis, subitement, n'y tenant plus, ce dernier posa la question qui lui titillait le cerveau.

— Mais où êtes-vous donc passés l'autre nuit ? Ah ! ce n'est pas bien de partir sans laisser une adresse où vous joindre. Oh ! vous n'avez pas dû aller bien loin, j'ai vu ça à la tête du Noiraud. Il était fringant, en pleine forme.

Riton Raveau se tourna vers Morizot.

— Etienne, tu as un certain culot ! En quoi ça te regarde où madame Maillot et François ont passé la nuit ? Tu n'as pas mieux à faire que de te poser une telle question ? Tiens, par exemple, tu pourrais peut-être nous commenter les dernières nouvelles publiées dans le journal.

— Justement ! Avec la moisson, je n'ai pas eu le temps de descendre à la Bachellerie. Ah ! on peut dire que ça me manque. Que ça me manque ! s'exclama le père Morizot.

La soirée s'était terminée aux alentours de minuit. Raveau et Ratignoux avaient quitté la table depuis longtemps. D'un commun accord, Jeanne et François avaient décidé d'accompagner le père Etienne et de coucher au Puychaud.

Au moment de partir, alors que Jeanne mettait un peu d'ordre dans la cuisine, ce dernier s'approcha de François Breuil.

— J'ai des choses à te dire. Mais pas ici. Je t'en parlerai quand nous serons seuls, murmura-t-il.

— C'est si important ?

Le père Morizot tourna la tête afin de s'assurer que Jeanne était toujours dans la cuisine.

— Je suis peut-être un vieux con, mais j'ai toujours le bon œil. Et ce que j'ai vu m'inquiète.

A la Grande Besse, on traînait un peu les pieds. La fenaison s'éternisait. Il faut dire que les Vial n'avaient pas été épargnés par la malchance. Tout cela avait commencé par la grande terre du puy Chauvet. Cette dernière était assez piégeuse. Bordée par un petit ruisseau qui descendait de la montagne, ses fonds étaient souvent parsemés de petits trous où stagnait une eau boueuse.

C'est là que la faucheuse s'était embourbée. Durant toute une matinée, il avait fallu stopper la fenaison afin de sortir les bœufs et la machine de ce mauvais pas. En sus, le râteau-faneur avait fait quelques caprices. On avait donc fait appel au père Thibault, le forgeron de Chavignac, pour remettre en état un matériel qui était à deux doigts de rendre l'âme.

Les jours qui suivirent se déroulèrent dans une ambiance exécrable. Comme si une véritable malédiction s'était posée sur la propriété, les incidents se succédaient presque quotidiennement. Quand ce n'était pas le râteau-faneur qui faisait des siennes, c'était une bête qui boitait bas. Quand on pensait être à l'abri de toute mauvaise surprise, il se présentait toujours quelque chose pour contrarier l'avancement du travail dans les champs.

Ainsi, Roger Vial s'était fait une entorse en descendant de la barge. Une autre fois, c'était un journalier, le Dédé Fourgeron, qui n'avait rien trouvé de mieux que de conter fleurette à Marie. A diverses reprises, il avait même eu la main baladeuse en lui caressant les fesses.

Le père Vial s'en était aperçu et cela s'était terminé par une terrible correction durant laquelle Roger avait fait preuve d'un bel esprit de famille. En effet, autant il se montrait tolérant quand il s'agissait de son père, autant il faisait preuve d'une jalousie exacerbée quand Marie était approchée par un étranger.

Fourgeron l'avait appris à ses dépens. En cette circonstance, le fils Vial avait montré sa véritable nature. Cet homme d'ordinaire si calme, si introverti, avait fait étalage de ce dont il était capable. Durant de longues minutes, il s'était acharné sur le pauvre Dédé. On eût dit qu'il était soudainement habité par une sorte de folie meurtrière. Et il avait fallu l'intervention de son père pour que cesse cette bagarre qui tournait en un véritable jeu de massacre.

Tout le monde avait été fortement impressionné par la violence inouïe dont avait fait preuve Roger. C'était la première fois qu'il manifestait une telle haine. Devant un tel comportement, la famille avait été horrifiée, à l'exception du vieux Charles qui avait manifesté son contentement en applaudissant des deux mains.

Cet épisode avait laissé des traces. Bien sûr, on avait attaqué la moisson comme si de rien n'était. On avait même embauché un autre journalier. Le père Vial l'avait déniché dans le hameau de Peyrelade. Le Jeannot Beauvert était un vieux garçon un peu simplet dont le courage était souvent cité en exemple. Garantie suprême, on ne lui connaissait aucune aventure sentimentale. Il se disait tout même qu'il avait entretenu naguère une relation contre nature avec un berger du hameau de la Garde.

Malgré tout, on ressentait comme un malaise. Dorénavant, on regardait Roger avec des yeux différents. Marie était sur ses gardes, et la vieille Marguerite n'avait de cesse d'égrainer son chapelet tant elle avait été terrorisée par la brutalité subite de son rejeton.

Une qui ne disait mot, c'était bien Bernadette. Depuis quelque temps, elle semblait naviguer un peu en marge de la famille. Si elle participait activement aux travaux des champs, elle prenait souvent quelques libertés. Elle trouvait toujours un prétexte pour s'absenter. Quand elle rentrait de ses petites escapades, elle était tout sourire, un peu comme si elle revenait d'un rendez-vous galant.

Il n'en était rien. Par contre, ce qui aurait pu attirer l'attention des Vial, c'était cette complicité qui perdurait entre elle et Marie. Cette attitude n'était pas faite pour calmer les nerfs du père Charles. Il enrageait de voir les deux femmes faire bande à part. Parfois, n'y tenant plus, il n'hésitait pas à les couvrir d'insultes, les qualifiant ni plus ni moins de sales lesbiennes.

Les ennuis s'étant peu à peu dissipés, on avait tout de même commencé à moissonner les premiers champs de blé. Avec tout le retard pris, le père Vial était d'une humeur épouvantable. Il ne faisait pas bon discuter ses ordres. De l'aube au couchant, il était dans les terres, surveillant le va-et-vient de la moissonneuse qui avançait péniblement sous les ordres de Roger.

Contrairement aux propriétés de la Malterre et du Puychaud, celle de la Grande Besse réservait une place non négligeable à la culture du blé. Cela s'expliquait par la topographie des lieux. Ici, les terres étaient moins morcelées que sur les hauteurs des monts de Blond. A certains endroits, de grands champs protégés des vents du nord offraient même d'excellents rendements.

Aussi était-il urgent de mettre rapidement les graminées à l'abri. Pour ce faire, on mettait les bouchées doubles. Les hommes travaillaient de longues heures, ne s'offrant que quelques minutes de repos pour s'alimenter et épancher leur soif. Parfois, ils terminaient de moissonner alors que la nuit était sur le point de tomber.

Ceci étant, il fallait bien aussi s'occuper du bétail, de la basse-cour et du boire et du manger pour les deux grands repas quotidiens. Ce travail était dévolu à la mère Vial et, à tour de rôle, soit à Bernadette, soit à Marie. Cette décision du père Charles n'était pas pour déplaire à cette dernière. De suite, elle avait saisi l'opportunité qui lui était donnée de tromper la vigilance de son vieil amant.

Car elle n'avait pas capitulé, la belle ! Elle avait beau avoir été rossée par le père Vial, elle n'avait pas perdu l'espoir de séduire François Breuil. Il faut dire qu'elle était fortement encouragée par Bernadette. Cette dernière n'avait de cesse de lui parler du propriétaire du Puychaud. C'était du François par-ci, du François par-là. A diverses reprises, elle était même montée vers le Châtenet afin de s'assurer si ce dernier menait toujours ses bêtes au pacage Ainsi, elle avait fourni à sa belle-sœur des renseignements précis sur les jours et les heures choisis par François pour conduire les bêtes à l'herbe ou les ramener à la ferme.

Marie buvait ses paroles. Son obsession lui faisait perdre le sens des réalités. Elle avait le désir chevillé au corps. Elle était prête à prendre tous les risques tellement elle se sentait attirée par François Breuil. Elle avait bien essayé de résister à cette pulsion qu'elle avait tant de mal à canaliser. Peine perdue. Plus les jours passaient et plus son corps était en manque de cet homme qu'elle avait désormais dans la peau.

C'est en plein milieu de la moisson qu'elle trouva enfin le moyen de monter jusqu'au chemin qui jouxtait le pré du Châtenet. Depuis plusieurs jours, Bernadette la persuadait que le moment était opportun. L'occasion était trop belle, inespérée, tant le vieux Charles et le Roger étaient occupés à couper le blé. D'ailleurs, elle-même était montée à maintes reprises aux abords de la propriété des Breuil. Alors, forte de son expérience, elle conseilla Marie sur le chemin qu'il fallait emprunter pour passer inaperçue, et l'endroit idéal d'où elle pourrait apercevoir l'homme qui lui remuait les sangs.

C'était aujourd'hui ou jamais. En effet, depuis la veille, la moissonneuse avait quitté le grand champ du Chabréroux et s'attaquait désormais à deux parcelles assez éloignées de la ferme.

Dans un premier temps, elle conduisit le troupeau dans un pacage situé au lieu-dit les Coutures. En ce milieu du mois de juillet, le temps était toujours au beau, même si le ciel offrait quelques petits signes inquiétants. En effet, depuis peu, quelques cumulus se promenaient dans les airs et ne disparaissaient bizarrement qu'à la nuit tombée.

Moins de trois cents mètres séparaient le pré des Coutures de ceux du Châtenet. Une fois qu'elle eut fait rentrer le troupeau, elle referma la barrière et s'engagea sur la petite route qui serpentait entre les terres. Elle avait l'impression que ses jambes étaient sur le point de se dérober sous elle. Son cœur battait la chamade. Elle avait bien tenté de se raisonner, mais une force indescriptible la poussait vers ce lieu qu'elle imaginait chargé d'espérance.

Etrangement, elle réagissait comme une midinette. A la voir, on eût pu penser qu'elle courait vers son premier rendez-vous. Malgré l'heure matinale, son visage ruisselait de sueur. Arrivée à destination, elle quitta la route et s'engouffra dans le petit chemin creux qui se trouvait en contrebas du pré du Châtenet.

L'endroit était assez sinistre. Le sol était boueux et envahi de branches qui avaient été arrachées par le vent. Des deux côtés, de hauts talus dominaient le chemin sur une hauteur de près de deux mètres.

Elle accéléra le pas et sentit un long frisson lui parcourir le corps. Soudain, elle s'arrêta et gravit le haut talus qui la séparait du pacage. Avec peine, elle réussit à s'extirper d'un amas de branchages, d'épineux, de ronces qui s'accrochaient à sa robe, et trouva refuge derrière un énorme chêne. Le pré était désert. Elle releva un pan de son tablier avec lequel elle s'essuya le visage. Elle n'eut pas longtemps à attendre. Lui parvinrent bientôt les bruits mêlés du troupeau qui descendait de la ferme du Puychaud.

Elle reconnut immédiatement la haute silhouette de François Breuil. Il avait ouvert la barrière et s'était effacé afin de laisser passer les bovins. Il resta un long moment immobile. Puis, lentement, il s'avança vers le milieu du pré. Tout à coup, il se pencha et arracha quelques brins d'herbe qu'il malaxa entre ses mains.

Les animaux avaient rejoint la partie basse du pré, là où l'herbe était la plus abondante. Après avoir roulé une cigarette, François fit quelques pas avant de se camper tout droit et de balayer du regard la longue lignée de chênes qui s'étendaient à perte de vue.

Marie s'était recroquevillée sur elle-même. Elle n'osait bouger d'un pouce. Elle était comme paralysée. Elle respira profondément, se ressaisit et se décala légèrement afin de se rendre compte de ce qui se passait exactement dans le pré.

Elle eut un haut-le-cœur. A moins de cinquante mètres, François lui faisait face. Il paraissait tout à fait décontracté. Elle eut le sentiment qu'il savait qu'elle était là. Et puis, comme si de rien n'était, il tourna les talons et remonta en direction de la barrière.

Elle se trouvait dans l'incapacité de prendre la moindre initiative. Elle le regarda s'éloigner, les yeux baignés de larmes. Elle s'allongea et plaqua ses mains sur son ventre. En l'instant, son corps réclamait et n'était que souffrance.

Elle se releva et resta un long moment le dos appuyé contre le chêne.

— Je t'aurai ! Je t'aurai ! murmura-t-elle avant de reprendre le chemin qui conduisait vers la Grande Besse.

XIII

François arriva à la ferme alors que le père Morizot était en train de curer l'étable. Avant de rejoindre ce dernier, il prit la direction de la maison d'habitation afin de s'offrir son sacro-saint café matinal.

Depuis la veille, il n'avait de cesse de s'interroger sur les révélations que lui avait faites le père Etienne. Celui-ci avait profité que Jeanne soit occupée dans la bergerie pour lui faire part de ce qu'il avait vu.

Afin de ne pas être dérangés, ils s'étaient retrouvés dans un petit pré de luzerne d'où ils avaient vue sur la ferme de la Malterre et sur une éventuelle venue de Jeanne ou de ses employés.

Comme souvent, histoire de se faire prier, le père Morizot s'était lancé dans des circonvolutions verbales qui semblaient ne jamais avoir de fin. Et puis, devant l'air visiblement agacé de François, il s'était enfin décidé à dévoiler ce qu'il n'hésitait pas à qualifier de diabolique.

Ils avaient trouvé place sur une vieille souche qui traînait là depuis des lustres. Après un court instant de silence, le vieil homme s'approcha de François, comme s'il eût redouté d'être entendu par quelques oreilles indiscrètes.

— Quand tu mènes les bêtes au Châtenet, as-tu remarqué quelque chose d'anormal ?

— Ma foi non ! Le pré est en bon état. Même si l'herbe n'est pas très drue à certains endroits.

Le père Etienne se redressa, passablement énervé par la réponse du fils Breuil.

— Mais tu ne comprends rien de rien ! Ce n'est pas de l'herbe ou de la clôture que je veux parler. Je te demande si tu n'as pas vu des gens traîner vers l'allée des chênes. As-tu compris ? s'exclama-t-il.

François éclata de rire tout en posant amicalement une main sur l'épaule de Morizot.

— Sacré Tiennou ! Tu as toujours eu une imagination débordante. J'ai comme l'impression que toutes tes lectures te tournent un peu la tête. Tu sais, à ton âge, il serait bon que tu prennes davantage de repos.

Le vieux se tourna à nouveau vers lui.

— Ah bon ! Et si je disais qui j'ai vu, ça t'en boucherait probablement un coin. Je ne suis pas complètement fada. Crois-moi, j'ai toujours le regard perçant.

— Je t'écoute.

— C'est simple. A plusieurs reprises, j'ai aperçu la Bernadette Vial qui faisait le guet. Elle essayait de dissimuler son grand corps dans les hautes herbes qui bordent le chemin creux. Ah ! on peut dire qu'elle en tient une couche ! Mais qu'elle est bête ! Qu'elle est bête ! Ah ! fallait la voir ! Elle rampait dans l'herbe, et je voyais son gros cul se trémousser de droite à gauche. Tiens, une autre fois, elle n'avait rien trouvé de plus confortable que de se réfugier au beau milieu d'un tas d'épineux. Ah ! ce n'était pas fait pour l'arranger !

Il s'arrêta de parler et chercha dans sa poche la vieille pipe qui ne le quittait jamais.

— Nom de Dieu ! qu'elle est moche ! Faudrait pas être chrétien pour sauter une telle femelle.

— Vraiment, tu fais une histoire pour pas grand-chose. Bernadette a toujours été un peu bizarre. C'est une pauvre fille dont personne ne veut. Alors son besoin de mâle doit lui monter un peu au cerveau.

— Oui, probablement. Mais elle n'est pas la seule à monter au Châtenet. Par deux fois, j'ai aperçu cette petite salope de Marie qui traînait dans le secteur. Souvent, elle rode entre les Coutures et la route du Puychaud. Qu'en dis-tu ? Tout ça ne te paraît pas un peu étrange ?

François resta un assez long moment silencieux. Décidément, ce vieux paysan était un fin observateur. Subitement, il se demanda si tout ça ne cachait pas quelque chose d'assez inquiétant.

Bien sûr, il n'avait jamais parlé à personne de sa rencontre avec Marie. S'il avait été, à un moment donné, tant soit peu intrigué par la présence de cette dernière en un lieu aussi éloigné de la Grande Besse, tout cela s'était rapidement estompé tant cette péripétie ne représentait que peu d'intérêt par rapport à ce qu'il vivait auprès de Jeanne.

Aujourd'hui, ce qui l'interrogeait, c'était la présence de Bernadette. En effet, tout cela pouvait laisser penser qu'il existait une certaine complicité entre les deux femmes. Mais en même temps, il n'arrivait pas à saisir leur motivation.

Et puis, elles étaient si différentes. C'était en quelque sorte le mariage de l'eau et du feu. Soudain, sortant de ses pensées, il se tourna vers le père Morizot.

— Je ne sais que dire. Mais tu as peut-être une explication ?

Le vieil homme adorait que l'on s'adressât ainsi à lui. Instinctivement, il se redressa.

— Je sais comment agissent les Vial. Ils sont capables de n'importe quel coup fourré. Le vieux Charles n'est jamais à court d'idées. Mais cette fois-ci, je ne vois pas quelles sont ses intentions. Ce qui est certain, c'est que quelque chose se trame. Mais quoi ?

François s'était levé. Il balaya du regard les petits pacages qui s'étendaient jusqu'à l'orée de la forêt. Au loin, il pouvait deviner la ferme du Puychaud, les champs dénudés et, çà et là, quelques étendues de bruyère qui s'étaient habillées de mauve.

— On fait quoi ? Que proposes-tu ?

— Il faut que tu restes sur tes gardes. Surtout, ne dis mot à Jeanne. Cela ne pourrait lui procurer que du souci.

Ceci étant, demain matin, tu n'auras qu'à descendre les bêtes au Châtenet. Observe bien ce qui se passe du côté de l'allée des chênes. Je suis à peu près certain que l'une des deux femmes sera là. Après, on avisera.

François se dirigea vers l'étable. Quand il pénétra dans cette dernière, il devina la silhouette du père Morizot qui charriait d'énormes brouettées de fumier.

— Tu n'es vraiment pas raisonnable ! Avec de telles charges, tu vas te briser le dos. Ah ! on peut dire que tu es têtu comme une mule.

Le vieux releva la tête et s'appuya sur le manche de sa fourche.

— Mon François, tu es bien gentil, mais je ne suis pas encore à l'article de la mort. Regarde ! C'est encore du solide tout ça ! s'exclama-t-il tout en montrant ses petits bras maigrichons.

Il fit quelques pas en direction du fils Breuil.

— Alors ? J'avais raison ou pas ?

François prit place sur un petit tabouret qu'on utilisait pour la traite.

— Tu avais raison. Ce matin, c'est Marie qui épiait mes moindres faits et gestes. Au début, je n'ai rien remarqué de particulier. Et puis, au fil des minutes, j'ai réussi à discerner un léger bruit, comme un piétinement qui provenait effectivement du chemin creux. Je suis donc resté un long moment planté au milieu du pré. Ainsi, au bout de quelques minutes, j'ai distinctement reconnu le visage de Marie. Oh ! que le bout de son joli minois. Mais c'était largement suffisant pour que je ne puisse me tromper sur l'identité de la personne qui m'observait.

A son tour, le père Morizot prit place sur une vieille chaise brinquebalante.

— François, il faut regarder les choses en face : il y a connivence entre ces deux garces. Ce n'est pas la première fois que Marie monte jusqu'à l'allée des chênes. Bref, soit elles sont là de leur propre initiative, soit elles préparent quelque chose sous les ordres du père Vial. Mais dans les deux cas, il faut rester prudent. Tiens, ma main à couper que cette putassière de Marie va tout faire pour te séduire ! Ah ! je le sens ! Je le sens ! gueula-t-il tout en sautant comme un cabri au risque de briser la vieille chaise sur laquelle il était assis.

Une journée entière s'était écoulée sans que rien ne vienne conforter l'hypothèse avancée par le père Morizot. Ce dernier était descendu au Châtenet, mais il n'avait rien remarqué d'anormal. Oh ! il avait bien cru deviner quelques mouvements bizarres du côté du chemin et sur le talus où trônaient les chênes. Mais malgré son œil perçant, il était rentré bredouille et passablement dépité.

De son côté, François Breuil passait son temps entre le Puychaud et la Malterre. S'il travaillait toujours à sa ferme, la présence de Jeanne lui était devenue désormais indispensable. C'était sa drogue. Après quelques heures passées à nettoyer l'étable, à traire, à s'occuper du cheptel ovin, il n'avait qu'une hâte : retrouver la femme aimée.

Quand il était auprès d'elle, les histoires du père Morizot concernant Marie et Bernadette Vial s'effaçaient. L'amour gommait tout ce qui aurait pu gâcher son quotidien. Dorénavant, il ne vivait que par elle et pour elle. Bizarrement, cela ne s'était pas manifesté par un coup de foudre. Non. Cette passion était née au fil des semaines, au contact de cette femme qui se différenciait des autres par une personnalité qui ne pouvait le laisser indifférent.

Etrangement, c'était une passion réfléchie. Ils s'aimaient à la folie, mais avançaient les yeux grands ouverts. Cela pouvait s'expliquer à travers ce qu'ils avaient vécu dans le passé. Ils avaient longtemps espéré rencontrer le grand amour, mais les aléas de l'existence avaient sérieusement contrarié leurs rêves de jeunesse.

Paradoxalement, ce pragmatisme créait chez eux un sentiment de certitude. Il était exclu qu'ils aient pu se tromper. Contrairement aux réactions qui auraient dû les animer, ils avaient fait le choix de se montrer au grand jour. Ils avaient décidé de ne pas s'enfermer dans une bulle protectrice. Même si le risque n'était pas négligeable, ils se sentaient prêts à provoquer toute une population, au nom d'un amour qu'ils refusaient de cacher.

Le jour même, François avait pris une décision à laquelle il avait longtemps réfléchi. Malgré tout, il hésitait encore. En fait, il était terriblement anxieux. Jamais il n'avait été tourmenté à ce point. Il passait par des sentiments contradictoires qui le conduisaient autant vers un optimisme sans faille que vers un pessimisme qui lui faisait redouter le pire.

Il prit la décision de crever l'abcès sitôt terminé le repas du soir. L'occasion était trop belle pour qu'il la laisse passer. En effet, comme ils avaient dîné au Puychaud, ils ne pouvaient être gênés par Riton Raveau ou Philibert Ratignoux qui étaient restés à la ferme de la Malterre. Quant au père Morizot, il n'avait pas changé ses habitudes. Après un dernier verre de vin rouge, il avait rejoint sa chambre, emportant avec lui les tout derniers numéros du *Populaire* qu'il avait récupérés au domaine de la Bachellerie.

Après avoir débarrassé la table, Jeanne trouva place auprès de François. Elle avait dénoué ses longs cheveux blonds qui couraient au niveau de ses épaules. Après une dure journée de labeur, elle paraissait éreintée. Elle s'était blottie tout contre lui. C'était son côté femme fragile qui contrastait avec l'énergie qu'elle déployait pour diriger la propriété.

François hésitait. Tout au long de la journée, il n'avait fait que ressasser les mots qu'il allait prononcer. Mais le moment étant venu, une terrible angoisse l'étreignait, au point qu'il se sentait incapable de prononcer le moindre mot.

Il dut faire un gros effort sur lui-même afin de se ressaisir. Soudain, s'armant de courage, il se tourna vers Jeanne qui leva les yeux vers lui.

— J'ai quelque chose d'important à te dire. Mais je ne sais par où commencer, dit-il d'une petite voix hésitante.

Elle se redressa et passa un bras autour de son cou.

— Commence par le début. Tu verras, le reste suivra tout seul, répondit-elle alors qu'un beau sourire éclairait son visage.

Il avait l'impression que le sol était en train de se dérober sous lui. Sa gorge était sèche, et malgré la fraîcheur qui régnait dans la salle commune, de petites gouttelettes de sueur perlaient sur son front.

— Je voudrais tant que tu deviennes ma femme. Oui, ma femme ! répondit-il d'un seul trait avec une émotion perceptible à travers le timbre de sa voix.

Dans un premier temps, elle ne pipa mot. Elle le regardait avec les yeux embués de larmes. On la devinait à deux doigts d'éclater en sanglots. Le silence qui avait envahi la pièce était beau et terrible à la fois. Tendrement, elle passa une main dans ses cheveux, puis sur son visage.

— Tes paroles représentent le plus beau des cadeaux qu'on m'ait jamais fait, balbutia-t-elle.

Ils ne savaient trop que dire. Elle s'était réfugiée entre ses bras. Ils se couvraient de baisers. Sous le ciel habillé d'étoiles de cette nuit de juillet, ils restèrent longtemps allongés dans l'herbe du verger. Et c'est seulement quand la fraîcheur commença à poindre qu'ils rejoignirent, enlacés, la petite chambre de la ferme du Puychaud.

Dès le lendemain, Jeanne avait cru bon d'informer ses deux commis quant à ses intentions. Bien entendu, ces derniers n'avaient rien trouvé à redire. Disons même qu'ils avaient fortement apprécié d'être mis dans la confidence.

De son côté, François en avait parlé au père Morizot. Celui-ci avait été un brin étonné, mais n'avait émis aucune réserve. Bien au contraire. Il avait tout de même prévu un sacré tapage quand la petite communauté de Chavignac, et surtout la famille Vial, allait apprendre la nouvelle.

Il avait eu beau jurer de tenir sa langue, il n'avait pu s'empêcher de dévoiler la chose au gré de ses rencontres. Aussi la future union entre Jeanne et François était-elle devenue en quelques heures le sujet de toutes les conversations.

A Chavignac, on n'en revenait pas. On avait beau tourner le problème dans tous les sens, on était dans l'incapacité de comprendre ce qui avait pu pousser la propriétaire de la Malterre à accepter une chose pareille.

Bizarrement, on occultait totalement le côté sentimental. Le fait que Jeanne Maillot puisse être follement amoureuse ne suffisait pas pour expliquer les raisons qui l'avaient poussée dans les bras de François Breuil. Ce qui interrogeait surtout ces hommes et ces femmes de la campagne, c'était la totale inconscience de la veuve qui acceptait de convoler en justes noces avec un type qui n'avait pas un sou vaillant.

Ils avaient beau se creuser la cervelle, cette union dépassait leur entendement. Il est certain qu'ils n'étaient pas habitués à une telle romance. Alors que les mariages étaient pour la plupart arrangés entre les familles, tout ce qui touchait aux histoires de cœur était relégué au second plan. Ce qui importait avant tout, c'était de protéger les intérêts des uns et des autres.

Aujourd'hui, ils se trouvaient totalement décontenancés. Instinctivement, des groupes s'étaient retrouvés dans les différents commerces, à la sacristie et, bien entendu, chez mademoiselle Laforêt où les dames se calmaient les nerfs à coup de camomille.

Bien loin des états d'âme des bigotes et autres esprits moralisateurs de Chavignac, les Vial avaient accueilli la nouvelle comme un véritable coup de massue. Dans un premier temps, c'est le Bébert Boniface qui avait récolté quelques bribes de l'histoire auprès de l'Adélaïde Dumas, une vieille femme qui habitait tout en haut des monts de Blond et qui subsistait à l'aide de quelques rapines et de ses dons de guérisseuse. Comme il était incapable de garder le moindre secret, il en avait immédiatement informé le Louis Duchambon, facteur de son état, qui se dopait au vin gris et à l'eau-de-vie de prune. Malgré sa langue pâteuse, ce dernier avait conservé assez de lucidité pour annoncer la chose à la grande Bernadette qui crut un moment défaillir.

Comme toujours, quand une affaire se présentait mal, ils s'étaient regroupés autour de la table de la salle commune. Le père Charles trônait, le visage livide, les mains animées par un léger tremblement. Le silence était pesant, l'atmosphère irrespirable. On devinait combien le patriarche avait de difficultés à contenir la colère qui était en lui.

Soudain, il sortit de sa longue réflexion et jeta un regard circulaire autour de la table.

— Jamais je n'aurais cru cette chose-là possible. Un Breuil qui va mettre la bague au doigt à la veuve Maillot ! Je suis encore à me demander si tout ça n'est pas une rumeur propagée par quelques pipelettes de Chavignac. Je ne peux y croire ! Je ne peux y croire ! s'exclama-t-il tout en bourrant sa pipe.

— Mais ce n'est pas un bobard ! J'ai même appris que le vieux Morizot en avait touché deux mots à un commis qui travaille à la Bachellerie, intervint la mère Vial.

Le père Charles se versa un verre de cidre et tira avec volupté sur sa bouffarde.

— Si ces deux-là se marient, je peux faire une croix sur la ferme du Puychaud. Ah ! bordel de merde ! Faut-il que je sois damné pour connaître une telle adversité ? Ah ! tu peux faire tes prières ! Tu vois où ça nous mène, répondit-il en se tournant vers sa femme.

Jusque-là, Bernadette n'avait dit mot. De temps à autre, elle jetait un regard discret en direction de Marie qui, elle, paraissait perdue dans ses rêves. Tout à coup, pensant que le moment était opportun pour intervenir, elle se tourna vers son père.

— Nous sommes en juillet. A ce que je sais, la batteuse va passer dans les fermes vers la mi-août. Et puis, reste à récolter les pommes de terre et les betteraves. Alors moi, je vous le dis, le mariage n'est pas pour demain !

Consciente de l'effet produit, elle se leva et alla s'asseoir auprès du père Vial.

— Crois-moi, on a tout le temps de réfléchir, de se retourner. Pour l'instant, c'est l'euphorie. Mais les choses pourraient très bien se gâter avec le temps, murmura-t-elle à l'adresse de ce dernier.

Visiblement impressionné par les propos tenus par sa fille, le vieux Charles se tourna vers elle.

— Mais que faire ? Ah ! je les connais ces femelles qui ont le feu au cul ! Le cul ! Le cul ! C'est qu'elle doit en demander cette putain de veuve ! Vous vous rendez compte avec toutes ces années passées auprès de ce pauvre Marius ! Tiens ! je suis certain qu'il ne devait la sauter que tous les trente-six du mois !

Satisfait lui aussi de l'effet produit, il lissa sa moustache avant de poursuivre.

— Ah ! avec le François, elle a la garantie de recevoir sa dose ! Ce gars-là, ça a toujours été un grand baiseur ! Il faut dire qu'il avait de qui tenir. Toute sa vie, son père a chassé la femelle. Ah ! le bougre ! A une époque, il sautait sur tout ce qui passait à sa portée. Ah ! nom de Dieu ! Quand nous sortions ensemble, j'en connais quelques-unes qui n'ont pas eu à se plaindre.

Bernadette s'approcha tout près de lui.

— Fais-moi confiance. Ce mariage, nous allons le faire capoter. Parole de Vial, murmura-t-elle à son oreille.

A la Malterre, tout le monde vivait dans une ambiance presque surréaliste. Ce mariage annoncé était vécu comme un événement qui allait inévitablement bouleverser les habitudes. Ceux qui se posaient mille questions, c'était Riton Raveau, Philibert Ratignoux et, bien entendu, Etienne

Morizot. Il ne se passait pas un jour sans qu'ils n'abordent les problèmes liés à la terre, au bétail, aux cultures, voire aux nouveaux matériels dont on allait probablement faire l'acquisition.

Ils réagissaient comme s'ils avaient été les propriétaires de la Malterre et du Puychaud. Parfois, ils dressaient des plans afin de savoir si les bovins devaient être réunis dans une même étable ou si François Breuil allait être bientôt leur seul patron.

Ils disaient tout et n'importe quoi. Peu habitués au changement, ils redoutaient que celui-ci prenne des proportions considérables. Alors, ils s'inventaient des tas d'histoires plus loufoques les unes que les autres.

Heureusement que Jeanne et François étaient là pour les rassurer. En effet, ces derniers n'avaient aucune envie de tout bouleverser. Bien entendu, certains aménagements étaient indispensables pour le bon fonctionnement de la future propriété. Ainsi, ils avaient décidé d'agrandir l'étable de la Malterre. Dans le même ordre d'idées, Jeanne avait proposé d'aménager la petite bergerie du Puychaud afin d'accueillir la totalité des ovins.

Le problème le plus délicat concernait la maison d'habitation de la famille Breuil. Comme François souhaitait que la demeure fût habitée, Jeanne avait trouvé une solution qui satisfaisait tout le monde.

Elle avait tout de suite pensé à Philibert Ratignoux. En effet, depuis de longues années, celui-ci partageait sa vie avec une certaine Mélanie Bourdissou. Allez savoir pourquoi, ils ne s'étaient jamais mariés. Pourtant, Mélanie avait donné naissance à une petite fille qu'ils n'avaient rien trouvé de mieux que de prénommer Pélagie.

Ils vivaient tout près de la ferme de la Malterre, dans le hameau de la Garde. Leur pauvre masure faisait peine à voir. L'intérieur de la bicoque était pour le moins rustique. Elle se résumait à deux petites pièces dont l'insalubrité la faisait ressembler à un véritable taudis.

Cela expliquait pourquoi Philibert et Mélanie avaient de suite accepté la proposition de Jeanne et François. De quoi s'agissait-il ? Ni plus ni moins d'installer la famille Ratignoux dans la ferme du Puychaud. Là-haut, ils étaient au moins assurés d'un certain confort. D'autant que la maison était particulièrement saine avec la cheminée monumentale qui chauffait toutes les pièces situées au rez-de-chaussée. En contrepartie, il leur appartenait de s'occuper de la basse-cour, d'entretenir le potager si cher au cœur de François et, surtout, la bergerie qui s'apprêtait à accueillir les moutons des deux propriétés.

Bien loin des rumeurs, des ragots, des critiques qui alimentaient les conversations des gens de Chavignac et des alentours, Jeanne et François avaient décidé de fêter, à leur manière, leurs fiançailles.

Bien entendu, il n'était pas question de réunir une grande assemblée, seulement d'organiser un repas copieux avec quelques proches en qui ils avaient toute confiance. Il n'avait fallu que quelques jours à Jeanne pour lancer les invitations. Si ses parents ne pouvaient se déplacer en plein travaux des champs, une quinzaine de convives étaient attendus.

Outre le père Morizot, Ratignoux et sa petite famille, et Riton Raveau, qui devait venir avec sa vieille mère, étaient attendus les Bouchard, des volaillers du village de Blond à qui Jeanne Maillot vendait ses poulets et ses canards de Barbarie. Afin de ne faire de peine à personne, elle n'avait pu faire autrement que d'inviter les deux sœurs Laborie du village de Mortemart. Ces dernières étaient ses couturières attitrées, mais aussi de fidèles amies depuis qu'elle était arrivée à la Malterre.

Pour le repas, elle avait fait appel à la mère Montulat, une maîtresse cuisinière qui faisait encore quelques extra pour les grandes occasions. Malgré son âge, elle était encore capable de proposer une cuisine de grande qualité pour une trentaine de couverts. Bien sûr, elle était souvent de mauvaise humeur. Mais cela faisait partie de sa personnalité. Aussi aimait-on la taquiner sur une sauce, un rôti ou un dessert, histoire de la voir sortir de ses gonds et affubler tout le monde de petits noms d'oiseaux.

A la demande de Jeanne, elle n'avait pas mégoté, tant sur la quantité que sur la qualité. Elle avait pris possession de la cuisine et de la salle commune vu qu'on avait installé une longue table de batteuse à l'arrière de la maison, à l'ombre d'un tilleul qui jouxtait le verger.

Dans la chaleur lourde de ce mois de juillet, l'ambiance qui régnait à la Malterre était pour le moins surprenante. Tout le monde riait pour un rien, plaisantait, avec dans le regard une petite lumière bizarre qui ressemblait tout simplement au bonheur de se retrouver ensemble. On eût dit qu'on fêtait les fiançailles de jeunes tourtereaux. Et ces derniers paraissaient tellement heureux qu'ils communiquaient une joie indescriptible à la petite assemblée.

Au milieu des rires, des fous rires, des histoires racontées par les uns et par les autres, les plats défilaient sous l'œil attentif de la mère Montulat, toujours à l'affût de quelques félicitations quant à la qualité des mets présentés aux convives.

C'était un repas qui se voulait typiquement limousin. A une terrine de faisan avaient succédé des grenouilles sautées au vin blanc et à la crème fraîche. Après quelques minutes de répit, étaient arrivées une poitrine de veau farcie et une poêlée de cèpes sautés à l'ail. Comme le vin coulait à volonté, certains avaient déjà l'œil vitreux et la bouche pâteuse. C'était le cas du Riton Raveau qui commençait à présenter des signes de faiblesse inquiétants.

Au milieu des invités, Jeanne et François respiraient le bonheur de vivre. Ils étaient à l'écoute de l'un, répondaient à un autre et ne perdaient rien des besoins de ceux qui désiraient se mouiller encore les amygdales.

Le repas ne prit fin qu'une fois arrivée l'heure de la traite. On avait débarrassé la table, et la plupart des convives avaient choisi de se reposer à l'ombre des arbres du verger. Dans la cuisine, Jeanne prêtait main-forte à la mère Montulat qui préparait une soupe à l'oignon dans un énorme faitout cabossé de partout.

Riton Raveau et Philibert Ratignoux étaient partis chercher le bétail qui paissait dans un pré voisin. De leur côté, François et le père Etienne avaient pris le chemin du Puychaud afin d'effectuer la traite.

Durant tout le trajet, ils n'avaient dit mot. C'est seulement en arrivant à la ferme que Morizot se tourna vers le fils Breuil et posa familièrement une main sur son épaule.

— François, je ne t'ai jamais vu aussi heureux qu'aujourd'hui. Jeanne est magnifique. Elle a de l'amour plein les yeux.

Il s'approcha de lui.

— Mais il va falloir jouer serré. A l'heure qu'il est, les Vial doivent imaginer les plans les plus fous dans le seul but de vous nuire. Tiens ! Je ne serais pas étonné que la Bernadette et la Marie soient montées cet après-midi vers la Malterre. Crois-moi, ces gens-là ne lâchent pas le morceau facilement.

XIV

Août pointait à l'horizon. Dans une grande partie du bocage, la plupart des fermes en avaient terminé avec la moisson. Restaient bien quelques champs à couper et des blés à rentrer dans les granges, mais, déjà, les batteuses s'activaient dans les propriétés où la récolte avait été conséquente. Le brouhaha des machines se faisait entendre du côté de Berneuil, de Nantiat, et même plus au loin, en direction de la forêt du Bois du Roi.

A la Malterre, la batteuse n'était pas programmée avant le début août. Par habitude, on faisait toujours appel à Martial Courtioux. Dans la région, il avait été le premier à avoir fait l'acquisition de cette machine que beaucoup n'hésitaient pas à qualifier de révolutionnaire.

Ceci étant, rares étaient les fermes qui pouvaient louer ses services. Que ce soit dans le pays des monts de Blond, sur les monts d'Ambazac ou sur le plateau de Millevaches, on continuait à battre le blé au fléau. Sur ces terres pauvres, les rendements étaient bien trop faibles pour s'offrir un battage qui restait encore assez confidentiel.

Dans l'attente, François et Jeanne se partageaient entre les deux propriétés. C'était des journées interminables passées à s'occuper du bétail, à scier du bois, mais aussi à récolter les premiers rangs de pommes de terre.

S'ils assumaient parfaitement leur travail quotidien, il était visible que leurs pensées étaient ailleurs. En fait, il ne se passait pas un jour sans qu'ils n'évoquent leur futur mariage, mais aussi l'organisation des deux propriétés.

Et ce n'était pas une affaire simple. Pour ce qui concernait la cérémonie du mariage, ils avaient décidé que celle-ci serait la plus simple possible. Il était hors de question de provoquer la population de Chavignac par quelque faste déplacé.

Ils avaient programmé cette dernière pour le mois d'octobre. Jeanne avait écrit plusieurs fois à ses parents. Si ces derniers n'avaient pu se libérer pour ses fiançailles, ils l'avaient assurée de leur présence et de celle de quelques cousins qui habitaient dans la région des Grands Monts.

Mais les veillées étaient surtout consacrées au devenir des propriétés. En effet, si on avait déjà réglé le problème de la maison du Puychaud, restait à réfléchir sur la future utilisation des terres. C'était souvent de longues discussions qui s'éternisaient jusqu'à une heure avancée de la nuit. On parlait de blé, d'orge, des pacages réservés aux bovins et aux ovins. Mais on riait aussi en imaginant la tête qu'allaient faire les gens de Chavignac, et en particulier le père Vial et sa chère famille.

C'est au cours d'une de ces soirées que Jeanne se décida. Alors que François parlait de l'entretien des chemins, elle se cala sur sa chaise et son visage s'habilla soudain de ce beau sourire qui annonçait souvent qu'une idée venait de germer dans sa tête.

François se tut, un peu étonné par l'attitude de sa bien-aimée.

— J'ai dit une bêtise ? Cela est fort possible, vu que je ne connais pas tous les chemins qui se trouvent en mauvais état.

Elle le regardait et se retenait pour ne pas pouffer de rire. Faisant un effort afin de retrouver son sérieux, elle passa une main sur ses yeux, d'où perlaient quelques larmes, et se pencha vers lui.

— Les chemins, nous avons tout le temps pour nous en occuper. Dans l'immédiat, je pense qu'un petit changement d'air nous ferait le plus grand bien. Tu en penses quoi ?

François Breuil ne put s'empêcher d'esquisser un sourire. Désormais, il connaissait assez Jeanne pour savoir combien elle était parfois imprévisible.

— Si tu étais plus claire ! Avec toi, on peut tout imaginer !

Elle contourna la table et vint prendre place auprès de lui.

— Demain matin, nous partons pour Limoges. Oh ! ce n'est pas un grand voyage ! Mais cela nous changera un peu de notre campagne.

Tendrement, elle posa sa tête contre son épaule.

— J'ai des tas d'emplettes à faire. D'ailleurs, toi aussi. Eh oui, mon amour ! Il importe que nous soyons chics pour passer devant monsieur le maire et devant monsieur le curé.

Une fois encore, Riton Raveau et Philibert Ratignoux avaient été mis dans la confidence. Dès les premières heures de la matinée, ils avaient attelé le Noiraud. Alors que le soleil pointait son nez à l'horizon, Philibert avait pris les rênes afin de conduire Jeanne et François jusqu'à Cieux.

De là, ces derniers avaient pris l'autobus qui faisait la liaison entre Limoges et la région des monts de Blond. Dans celui-ci, ils avaient remarqué combien nombre de personnes s'intéressaient à leur présence. Beaucoup se parlaient à voix basse. Jeanne avait même eu la désagréable impression qu'on la détaillait de la tête aux pieds.

Une fois arrivés dans la capitale limousine, ils s'étaient sentis comme libérés de tous ces regards interrogateurs qui semblaient vouloir les déshabiller jusqu'à l'âme. Ils marchaient dans les rues, s'attardant devant les vitrines des magasins qui n'avaient de cesse d'attiser leur curiosité. Sans but précis, ils remontaient vers le cœur de la cité. Et François était étonné tant celle-ci avait changé. Au cours de ces dix dernières années, le centre-ville avait vu de nouveaux immeubles se construire, des commerces s'agrandir, sans parler de la circulation qui encombrait les rues et qui, souvent, apeurait les passants.

Ah ! ils étaient bien loin du grand et beau silence des monts de Blond. Ici, les gens couraient, s'apostrophaient, criaient dans une bousculade indescriptible. Devant les halles, les voitures qui pétaradaient affolaient les chevaux qui tiraient les charrettes. Dans la vieille rue de la Boucherie, la foule se bousculait devant les étals des bouchers, des tripiers. Tout en bas de la rue, quelques personnes se faufilaient avant de s'engouffrer dans la petite chapelle Saint-Aurélien.

Ils avaient la fâcheuse impression d'avoir été lâchés au milieu d'un monde qui n'était plus tout à fait le leur. Dans leur isolement, ils avaient gommé tout ce qui pouvait se passer en dehors de leur environnement. Ce brouhaha les perturbait à un point tel qu'ils avaient trouvé refuge dans un petit café tout près de la place d'Aisne.

Les quelques heures passées à arpenter les rues les avaient autant fatigués qu'une journée de labeur à la ferme. Malgré tout, ils étaient heureux. Ils plaisantaient, s'amusaient du comportement des gens, s'étonnaient de cette atmosphère si particulière dans laquelle ils se sentaient un brin perdus.

La matinée s'était écoulée à une vitesse folle. Ils avaient joué les lèche-vitrines, s'étaient attardés devant des magasins qui exposaient des émaux et de magnifiques services de porcelaine. Et puis, midi arrivant, ils avaient déniché un petit restaurant tout près des bords de Vienne. Et ils faisaient plaisir à voir tant leur longue balade leur avait ouvert l'appétit. Avec gourmandise, ils dévoraient une délicieuse matelote limousine, avant de se délecter d'une imposante entrecôte marchand de vin.

Ils étaient deux amoureux en goguette visiblement désireux de s'offrir du bon temps. Après le repas, ils étaient remontés vers la rue du Clocher où était implanté un magasin de confection dans lequel Jeanne avait ses habitudes.

C'était bien la première fois que François franchissait le seuil d'un tel établissement. Même à Paris, il se contentait d'acheter quelques nippes sur les marchés ou dans de petites boutiques qui offraient des vêtements à bas prix.

A cette époque, la maison Bonnavaud était une des plus cotée de la ville de Limoges. Elle habillait la petite bourgeoisie locale. Parfois, des gens plus modestes économisaient durant de longs mois afin de s'offrir un pantalon, une jolie robe, ou tout simplement un foulard ou une chemise qui les faisait rêver depuis longtemps.

Pas très à l'aise, François était bien obligé de se soumettre. L'ambiance était plutôt feutrée. Jeanne dirigeait pour ainsi dire la manœuvre en compagnie d'une vendeuse qu'elle connaissait depuis des lustres. Au bout d'une heure de palabres et de multiples essayages, François avait jeté son dévolu sur un costume à rayures bleu foncé, de très bonne coupe. De son côté, Jeanne avait commandé une longue robe blanche, légèrement cintrée à la taille, et une petite veste bleu clair qui rehaussait l'éclat de ses yeux et la blondeur de sa chevelure.

Ils étaient fatigués. Dans l'attente de l'autobus, ils avaient fait le choix d'aller musarder du côté de la cathédrale Saint-Etienne. Il faut dire que Jeanne avait beaucoup insisté. Et comme son amoureux ne pouvait rien lui refuser, il l'avait même accompagnée à l'intérieur de l'édifice religieux.

Il était assez singulier de voir ces deux êtres côte à côte, agenouillés sur un prie-Dieu. Pour Jeanne, la chose était la plus naturelle qu'il soit tant sa foi était grande. Par contre, François Breuil était pour le moins circonspect sur tout ce qui touchait à la religion. Il était parfaitement excusable vu l'éducation qu'il avait reçue. Mais au fil des ans, à travers ses lectures et diverses rencontres, son esprit s'était ouvert sur la philosophie chrétienne, même s'il restait encore sur une certaine réserve.

Ils étaient restés longtemps, l'une à prier, l'autre à se poser mille et une questions dont beaucoup demeuraient encore sans réponse. Et puis, comme l'heure avançait, ils étaient redescendus vers le quartier de la gare où l'autobus les attendait.

Une fois installés, ils furent surpris d'entendre les voyageurs parler à haute voix. Même le conducteur y allait de son commentaire. Désireuse d'en savoir un peu plus, Jeanne se pencha vers sa voisine.

— Madame, mais que se passe-t-il ?

Cette dernière était une grosse femme sanguine qui tenait sur ses genoux un enfant obèse aux cheveux roux.

— Pas possible ! Mais vous êtes la seule à ne pas être au courant de ce qui se passe ! Ah ! il faut lire le journal pour comprendre que la guerre est à notre porte ! Doux Jésus ! Mais qu'allons-nous devenir ? répondit-elle tout en mouchant son marmot.

Puis elle prit le journal qu'elle avait posé à côté d'elle et le tendit à Jeanne.

— Tenez ! Lisez ! Ah ! il y a de quoi se faire du souci.

Jeanne et François revenaient tout à coup à la dure réalité d'un monde qu'ils avaient depuis quelque temps superbement ignoré. Oh ! le père Morizot leur avait bien mis la puce à l'oreille à travers les articles publiés par le quotidien régional. Mais, peu à peu, tout cela s'était progressivement effacé au profit de la passion qui les habitait.

Les nouvelles se voulaient alarmistes. Depuis l'assassinat, à Sarajevo, de l'héritier d'Autriche, la tension entre le gouvernement austro-hongrois et le gouvernement serbe s'était accrue jusqu'à prendre des proportions considérables.

Aujourd'hui, *Le Populaire* annonçait que le gouvernement austro-hongrois rendait responsable le gouvernement serbe de l'assassinat de l'archiduc François-Ferdinand, et qu'il venait de lui adresser un ultimatum tout à fait inacceptable.

On en était là. Certains articles étaient aussi consacrés au rôle que pouvaient jouer la Russie et la France. Mais tout cela restait flou et ne permettait pas d'envisager l'avenir sous le meilleur des auspices.

Visiblement inquiète, Jeanne se tourna vers François.

— Ces lignes me font peur. Tu en penses quoi ?

— Guillaume II veut la guerre. Il tient là une bonne excuse. Si le conflit éclate, il peut être terrible. Mais je suis persuadé que les socialistes allemands et français ne le laisseront pas faire.

Ce qu'ils avaient lu dans le journal avait un peu gâché leur journée. Tout au long du trajet qui les conduisait vers les monts de Blond, ils n'avaient fait que parler Serbie, Allemagne, Russie, se perdant dans une géopolitique qu'ils étaient fort loin de maîtriser.

La nuit avait apaisé leurs craintes. En se retrouvant dans la petite chambre mansardée de la Malterre, ils avaient gommé les mauvaises nouvelles. Leur désir était trop fort pour qu'ils se laissent aller à quelque mélancolie. Comme par un coup de baguette magique, ils avaient évacué leur anxiété, heureux qu'ils étaient de partager une intimité dont ils avaient été sevrés tout au long de la journée passée à parcourir les rues de la capitale limousine.

Ils s'aimaient à la folie. Il existait entre eux une osmose charnelle si intense que peu d'événements extérieurs étaient en mesure de venir les perturber. Au fil du temps, avait disparu cette pudeur qui, au tout début, avait été un frein à leurs ébats.

Ils n'en étaient plus là. Désormais, leurs nuits d'amour les conduisaient à la découverte d'un plaisir qu'ils n'avaient jamais imaginé. Ils se donnaient, s'abandonnaient, se livraient l'un à l'autre, le cœur rempli d'un bonheur qui touchait à l'absolu.

Quand Jeanne entrouvrit les yeux, elle devina que le temps avait changé. La chambre était encore plongée dans l'obscurité, et les volets secoués par un vent violent. Elle se leva et se dirigea vers la fenêtre qu'elle ouvrit en grand.

Puis elle poussa les volets qui vinrent se plaquer avec force contre la façade de la maison.

La campagne entière était noyée sous une pluie diluvienne. Poussés par un vent d'ouest, d'énormes nuages, couleur d'encre, ne laissaient filtrer le moindre coin de ciel bleu. L'eau dégoulinait de partout. La cour de la Malterre était devenue un véritable cloaque de boue. Dans les prés avoisinant la ferme, de larges mares s'étaient formées dans les fonds. A certains endroits, des éboulis obstruaient la plupart des chemins qui menaient vers les terres.

Rien ne laissait présager une quelconque accalmie. Au fur et à mesure que les nuages étaient poussés par le vent, d'autres, encore plus imposants, arrivaient et s'installaient le temps de déverser des trombes d'eau qui auraient pu faire penser que l'automne était arrivé.

Jeanne ferma la fenêtre et revint vers le lit où reposait François. Tendrement, elle passa une main dans ses cheveux.

— Chéri, l'eau tombe à verse ! Avec un temps pareil, nous allons devoir laisser les bêtes dans les étables, lui murmura-t-elle à l'oreille.

François se retourna et, les yeux chargés de sommeil, essaya de distinguer ce qui se passait à travers les carreaux embués de la fenêtre.

— Heureusement que le blé est rentré. Ceux qui ont pris du retard ont du souci à se faire, marmonna-t-il tout en s'extirpant péniblement du lit.

Il avait vu juste. En effet, nombre de champs attendaient encore d'être moissonnés. C'étaient souvent de petites parcelles qu'on avait réservé pour la fin de la moisson. Malgré tout, on maudissait le ciel et tous les saints de la chrétienté.

Dans ce pays où la terre donnait tout juste de quoi subsister, on ne pouvait se faire à l'idée de perdre ne serait-ce qu'un arpent de blé. Il fallait tant peiner et tant souffrir pour récolter quelques sacs de graminées qu'on regardait comme un sacrilège cette eau tombée du ciel qui s'apprêtait à pourrir une partie de la récolte.

Partout, que ce soit sur les pentes des monts de Blond ou dans les fermes du bocage, c'était la même désolation. Il faut dire que la pluie était arrivée sans préavis. Le vent avait subitement tourné au cours de la nuit. La dépression avait surpris tout le monde, même les vieux paysans qui, d'un seul coup d'œil, étaient capables de prévoir le temps du lendemain.

Chez les Vial, l'arrivée du mauvais temps était vécue comme une véritable catastrophe. Il faut reconnaître qu'ils étaient poursuivis par la malchance. Alors qu'il ne restait que deux champs à moissonner, à plusieurs reprises la faucheuse était tombée en panne. Et comme si cela ne suffisait pas, le père Charles s'était fait un tour de rein, bêtement, en soulevant un billot de bois qui traînait dans la grange.

Ah ! il n'était pas bon de lui parler du bon Dieu, du Saint-Esprit ou d'une quelconque volonté divine qui serait venue punir ceux qui juraient en son nom. Pragmatique, il n'avait de cesse de crier après le Roger qu'il rendait responsable des multiples ratés de la machine.

Il était d'une humeur épouvantable. Pour un oui ou pour un non, il entrait dans des colères qu'il alimentait à coups de verres de vin rouge. Personne n'échappait à ses critiques. Outre Roger, il était fort agacé par le comportement étrange de Bernadette et de Marie. Il ne comprenait pas ce qui avait pu les rapprocher. Ses nerfs étaient à vif quand il les voyait s'éclipser en douce ou papoter à voix basse, comme si elles se méfiaient des autres membres de la famille.

Il avait beau les pister, pas le moindre indice venait l'éclairer sur les intentions des deux femmes. Il avait bien remarqué qu'elles choisissaient de s'absenter quand il se trouvait à travailler dans les terres. Pour en savoir un peu plus, il avait même interrogé la vieille Marguerite. Mais cette dernière n'avait fait que hausser les épaules, peu concernée qu'elle était par les escapades de sa fille, et surtout de sa belle-fille.

Véritablement perturbé, il s'était inventé un scénario pour le moins osé. Il faut dire que son esprit tordu représentait un terreau particulièrement fertile pour nourrir son imaginaire. Il était entré dans la spirale infernale de la jalousie. Il avait bien essayé d'évacuer cette idée de son cerveau, mais elle restait accrochée au point de devenir obsessionnelle.

Il s'était mis dans la tête qu'elles entretenaient des relations sexuelles. Comme il savait combien Marie était capable du pire et que Bernadette ne pouvait être que sous son influence, il se mettait dans des états qui frisaient la démence à la seule pensée qu'il pouvait être trahi par ces deux femelles hystériques.

Il déraisonnait totalement. A cela s'étaient ajoutés deux faits majeurs qui ne pouvaient qu'aggraver son moral. D'abord, il y avait eu les fiançailles de Jeanne Maillot et de François Breuil. Ces derniers avaient eu beau choisir la discrétion, la nouvelle avait fait le tour du pays et était arrivée rapidement aux oreilles des Vial.

Quand ils avaient appris la chose, ces derniers avaient dans un premier temps ironisé. En particulier le vieux Charles. Avec un certain dédain, il avait plaisanté sur ce couple maudit qui voulait faire croire qu'il restait attaché à la tradition. Avec des mots choisis, il avait rappelé que la veuve n'avait pas attendu le mariage pour se retrouver dans le lit de ce grand couillard de François.

Quand il abordait le sujet, il était comme un poisson dans l'eau. Quand il parlait coucherie, sexe, on sentait chez lui comme une sorte de jouissance malsaine. La vulgarité avait la part belle dans ce long ballet de descriptions pornographiques plus obscènes les unes que les autres.

Derrière tout ça se cachait une haine tenace qui transpirait à travers ses propos orduriers. Ce qui se passait à la Malterre et au Puychaud avait beau lui donner tort, il ne pouvait croire au mariage prochain de Jeanne et François. Pour lui, c'était quelque chose qui n'entrait pas dans la normalité. La veuve Maillot avec le fils Breuil, c'était un peu comme si on avait voulu marier un cheval de trait avec un cheval de course.

Bref, entre la pluie qui inondait les champs, l'attitude de Marie et Bernadette qui lui rongeait les méninges et le bonheur affiché de François et Jeanne, il ne restait guère de place pour ne serait-ce qu'une toute petite joie éphémère afin de lui redonner goût à l'existence. En effet, comme si tous ces malheurs ne suffisaient pas, voilà que son tour de reins lui interdisait dorénavant toute galipette avec sa jeune maîtresse.

Ce n'était pas faute d'avoir tout tenté. Obstiné, il avait bien essayé de la prendre en levrette, à la feignante, à la classique missionnaire, sur une chaise, sur la barge, dans le cellier, le cul reposant sur une baratte, et même à la rustique, dans la chaleur animale de l'étable et au milieu des beuglements des bovins.

Dépité, malheureux comme un bénitier sans eau bénite, il n'avait rien trouvé de mieux que de se confier à sa vieille et tendre épouse. Ainsi, chaque soir, cette dernière lui frottait-elle le bas du dos avec une huile bizarre qu'elle avait dénichée sur une étagère de la buanderie. Pour accélérer la guérison, il avait fait aussi appel au père Chantegrume, un vieux paysan dont la notoriété de guérisseur n'était plus à faire.

Celui-ci était une sorte de géant doté de mains énormes. Quand il vit dans quel état se trouvait le père Vial, il l'invita à s'allonger sur la table de la salle commune et l'étira dans tous les sens, le palpa, lui infligea une série de contorsions qui lui tiraient d'horribles cris de douleur. Comme il n'était pas venu pour rien, il termina la séance par un interminable massage à base d'orties qu'il avait récupérées tout près du tas de fumier.

L'épiderme aussi rouge qu'une écrevisse sortant d'un court-bouillon, le père Vial s'était soudain senti requinqué.

Bien sûr, il se déplaçait encore avec difficulté, mais il avait repris sa place en bout de table et, surtout, honorait à nouveau sa nymphomane de belle-fille.

Il pleuvait sans interruption depuis deux jours. Parfois, apparaissait bien un petit coin de ciel bleu, mais, rapidement, de gros nuages chargés de pluie arrivaient, poussés par un vent d'ouest qui avait tout de même considérablement faibli.

Tout le monde était dans l'attente du retour du beau temps. On scrutait le ciel. On cherchait aussi à deviner ce que cachaient ces nuages qui se regroupaient, se disloquaient, s'éparpillaient parfois, laissant espérer en une accalmie.

Dans les fermes, on prenait son mal en patience. A la Malterre et au Puychaud, on se félicitait d'avoir mis les bouchées doubles lors de la moisson. On profitait des intempéries pour effectuer quelques menus travaux dans les granges, les étables, et pour ranger les remises où était stocké le bois.

A la Grande Besse, Roger était descendu une bonne demi-douzaine de fois dans les champs qui n'avaient pas été encore moissonnés. Ce qu'il avait constaté, sans être catastrophique, laissait craindre la perte de quelques arpents de blé. En outre, beaucoup de chemins inondés et encombrés de branchages allaient devoir être remis en état.

C'est alors que le soleil commençait à pointer timidement son nez que se produisit un événement dont il était impossible, sur le coup, de mesurer les conséquences.

Ce soir-là, comme ils en avaient l'habitude, Roger et la mère Vial avaient rejoint leur chambre sitôt terminé le repas du soir. Dans la salle commune, près de l'âtre, le père Charles tirait sur sa pipe tout un jetant un œil discret en direction de Marie et de Bernadette qui papotaient devant un grand panier de haricots verts qu'elles avaient en charge d'équeuter.

Soudain, le père Vial se retourna en martelant le sol avec sa canne.

— Sales garces ! Cela fait des jours que je vous observe ! Ah ! j'en ai mare de vous entendre murmurer derrière mon dos ! Mais qu'avez-vous donc à vous raconter ? gueula-t-il.

Bernadette se leva et vint se planter devant son père.

— Au lieu de bramer comme un veau, tu devrais plutôt nous rejoindre.

Le vieux leva la tête.

— Pour entendre vos boniments de bonnes femmes ! Merci bien !

— Viens, on a des choses importantes à te dire.

Ils s'étaient installés autour de la table. Le père Charles faisait face aux deux femmes. Ces dernières avaient poussé le panier de haricots verts. A leur air, on devinait qu'elles ne savaient trop par où commencer. Après quelques secondes d'hésitation, Marie se tourna vers Bernadette.

— C'est à toi de parler. Je sais que tu as tout enregistré dans ta caboche.

La fille Vial tourna la tête en direction de l'escalier qui menait vers les chambres.

— Parlons à voix basse. Ce que nous allons dire ce soir doit absolument rester entre nous.

Le vieux Charles se pencha vers les deux femmes et murmura :

— Bordel de merde ! J'espère pour vous que vous n'allez pas me faire veiller pour rien.

Marie fit signe au père Charles de se rapprocher un peu plus.

— Avec la Bernadette, on a imaginé un plan. S'il réussit, François Breuil peut tirer un trait sur son mariage avec la veuve. Mais on ne peut rien faire sans ta collaboration. Par contre, si tu refuses de nous aider, tu n'auras plus qu'à faire ton deuil des terres du Puychaud.

Elle posa une main sur l'épaule de Bernadette.

— Ma grande, à toi de convaincre le père ! Il importe que tu sois précise. N'oublie rien ! Comme tu le dis souvent : surtout, pas d'improvisation.

C'était bien la première fois que la fille Vial monopolisait l'attention du père Charles qui l'avait toujours considérée comme une pauvre fille, non seulement laide, mais incapable de prendre la moindre initiative.

— Cela fait des jours et des nuits que j'imagine comment on pourrait faire capoter ce mariage. Avec Marie, on a tout prévu. Bien entendu, on ne peut prévoir avec certitude les réactions de François. Mais à notre avis, il ne pourra laisser passer une telle occasion. Tout le monde le sait, devant une belle femelle, il est incapable de résister très longtemps, déclara-t-elle sur un ton qui montrait combien elle maîtrisait le sujet.

Sans mot dire, le père Vial bourra sa pipe. Il était visible que les propos tenus par sa fille l'interrogeaient.

— Je t'écoute. Mais parle lentement afin que j'enregistre bien. Ah ! depuis quelque temps, j'ai comme des pertes de mémoire, marmonna-t-il tout en allumant sa vieille bouffarde.

— Avec Marie, on a remarqué que le fils Breuil menait souvent les bêtes dans les prés du Châtenet. De temps à autre, c'est le vieux Morizot qui le remplace, surtout le soir. Dans un premier temps, il faut absolument que Marie prenne contact avec François. Et ce à plusieurs reprises. C'est un passage obligé. Je sais, je le vois à ta mine, cela ne te plaît guère. Mais, mon vieux, c'est à toi de choisir ! Ou tu veux la peau de Breuil, ou tu t'opposes à ce que Marie lui fasse du charme. C'est à prendre ou à laisser.

Le vieux Charles semblait un brin décontenancé par ce qu'il venait d'entendre de la bouche même de sa fille. Un moment, il se demanda même s'il ne rêvait pas. Il découvrait la face cachée de Bernadette. Face à lui, il n'avait plus la grande fille docile dont les avis ne comptaient guère, mais une femme déterminée, sûre d'elle-même, pleine de certitudes.

— Tu me demandes quoi, exactement ? Quel rôle veux-tu faire jouer à Marie ?

L'instant tant redouté était arrivé. Bernadette savait combien il allait être difficile de convaincre son père. Un mot de trop ou une hésitation, et le vieux pouvait fort bien se braquer et leur interdire dorénavant de quitter la ferme de la Grande Besse.

Décidée à le mettre au pied du mur, elle choisit la manière la plus directe afin de répondre à ses questions.

— C'est clair ! Marie devra lui proposer une partie de jambes en l'air. Avec son tempérament, il résistera un moment. Mais il succombera rapidement devant le désir qu'il a de lui faire l'amour. Et c'est là que nous le tenons ! Et c'est là que tu as un rôle majeur à jouer.

Le père Charles était pensif. Tout ça semblait bien compliqué pour sa vieille cervelle de paysan.

— Explique-moi pourquoi il aurait envie de sauter Marie alors qu'il a tout ce qu'il faut à la maison ?

Bernadette se redressa. Son visage s'habilla d'une sorte de sourire forcé qui ressemblait davantage à un rictus.

— Je suis étonnée que tu me poses une telle question. Ne saurais-tu pas que changement d'herbage nourrit les veaux.

La partie était gagnée. Dans la pénombre de la salle commune, Marie et Bernadette devaient répondre aux nombreuses questions que leur posait le père Vial. Car ce dernier désirait tout savoir dans les moindres détails. Cela ressemblait un peu à un conseil de guerre. Et dans cette douce nuit de juillet, Bernadette se révélait être une femme intelligente, futée, qui avait réponse à tout.

Face à son père qui l'écoutait bouche bée, elle développait la chronologie d'un plan qui, affirmait-elle, se voulait sans faille. Elle argumentait avec une autorité tout à fait surprenante. Bien sûr, tout reposait sur Marie à qui il était demandé de développer tout son talent de séductrice. Avec sa belle gueule et son corps de reine, cette dernière possédait tous les atouts pour affoler la libido de François.

Le père Charles était d'accord sur un point : ce dernier ne pouvait avoir changé au point de rester insensible face à la sensualité diabolique de Marie. Et de rappeler le passé du fils Breuil avec toutes ces filles qui se pâmaient devant lui pendant que les mères se lamentaient et tremblaient à l'idée de voir leur progéniture se faire engrosser par ce Casanova de pacotille.

Après avoir narré les mille et une aventures de François, il se redressa et posa ses deux mains à hauteur de sa ceinture de flanelle. Il resta ainsi un assez long moment, comme s'il cherchait à deviner la suite des événements.

— Dis-moi si je me trompe ! Si j'ai bien compris, la Marie va devoir se faire baiser par Breuil ? C'est bien ça ?

— Comme tu y vas ! Que tu les surprennes ensemble, cela suffit. Pour le reste, cela dépendra de la rapidité de ton intervention. Et puis, on ne va pas chipoter pour un détail.

— Un détail ! Un détail ! Tu en as de bonnes ! marmonna le vieux Charles en se tournant vers sa belle-fille. Toi qui es la première concernée, tu en penses quoi ?

— Pour dire la vérité, pas grand-chose. Disons que je ferai ce que vous me direz de faire, répondit Marie en prenant un petit air de femme soumise.

Le père Vial se tourna alors vers sa fille.

— Bon ! Je les surprends. Et après ?

— Après ? A mon avis, c'est le tout début d'un énorme scandale. De suite, tu montes à la Malterre afin d'informer la veuve de ce que tu as vu. Quant à moi, je me charge de répandre la nouvelle dans tout le pays. Quand on connaît la Maillot, on peut très bien imaginer ses réactions. Cul béni comme elle est, je la vois mal pardonner à François. Ah ! ça va être la Bérézina. La Bérézina ! s'exclama Bernadette.

Le vieux Charles se leva et se dirigea vers la porte qu'il ouvrit en grand. Il s'avança sur le seuil et resta un long moment à scruter le ciel.

Quand il revint dans la salle commune, il avait pris son petit air malicieux. Il s'installa en bout de table et se servit un grand verre de vin rouge qu'il avala d'un trait.

— Nom de Dieu ! Votre histoire me plaît ! Mais il reste à peaufiner certains détails. J'irai donc avec vous au Châtenet afin de reconnaître les lieux. Ah ! c'est qu'il ne faut rien négliger !

Il passa une main sur sa moustache où étaient accrochées quelques gouttes de vin.

— Mais ce n'est pas gagné ! Ah ! putain ! Faut-il en faire de ces sacrifices pour arriver à ses fins.

Il se pencha vers les deux femmes.

— Surtout, pas un mot à la mère, ni au Roger. Ce dernier est jaloux comme il n'est pas possible quand un homme tourne autour de sa femme, bien entendu en dehors de moi. Mais que voulez-vous, il a l'esprit de famille très développé. On est comme ça chez les Vial.

Il tourna son regard vers la fenêtre de la salle commune.

— Le vent est désormais au sud. Demain il fera beau. Mais pas pour tout le monde, conclut-il tout en éclatant de rire.

XV

En une nuit, le ciel s'était débarrassé de tous les nuages qui l'encombraient. Désormais, le soleil brillait de mille feux. Avec le retour du beau temps, la campagne s'animait à nouveau. Déjà, des groupes de paysans s'étaient retrouvés dans les terres. Car la pluie et le vent avaient fait pas mal de dégâts. Dans les champs exposés à l'ouest, des blés avaient été couchés et baignaient sur une terre où l'on s'enfonçait jusqu'à hauteur des chevilles.

Mais ce qui demeurait le plus inquiétant, c'était l'état des chemins. En effet, ceux-ci avaient énormément souffert. En ruisselant, l'eau avait creusé de longues saignées, sans compter que certains talus s'étaient effondrés sur plusieurs mètres. Dans un premier temps, il importait donc d'effectuer quelques travaux afin de sauver ce qui était encore possible.

A la ferme de la Grande Besse, le pire avait été évité. Contrairement à ce qu'on redoutait, peu de chemins avaient été fortement endommagés. Quant aux blés, ceux qui avaient été touchés par la pluie et le vent ne représentaient qu'une part infime de la récolte. Alors, sans être euphorique, le père Vial avait retrouvé un moral qui se manifestait par une évidente bonne humeur.

Pour dire la vérité, celle-ci n'était pas liée exclusivement au retour du beau temps. Bien sûr, il était plus que satisfait de voir que la moisson allait bientôt arriver à son terme. Mais ce qui lui mettait aussi du baume au cœur, c'était l'espoir qu'il mettait dans le plan que lui avaient présenté Bernadette et Marie.

Lui qui dormait souvent d'un sommeil profond avait passé la nuit à se remémorer toutes les paroles prononcées par sa fille. Son attitude était vécue par lui comme une révélation. Jamais il n'avait pensé qu'elle fût capable d'une telle imagination. En sus, elle n'avait pas parlé pour ne rien dire. En effet, si la chance de réussir était tout de même assez mince, il n'en demeurait pas moins que cela représentait la seule occasion de faire échouer la future union entre François Breuil et Jeanne Maillot.

Des heures durant, point par point, il avait ressassé la chronologie du plan présenté par Bernadette et Marie. Et celui-ci lui apparaissait comme tout à fait réalisable. Bien entendu, tout dépendait de sa belle-fille. Et c'était bien ce maillon faible qui lui procurait quelques soucis.

D'abord, même s'il avait donné son accord, il ne lui plaisait guère de savoir que cette dernière était prête à s'abandonner dans les bras de François. Il avait beau avoir l'esprit large, certaines images lui étaient tout à fait insupportables. Car il la connaissait, cette petite garce ! Ah ! il ne devait pas lui déplaire de tenir un rôle dans lequel elle excellait. D'ailleurs, il ne se faisait aucune illusion. Il aurait mis sa main à couper qu'elle était davantage intéressée par quelques galipettes avec le fils Breuil que par un quelconque scandale qui viendrait nuire au couple qu'il exécrait.

Après une nuit de réflexion, il en avait pris son parti. Car le jeu en valait tout de même la chandelle. Son expérience de la vie lui avait appris qu'on n'avait rien pour rien. Alors, même si Marie passait à la casserole, il en tirerait des bénéfices considérables. Ah ! il imaginait la tête de François quand il comprendrait qu'il s'était fait rouler dans la farine.

Mais avant d'en arriver là, restait une inconnue de taille. A savoir les réactions du propriétaire du Puychaud. Il avait beau se persuader qu'il ne pouvait avoir changé au point de refuser les avances de Marie, un doute l'habitait au point de lui pourrir un peu son quotidien.

Histoire de se changer les idées, il était monté à maintes reprises vers le pré du Châtenet. Tatillon à l'extrême, il avait visité les moindres recoins des lieux. En effet, s'il connaissait l'endroit depuis toujours, peu d'occasions lui étaient données de traîner dans le secteur. Aussi était-il assez pointilleux, exigeant que Bernadette et Marie lui expliquent encore et toujours chaque étape de la trame imaginée par sa diablesse de fille.

Depuis deux jours, il ne pensait qu'à ça. Quand on lui parlait des blés à rentrer et de la prochaine batteuse, il répondait par un oui ou par un non, un peu comme si tous ces événements étaient devenus secondaires. Cette façon d'être n'interrogeait guère la famille tant elle était habituée à ses sautes d'humeur. Seules Bernadette et Marie devinaient quelles images devaient trotter dans la tête du patriarche. D'ailleurs, il suffisait qu'il les regarde pour comprendre combien le trio était désormais uni, pour le meilleur et peut-être aussi pour le pire.

Le temps pressait. Le père Vial désirait que tout soit réglé avant le battage. Aussi avait-il donné ses ordres à Marie afin qu'elle agisse dans les meilleurs délais. Cette dernière n'attendait que ça, tellement il lui tardait de rencontrer l'homme qui habitait ses rêves.

Au cours des jours qui suivirent, elle prit plusieurs fois le chemin qui conduisait au Châtenet. Elle s'échappait de la Grande Besse en prenant garde que Roger ne se trouve pas à la ferme. Car la prudence était de rigueur. Elle savait mieux que quiconque combien il surveillait ses moindres déplacements.

Avec son air de ne pas y toucher, il avait constamment un œil sur elle. Cet homme, au demeurant peu concerné par les relations que sa femme entretenait avec son père, perdait tout contrôle quand il était le témoin de quelques familiarités à son endroit.

Ce personnage bourru avait un comportement qui ne manquait pas de questionner son entourage. En fait, il était insaisissable. On ne pouvait prévoir à l'avance ses réactions qui souvent s'avéraient violentes. Depuis qu'il avait corrigé le Dédé Fourgeron, on se demandait même si quelque chose ne s'était pas déglingué dans sa tête. Aussi Marie faisait-elle preuve d'une extrême prudence. Afin de mettre toutes les chances de son côté, elle ne quittait la Grande Besse qu'une fois que le père Vial lui avait donné le feu vert.

Elle rejoignait le pré de la famille Breuil presque quotidiennement. Au bout de quelques jours, elle avait noté que ses chances de rencontrer François Breuil étaient plus grandes le matin que le soir. Rapidement, elle devina qu'une habitude s'était instaurée entre ce dernier et le père Morizot. Ce qu'elle observa aussi, c'est que François Breuil s'attardait assez longuement dans le pacage. La plupart du temps, il accompagnait le troupeau, allait et venait, et descendait même tout près du chemin creux où elle avait installé son observatoire.

A la veille de prendre la grande décision, elle crut un court instant que son cœur allait s'arrêter de battre. Ce matin-là, le fermier du Puychaud prolongea plus que de coutume sa présence dans le pré. Il regarda à droite, à gauche, remonta vers le haut du pacage afin de vérifier l'état de la clôture. Et puis, subitement, il fit demi-tour et vint s'installer à quelques mètres d'elle, sur le tronc d'un arbre mort. Il resta ainsi le temps de rouler une cigarette et de la fumer. Enfin, comme si de rien n'était, il se leva et remonta en direction de la barrière.

Le soir même, elle avait fait son rapport au père Charles et à Bernadette. Bien entendu, ils avaient attendu que la mère Marguerite et son fils aient quitté la salle commune. C'était un rituel qui perdurait depuis plusieurs jours, le père Vial désirant tout savoir de ce qu'elle avait remarqué de particulier dans le pré du Châtenet.

Ils avaient patienté un long moment avant de quitter la maison d'habitation. Malgré l'heure tardive, la chaleur était encore présente. Pas le moindre souffle de vent ne venait rafraîchir l'atmosphère. De temps à autre, on pouvait entendre les battements d'aile de quelques oiseaux nocturnes qui passaient dans les airs.

Ils avaient trouvé refuge sur un vieux banc, tout près de l'appentis où était entreposé le bois. Sans perdre de temps, le père Vial entra dans le vif du sujet.

— Alors ! On t'écoute ! Car c'est ce soir ou jamais qu'il faut se décider.

— Ce matin, comme à son habitude, il était là. Mais, contrairement aux autres fois, il est resté assez longuement dans le pré. Il a même trouvé le moyen de descendre jusqu'à l'allée des chênes. Il était si près que j'aurais pu l'entendre respirer.

— Pourquoi n'as-tu pas lié conversation ? C'était la bonne occasion ! fit remarquer le père Vial.

— Tu n'y penses pas ! J'étais à plat ventre sur le talus du chemin. Je me vois mal en train de sortir, un peu comme un diable sort de sa boîte.

— Elle a raison. Surtout, pas d'improvisation. Tout doit être calculé, prévu à l'avance. C'est notre seule chance, intervint Bernadette.

Une dernière fois, ils échangèrent leurs points de vue sur ce qu'il convenait de faire. Ils peaufinèrent aussi les derniers détails. Chacun émettait son avis sur la manière d'aborder François Breuil et sur ses probables réactions.

Malgré les nombreuses zones d'ombre, ils essayaient de se rassurer. En fait, celle qui parlait le moins, c'était bien Marie. Elle écoutait les conseils de Bernadette, du père Vial, mais d'une oreille pour le moins distraite. Comme souvent, elle se fiait à son instinct de femme. Elle était persuadée qu'elle allait rapidement deviner si le beau François la désirait.

Là-dessus, elle ne s'était jamais trompée. Toutes ses expériences lui avaient enseigné que certains signes étaient toujours révélateurs : le regard de l'homme, la manière dont il détaille la femme qu'il a en face de lui. Et puis, bizarrement, elle avait remarqué combien les hommes pouvaient se retrouver fragilisés quand le désir prenait possession de tout leur être.

Un détail important attirait toujours son attention : le timbre de leur voix. Si elle était mal assurée, un brin hésitante, elle savait qu'elle avait gagné son pari. Par ailleurs, que l'occasion se présente de toucher, voire d'effleurer François Breuil, et celui-ci aurait bien du mal à se libérer d'une pulsion trop forte pour espérer sortir vainqueur d'un combat trop inégal.

Soudain, elle sortit de ses pensées.

— J'y pense ! Et si on faisait croire à un viol ? Qu'en pensez-vous ? Enfin, je dis ça vu que l'idée m'est venue tout à coup à l'esprit.

Le père Vial se tourna vers elle.

— Es-tu devenue folle ? Tu imagines la tête des gens ? Non, vraiment ! La Marie qui vient de se faire violer ! C'est un peu comme si on annonçait que la Bernadette venait de gagner un concours de beauté ! Mais qui pourrait y croire ? s'exclama-t-il.

Nullement offusquée par les propos tenus par son père, Bernadette intervint à son tour.

— C'est vrai ce que dit le père. Personne ne pourra croire que François t'a violée. Je ne veux pas être médisante, mais ta réputation t'interdit d'annoncer une chose pareille. Par contre, qu'on apprenne que François Breuil t'a sautée, tout le monde pensera que cela s'inscrit dans l'ordre naturel des choses.

— Bon ! Parlons peu, mais parlons bien ! De quelle manière envisages-tu de l'accoster ? demanda le père Vial à l'adresse de Marie.

Cette dernière réfléchit un assez long moment avant de répondre. Il faut dire que son cerveau avait parfois du mal à saisir les subtilités d'une question posée. Cette fille simple était incapable d'analyser les sous-entendus, les paroles souvent tarabiscotées de Bernadette ou du père Vial.

Chez elle, on appelait un chat un chat. Toute sa vie, elle avait fonctionné au gré de ses humeurs, de l'air du temps, de ses passions, de ses désirs ou de ses intérêts. Elle conjuguait sa vie au présent, sans trop s'interroger sur ce qui pourrait advenir demain.

Aujourd'hui, son présent s'appelait François Breuil. Que le vieux Charles et sa fille aient décidé de nuire à ce dernier, ce n'était pas véritablement son affaire. La seule chose qu'elle espérait, c'est que le vieux prenne son temps avant d'intervenir. Rien qu'en imaginant le corps de François posé sur elle, de longs frissons lui traversaient le bas-ventre, comme les prémices d'une jouissance qui était devenue obsessionnelle.

Soudain, elle se leva et prit place sur un petit chevalet qui servait à couper le bois.

— Pour moi, c'est assez simple. J'arriverai par la petite route qui monte vers le Puychaud. Une fois arrivée à hauteur de la barrière, j'attendrai que François sorte du pré.

— Comment ça ? Mais tu es complètement folle ! Si tu pratiques ainsi, tu es sûre d'aller à l'échec. Vraiment, il faut toujours te mâcher le travail ! s'exclama Bernadette.

— Tu proposes quoi ?

— La rencontre doit se faire le plus naturellement du monde. Il ne doit pas penser un seul instant que tu es montée au Châtenet dans le seul but de le rencontrer. Tu n'auras donc qu'à prendre un panier et faire celle qui cherche des girolles. Il y en a plein dans le secteur. Surtout, il faut que tu attendes qu'il descende vers les chênes. Et là, tu sors du chemin creux avec les cheveux ébouriffés et les vêtements en bataille. Ah ! je ne te dis pas ! Il va être surpris, le gaillard ! répondit Bernadette.

Marie n'avait pas fermé l'œil de la nuit. Elle était tellement perturbée qu'elle s'était même refusée au père

Charles. Ce dernier avait bien insisté, espérant qu'elle céderait comme elle en avait souvent l'habitude. Mais elle avait tenu bon, prétextant qu'elle avait grand besoin de sommeil afin d'assurer pleinement la mission délicate qui lui avait été confiée.

Elle s'était levée alors que la nuit enveloppait encore la campagne limousine. Dans la salle commune, elle avait retrouvé le père Vial, la mère Marguerite et le Roger, qui ne disait rien, tout occupé qu'il était à avaler un grand bol de soupe grasse, fumante, qui sentait les choux et le lard de porc.

A peine le jour levé, le vieux Charles et son fils avaient pris la direction des champs. En effet, si la moisson touchait à sa fin, restaient tout de même quelques arpents de blé à couper, et deux pleines charrettes de gerbes bien sèches à rentrer dans la grange.

Souvent, la traite était l'affaire des femmes. Chez les Vial plus qu'ailleurs, on laissait le soin à ces dernières de s'occuper du bétail. Les hommes préféraient travailler la terre. Le travail s'effectuait sous les ordres de la vieille Marguerite. Elle avait l'œil sur tout, n'hésitant jamais à houspiller Bernadette ou Marie quand le besoin s'en faisait sentir.

Une fois la traite terminée, Marie était partie avec le troupeau en direction des pacages. Depuis quelques jours, elle conduisait celui-ci au lieu-dit les Sagnes. L'endroit était enclavé entre une forêt de résineux et de petits taillis de châtaigniers qui s'accrochaient aux premières pentes des monts de Blond.

Le père Vial n'avait pas choisi les Sagnes au hasard. Bien entendu, l'herbe y était bonne, et un petit ruisseau permettait aux bêtes de s'abreuver à volonté. Mais la raison principale résidait dans le fait que la distance était courte entre ces petits prés et celui du Châtenet.

Marie suivait les bovins, les surveillait, mais son esprit avait du mal à se concentrer sur la tâche qui était la sienne. Elle avançait, peu concernée qu'elle était par le merveilleux panorama qui défilait devant ses yeux. Quand elle arriva aux Sagnes, elle ne s'attarda point. Une fois la dernière vache rentrée dans le pré, elle referma la barrière et prit immédiatement la direction de la petite route qui conduisait au Châtenet.

Elle pressa le pas. Malgré l'heure matinale, de petites gouttes de sueur perlaient sur ses tempes. Pour cette rencontre, elle eût aimé se vêtir plus élégamment. Mais elle avait cru plus prudent de conserver ses habits de tous les jours. Aussi avait-elle choisi une longue robe grise confectionnée dans un tissu léger, fermée au niveau du cou et cintrée à la taille. Ses cheveux relativement courts, un brin hirsutes, accentuaient encore un peu plus son petit air canaille. Aucun bijou pas le moindre maquillage ne venaient rehausser la beauté naturelle qui émanait de sa frêle silhouette. Comme toutes les femmes de la campagne, elle était chaussée de sabots de bois. En outre, elle tenait, d'une main, un bâton taillé dans un bois de châtaignier et, de l'autre, un petit panier en osier qu'elle avait garni de fougères.

Elle se retrouva rapidement à hauteur du long chemin creux qui longeait la partie basse du pré encore désert. Elle resta quelques secondes immobile, silencieuse, essayant de deviner les bruits mêlés qui provenaient de la ferme du Puychaud. Elle perçut quelques cris, un bourdonnement qui annonçait que la traite des vaches devait être terminée.

Sans perdre une seconde, elle s'engouffra dans le chemin qui était encore plongé dans une semi-pénombre. Malgré le retour du soleil, le sol restait encore spongieux. Les talus étaient habillés de mousse, de petits paquets de bruyère, de hauts genêts et de nombreux mûriers, véritable mur végétal qui empêchait la lumière de passer.

Sans hésiter, elle se dirigea vers une minuscule clairière ceinturée par quelques bouleaux et de petits châtaigniers rachitiques. En ce lieu, le sol humide avait favorisé la pousse de hautes herbes et d'une quantité impressionnante de ronces dont certaines s'étendaient jusqu'à venir s'accrocher aux arbres. Suivant les conseils donnés par le père Vial, elle se faufila entre les châtaigniers qui occupaient toute la partie gauche de la clairière. Elle n'eut pas à chercher très longtemps. Sous les ronces, un long chapelet de girolles l'attendait. Elle se baissa, les cueillit et les déposa soigneusement sur son petit lit de fougères.

Soudain, elle se releva. En provenance de la route lui parvenait le beuglement des bovins qui descendaient vers le Châtenet. Elle resta plantée au beau milieu de la clairière et respira profondément. Elle avança de quelques pas, posa son panier et arrangea sa robe.

Lentement, elle revint sur ses pas. Arrivée dans le chemin creux, elle gravit le talus et prit place derrière un houx monumental qui la cachait des regards indiscrets.

Le bruit des bovins grossissait de seconde en seconde. Maintenant, elle avait retrouvé son calme. Elle ferma les yeux et se remémora tout ce qu'elle avait prévu afin de séduire François Breuil.

Elle avait le sentiment que tout se brouillait dans sa tête. Elle en arrivait à se demander si elle allait pouvoir prononcer un seul mot. Tout à coup, elle sortit de sa longue réflexion et releva la tête. Devant elle, de l'autre côté du pré, elle pouvait deviner la silhouette de François qui avançait à grandes enjambées en direction de la barrière.

Quand cette dernière fut ouverte, il s'effaça afin de laisser passer le troupeau. Marie remarqua que celui-ci était plus important que d'habitude avec cinq à six bêtes supplémentaires. Elle en déduisit que celles-ci devaient appartenir à Jeanne Maillot, et que, pour une raison inconnue, François les hébergeait dorénavant dans son étable.

Elle se releva et se réfugia derrière un énorme chêne. Légèrement en retrait des autres feuillus, il se présentait comme un observatoire idéal afin de ne rien perdre de ce qui se passait dans le pré.

Avec prudence, elle pencha la tête. A une centaine de mètres d'elle, François accompagnait les bestiaux qui, comme à leur habitude, se dirigeaient paisiblement vers la partie basse du pacage. Soudain, il s'arrêta et resta un long moment à balayer du regard la nature environnante.

Son allure était toujours aussi décontractée. Cette manière d'être était probablement le petit plus qui ajoutait encore à sa séduction. Comme à l'ordinaire, il était vêtu d'une chemise à carreaux, d'un petit gilet et d'un pantalon de velours côtelé. Délaissant les sabots traditionnels, il avait aux pieds des chaussures montantes qui paraissaient être d'une assez bonne qualité.

Un court instant, elle crut qu'elle avait perdu la partie. En effet, François allait et venait, vérifiait la clôture, redescendait vers les bovins, mais ne semblait pas du tout décidé à venir musarder du côté du chemin creux.

Marie se trouvait face à une situation pour le moins imprévue. Elle ne se voyait pas traversant le pré pour aller à sa rencontre. Tout le plan imaginé par Bernadette reposait sur une certaine intimité qui ne pouvait se créer que dans le lieu discret qu'était la longue allée de chênes.

Alors qu'elle commençait à désespérer, elle le vit subitement se diriger vers elle. Sans perdre de temps, elle fit demi-tour, se laissa glisser le long du talus et n'attendit que quelques secondes avant de deviner sa présence. Elle remonta alors le talus, s'arrêta et, sans plus attendre, décida de se jeter à l'eau.

Quand elle déboucha dans le pré, il se retourna, l'air détendu, comme si sa venue était loin de le surprendre. Bizarrement, toute angoisse l'avait abandonnée. Sans se départir de son calme, elle fit quelques pas, posa son panier, son bâton et se planta devant lui.

— Eh bien, François Breuil, voilà bien longtemps qu'on ne s'est pas rencontrés ! Il est vrai qu'avec la moisson, cette pluie et en sus vos fiançailles… Comment allez-vous ? demanda-t-elle d'une petite voix sirupeuse.

— Moi ! Je vais bien ! Mais que faites-vous ici à une heure aussi matinale ?

Elle se rapprocha imperceptiblement tout en éclatant de rire.

— Regardez ! J'ai ramassé quelques girolles ! Le coin est propice à la cueillette des champignons. En particulier le long du chemin creux.

Elle était proche de lui et avait une folle envie de le toucher, de passer une main sur son visage. Jamais encore elle n'avait été envahie par un tel désir. Elle se sentait prête à se donner là, sur l'herbe tendre, au milieu de cette nature et de ces mille senteurs qui montaient des sous-bois.

Elle se ressaisit. Maintenant, ils échangeaient des propos anodins, sans conséquence. Ils parlaient des travaux des champs, du temps qu'il faisait et de la batteuse qu'ils attendaient pour bientôt. On sentait bien qu'ils meublaient la conversation avec des tas de banalités. Soudain, François sortit sa montre de la poche de son gilet et regarda l'heure.

— Il va falloir que je vous quitte. Il me reste à nettoyer l'étable. Le père Morizot doit m'attendre.

Sans trop s'interroger sur la portée de son geste, Marie posa une main sur son bras.

— Attendez ! Ne partez pas comme ça ! Je voudrais vous dire…, murmura-t-elle.

Ce qui se passait en cet instant était assez étrange. Elle qui s'était préparée à jouer un rôle se trouvait tout à coup terriblement fragilisée. Elle n'était plus la femme facile prête à s'offrir au premier quidam qui serait passé par là. Non, c'était une femme follement éprise qui ne savait trop comment s'extraire d'une situation qu'elle n'avait pas prévue.

— Que désirez-vous me dire ? Je vous écoute !

— On pourrait peut-être se revoir. Je sais, vous êtes fiancé et je suis mariée. Mais enfin, j'aimerais beaucoup, balbutia-t-elle visiblement émue.

François jeta un regard circulaire afin de s'assurer que personne ne traînait dans le secteur.

— Pourquoi pas ! Mais je me méfie des gens qui pourraient nous voir ensemble. Vous savez comment ils sont. Ils seraient bien capables d'imaginer des choses et de raconter n'importe quoi.

— Je serai là demain matin. Et vous ? demanda-t-elle d'une petite voix presque inaudible.

— Demain matin ! Bien entendu ! Ici, l'herbe est belle et les bêtes se régalent.

Ils s'étaient quittés en se promettant de se revoir. Marie avait repris le chemin de la Grande Besse le cœur plein d'espoir. Pourtant, l'entretien n'avait duré que quelques minutes, bien loin de ce qu'elle avait espéré. Aussi, tout en allant, elle essayait d'analyser le comportement de François.

Et sa surprise n'était pas mince. En effet, depuis son retour au pays, et malgré tout ce qui se racontait sur son passé, elle l'avait toujours vu comme un personnage rangé qui avait désormais trouvé chaussure à son pied en la personne de la veuve Maillot.

Jamais elle n'avait pensé qu'il était aussi disponible. D'abord, il n'avait montré aucune animosité. Il n'avait pas fait la moindre allusion au conflit qui l'opposait au père Vial. Non, il s'était comporté comme un homme libre, probablement prêt à s'offrir, si l'occasion se présentait, une petite aventure sentimentale.

Bien sûr, il ne lui avait pas sauté au cou. Elle l'avait même senti sur ses gardes. Mais tout de même ! Elle qui craignait tant qu'il lui oppose un refus catégorique, voilà qu'il répondait favorablement à un prochain rendez-vous. Ah ! elle avait le cœur en fête, la belle Marie ! Et tout au long du chemin qui la conduisait vers la ferme, elle n'avait de cesse de faire courir son imagination.

Pour elle, l'affaire était dans le sac. Une ou deux rencontres devaient suffire pour qu'il se retrouve dans l'incapacité de refuser une partie de jambes en l'air. C'est qu'elle connaissait les hommes, la jolie paysanne de la Grande Besse ! Au cours de ses multiples aventures, elle avait même réussi à séduire les plus récalcitrants. Elle avait été à la découverte de toutes les classes sociales : un avocat, des médecins, des notables. Mais aussi des hommes qui appartenaient au « petit peuple », à qui elle offrait gratuitement un court instant de plaisir, histoire de leur faire oublier leur grande misère. Alors, foi de grande baiseuse, François Breuil n'était pas en mesure de lui résister.

Ce dernier avait quitté le Châtenet et remontait à pas lents vers la ferme du Puychaud. Il ne pouvait s'empêcher de sourire. Cela faisait bien longtemps qu'il n'avait été d'aussi bonne humeur. A sa décharge, il faut bien reconnaître que les nouvelles du *Populaire* que lui commentait le père Morizot n'étaient pas faites pour lui mettre du baume au cœur.

Avec Jeanne, ils en discutaient presque tous les soirs. Chacun y allait de sa théorie, essayant de deviner ce qui se cachait entre les lignes du quotidien régional. François ne pouvait croire à un conflit. Il argumentait et faisait preuve d'une certaine confiance dans les hommes politiques des deux côtés du Rhin.

Ce n'était pas le cas du père Morizot, et surtout de Jeanne. Pour eux, cette histoire allait inévitablement mal se terminer. A les entendre, la guerre ne pouvait qu'éclater tant la tension internationale était grande.

Comme si cela ne suffisait pas pour accroître sa nervosité, son anxiété, le père Etienne lui avait signalé la présence de plusieurs membres de la famille Vial dans le secteur du Châtenet. Il disait avoir vu le père Charles, la Bernadette et la Marie. Puis, un autre jour, le père Charles tout seul qui faisait le guet tout au bout de chemin creux. Enfin, depuis peu, c'était cette petite punaise de Marie qui rôdait dans le coin, soir et matin.

François s'était un peu moqué de lui. Comme il connaissait sa tendance à grossir les événements, il avait considéré que ses propos ne portaient guère à conséquence. Malgré tout, le vieux avait insisté. Pour lui, il ne faisait aucun doute que le trio préparait un mauvais coup. Et de rappeler toutes les misères que le père Vial avait faites à sa mère. Sans oublier ce dont était capable la Marie. Et d'énumérer là aussi tous les couples qu'elle avait brisés, et toutes les familles qui s'étaient déchirées à cause de ce démon en jupon.

Restait la grande Bernadette. Et là, il ne trouvait aucune explication quant à sa présence au Châtenet. Disons que cela ne le préoccupait guère tant cette dernière avait toujours été considérée comme sérieusement retardée du côté cérébral.

Tout en marchant, François réfléchissait à tout ça. La guerre peut-être pour demain, et les Vial qui devaient préparer quelque chose de pas très catholique. Ah ! heureusement qu'il lui restait Jeanne ! Auprès d'elle, il avait trouvé une sorte de grande sérénité, un bonheur sur lequel pas le moindre petit nuage ne venait se greffer. Et ce bonheur inespéré, il voulait le protéger à tout prix. C'était probablement ce qui pouvait expliquer l'optimisme dont il faisait preuve face à une guerre annoncée, et le peu d'intérêt qu'il attachait, du moins jusqu'à ce jour, aux agissements obscurs des Vial.

En arrivant au Puychaud, il devina tout de suite que le père Morizot avait curé l'étable. Quand il pénétra dans cette dernière, le vieil homme était déjà en train de préparer la litière.

— Quand comprendras-tu que ce travail est trop dur pour toi ? Un jour, tu vas te retrouver le nez dans le tas de fumier ! Et après, tu trouveras encore le moyen de dire que c'est de ma faute ! Etienne, entends-tu ? s'exclama-t-il.

Le père Morizot éparpilla un peu plus la paille avant de poser sa fourche contre le mur.

— Veux-tu me dire un peu ce que tu fichais au Châtenet ? Durant ton absence, j'aurais pu nettoyer au moins trois étables comme celle-là. Maintenant que monsieur va se marier, il prend son temps, il joue les patrons.

François s'avança et se dirigea vers les mangeoires. Il constata que celles-ci avaient été nettoyées. Puis il jeta un œil discret aux alentours afin de s'assurer que tout était en place pour accueillir le troupeau.

Le père Etienne insista :

— A ton air, je devine que tu me caches quelque chose. Aurais-tu vu quelqu'un. Allons ! Ne me laisse pas languir !

— Marie était là. J'avais deviné sa présence. Elle est sortie du chemin creux et m'a accosté en bordure du pré. Au début, nous avons discuté de tout et de rien. Et puis, alors que je m'apprêtais à quitter les lieux, elle m'a fait le coup de la jeune femme follement amoureuse. Ah ! la chipie ! Elle est forte ! On peut dire qu'elle a du talent !

Morizot se dirigea vers la porte. Arrivé sur le seuil, il regarda à droite, à gauche, afin de s'assurer que Jeanne était encore à la Malterre. Puis il ferma la porte et revint vers François Breuil.

— Je te l'avais dit. Ils ont programmé quelque chose pour faire capoter ton mariage avec Jeanne. Tiens ! Ma tête à couper qu'elle va te proposer un nouveau rendez-vous.

— C'est fait. J'ai rendez-vous demain matin.

Morizot resta un long moment sans mot dire. Il allait et venait dans l'étable, l'air pensif, visiblement inquiet de la tournure que prenaient les événements. Soudain, il s'approcha de François et posa une main sur son épaule.

— Mon grand, désormais, la prudence est de mise. J'ose espérer que tu n'as aucune idée malsaine derrière la tête ? Si cela était, l'estime que je te porte en prendrait un sacré coup.

— Etienne, es-tu devenu fada ? Jeanne est toute ma vie. Bien sûr qu'elle est attirante la petite Marie, mais je la trouve un brin fadasse à côté de la femme que je porte dans mon cœur.

— Très bien ! Mais tu envisages quoi ?

— Je vais voir jusqu'où elle veut aller. Et quand j'aurai découvert le but que le père Vial lui a probablement fixé, je t'en parlerai et nous aviserons ensemble.

XVI

François Breuil ne s'était pas attardé très longtemps. Il avait mis un peu d'ordre dans la grange, avait pris quelques affaires dans la maison d'habitation, puis avait quitté le Puychaud, pressé qu'il était de rejoindre la Malterre.

Durant le trajet, il ne faisait que réfléchir à une question qui lui taraudait le cerveau. Devait-il informer Jeanne des agissements des Vial et de sa rencontre avec Marie ? Il en avait discuté à maintes reprises avec le père Etienne. Ce dernier lui avait conseillé de ne rien dire. Il pensait que tout ça ne pouvait lui procurer que du souci, et même faire naître chez elle un doute quant à sa fidélité.

Il avait donc pris la décision de ne piper mot. Malgré tout, il éprouvait comme des remords. Le fait de dissimuler à Jeanne ce qui se tramait au Châtenet lui était insupportable. Depuis qu'ils étaient ensemble, ils avaient pris la décision de tout se raconter, de ne rien cacher de ce qu'avait été leur existence passée. Aussi une confiance totale s'était-elle instaurée entre eux. Mais aujourd'hui, il se trouvait devant l'exception qui confirmait la règle. Et une fois encore, le père Morizot montrait combien il était un homme de bon sens.

Quand il arriva à la Malterre, il devina tout de suite que quelque chose d'anormal venait de se produire. La cour était vide et les portes de la grange et de l'étable étaient fermées. En s'approchant de la maison d'habitation, il lui sembla reconnaître la voix de Jeanne, et surtout celle de Riton Raveau.

Inquiet, il ouvrit la porte et pénétra dans la salle commune dans laquelle se baladaient des odeurs de cuisine.

Jeanne et Riton étaient assis l'un en face de l'autre à la grande table de chêne. Un peu plus loin, tout près de l'âtre, Philibert Ratignoux se roulait une cigarette, le regard absent, comme s'il essayait de remettre un peu d'ordre parmi toutes les images qui se bousculaient dans sa tête.

François s'avança et prit place auprès de Jeanne.

— Vous en faites une tête ! Que se passe-t-il ?

Jeanne paraissait terriblement émue. Après un court instant d'hésitation, elle se rapprocha un peu de François et passa son bras autour de son cou.

— Ce matin, Riton est descendu à Chavignac. Dans le village, tout le monde ne parlait que de ça. Son nom est sur toutes les lèvres.

Elle sortit un mouchoir de sa poche et essuya les quelques larmes qui perlaient au coin de ses yeux.

— Ils ont assassiné Jean Jaurès. Il paraît que cela s'est passé dans un café, à Paris. J'ai peur. J'ai peur pour demain !

François Breuil ne savait que dire. Il semblait comme abasourdi par la nouvelle. Son émotion était perceptible. En cet instant, lui revenaient des images de meetings, de réunions au cours desquelles il avait écouté les messages de paix et de fraternité de Jean Jaurès et autres responsables socialistes.

Bizarrement, ces souvenirs lui paraissaient lointains. Pourtant, ils ne dataient que de quelques mois. Mais entre-temps, il y avait eu son retour au pays et, surtout, cette passion amoureuse qu'il vivait auprès de Jeanne Maillot.

— Que crois-tu qu'il va se passer ? demanda cette dernière.

— Cet assassinat montre combien les va-t-en-guerre sont prêts à tout. Avec la disparition de Jaurès, c'est une grande voix qui s'éteint. Je redoute le pire.

— Tu penses sérieusement que la guerre peut éclater ?

— Hier, j'étais persuadé que la raison allait l'emporter. Aujourd'hui, je n'en suis plus sûr. Bien entendu, l'assassinat de Jaurès ne signifie pas que dorénavant la guerre est inévitable. Mais j'ai comme un mauvais pressentiment.

Riton Raveau intervint à son tour.

— Bordel de merde ! S'il faut aller se battre, on ira. Les Prussiens, on va leur faire bouffer leurs casques à pointe ! gueula-t-il.

Il se tourna vers François Breuil.

— Tu as servi dans quelle arme ? Moi, j'ai fait mon temps à Brive, dans l'infanterie. Ah ! c'est dur, et il faut savoir se démerder tout seul si on veut sauver sa peau.

— J'ai fait mon service à Vincennes, dans l'artillerie. C'est une arme moins exposée que l'infanterie. Mais que veux-tu…

Jeanne l'interrompit.

— Assez ! Je ne veux plus vous entendre parler de guerre ! Tout ça, c'est bon pour les hommes politiques, les financiers et les généraux qui n'ont que faire des pauvres soldats qui s'entre-tuent. Nous, nous sommes des gens de la terre qui nous échinons à faire pousser quelques arpents de blé, à élever nos vaches, au même titre que les paysans allemands, autrichiens ou serbes. La guerre, elle rapporte toujours à ceux qui ont intérêt à la faire. Faites-moi plaisir, parlons d'autre chose.

On n'avait pas insisté outre mesure tellement elle semblait au bord de la crise de nerfs. On avait donc rapidement changé de sujet. Comme la batteuse avait été programmée pour la mi-août, François se faisait expliquer le fonctionnement de cette machine qu'il n'avait jamais vue battre le blé.

Personne mieux que Riton Raveau n'était en mesure de lui en narrer les mille et un secrets. Il faut bien reconnaître qu'il possédait une certaine expérience en la matière. Depuis plusieurs années, non seulement il participait activement à la batteuse de la Malterre, mais aussi à beaucoup d'autres qui se déroulaient dans le secteur, et plus particulièrement dans quelques fermes importantes du bocage.

Si on insistait un peu, il pouvait très bien parler des heures durant. Il faut dire qu'il avait emmagasiné des tas d'anecdotes plus savoureuses les unes que les autres. Et puis, fasciné par la grande dévoreuse de graminées, il n'avait de cesse de rappeler combien celle-ci était efficace, et surtout permettait d'économiser les hommes.

Bien entendu, il parlait de la locomotive et des briquettes qui permettaient de la chauffer. Mais aussi de tout le travail de battage qui commençait souvent à la pointe du jour. Les céréales étaient toujours battues suivant l'ordre inverse de rentrée dans la grange. Dans un premier temps, les gerbes étaient chargées sur la batteuse où un homme les attendait afin de les délier.

Et Riton de raconter comment deux personnes s'occupaient du remplissage des sacs pendant que deux autres enlevaient les balles de paille, les liaient avant qu'elles ne soient chargées sur une voiture et transportées dans la grange.

Sans l'arrivée du père Morizot, il se serait probablement attardé sur les repas pantagruéliques qui ponctuaient la batteuse. Mais quand la silhouette du vieux paysan se dessina sur le seuil de la porte, à son air renfrogné, chacun imagina qu'il allait certainement se plaindre de la chaleur, de ses rhumatismes, ou autres douleurs qui lui pourrissaient l'existence.

— Etienne, que t'arrive-t-il ? Pas possible ! Tu as dû boire une chopine de trop ! s'exclama Philibert Ratignoux.

Le père Morizot s'avança vers lui.

— Grand con ! Tu sauras que je ne bois jamais quand j'ai du pain sur la planche. Tu ne peux pas en dire autant !

Il prit place près de l'archaban.

— Ah ! je vous vois tranquilles, sans aucun souci, attendant que la soupe arrive. Bordel ! Heureusement que le père Morizot est là pour vous informer de ce qui se passe. Tiens, en attendant, sers-moi donc un verre de vin gris, demanda-t-il en se tournant vers Jeanne.

— Bon sang, parle ! Chaque fois, c'est la même chose. Tu clames que tu as des choses à nous dire et il faut te tirer les vers du nez. Etienne, je te le dis comme je le pense, tu es un vieil emmerdeur, intervint François Breuil.

Le vieil homme se tourna vers lui.

— Eh bien, je vais causer ! Sur le chemin qui me conduisait à la Malterre, j'ai rencontré le fils Bouchard, du hameau de la Vergnole. Vous le connaissez ! C'est un garçon sérieux qui réfléchit toujours avant de parler. Eh bien, devinez un peu ce qu'il m'a appris ?

— Il t'a peut-être appris que Jean Jaurès avait été assassiné ? Je me trompe ?

Le père Morizot resta un long moment la tête penchée en avant, silencieux, visiblement vexé d'avoir été doublé sur le fil. Autour de lui, la petite assemblée se retenait pour ne pas pouffer de rire. Mais comme on le devinait malheureux de n'avoir pu annoncer la terrible nouvelle, on prenait pitié de ce pauvre vieux dont on venait de gâcher un plaisir dont il se nourrissait presque quotidiennement.

— Allons, ne fais pas la gueule, Etienne ! Pour une fois que tu as du retard à l'allumage, tu ne vas pas en faire une maladie ! s'exclama Riton Raveau.

Le père Morizot releva la tête.

— Ce qui est certain, c'est que le fils Bouchard m'a donné des détails que vous ne devez pas connaître. Tenez ! Vous qui savez tout, dites-moi un peu où Jaurès a été assassiné ? demanda-t-il en prenant un petit air hautain.

— Je pense qu'il a dû être assassiné à Paris, répondit Raveau.

Devant une réponse aussi évasive, le père Morizot ne put s'empêcher de ricaner.

— A Paris ! A Paris ! Bien entendu que c'est à Paris ! Mais où, à Paris ? Où ? gueula-t-il.

Comme personne ne répondait, il s'installa au beau milieu de la pièce et lissa sa moustache.

— Eh bien, moi, je vais vous le dire ! Jaurès a été abattu au café du Croissant ! Ah ! le père Etienne vous en bouche un coin ! s'exclama-t-il sur un ton jubilatoire.

Le soir même, Jeanne et François avaient attendu d'être seuls pour faire le point sur la situation. S'ils n'avaient plus évoqué la disparition du leader socialiste et les conséquences qui pouvaient en découler, il n'en demeurait pas moins qu'une certaine inquiétude les avait habités tout au long de la journée.

Ils avaient beau se vouloir optimistes, ils sentaient bien que les derniers événements étaient le prélude à une catastrophe. Alors, histoire de se remonter le moral, ils essayaient d'évacuer toutes ces images, toutes ces idées noires dont ils avaient bien du mal à se défaire.

Profitant de la douceur de cette nuit d'été, ils s'étaient installés sur un vieux banc placé devant la maison d'habitation. Une brise légère s'était levée qui venait caresser les arbres, les quelques graminées qui restaient à récolter et une herbe déjà haute qui annonçait un regain prometteur.

Ils échangeaient des propos anodins. Ils étaient enlacés, blottis l'un contre l'autre. Au milieu de la campagne endormie, ils avaient du mal à imaginer que leur quotidien puisse être bouleversé du jour au lendemain. Ici, le cycle des saisons ponctuait le travail de la terre, les semences, la fenaison, la moisson, et la longue période durant laquelle la nature était recouverte de neige ou de givre.

Aussi ne voyait-on pas ce qui pourrait venir modifier une vie faite de travail et de peine. Bien sûr, les paysans ne travaillaient plus de la même façon que ceux du siècle dernier. Mais les travaux restaient toujours aussi pénibles, et surtout rien ne laissait espérer une quelconque embellie pour une paysannerie perdue au cœur de la France.

Malgré l'avancée des techniques, la modernisation du matériel, la sélection des semences, les hommes et les femmes des monts de Blond trimaient encore tout au long de leur triste existence. Avec pas mal de fatalisme, ils acceptaient ce qu'ils considéraient comme leur destin. Rares étaient ceux qui pouvaient faire quelques projets quant à l'expansion de leur propriété ou l'achat d'une faucheuse ou d'un râteau-faneur dont on disait pourtant le plus grand bien.

François Breuil et Jeanne Maillot faisaient partie de ces quelques privilégiés pour lesquels le rêve était encore possible. La réunion des deux propriétés allait porter la superficie des terres à près de trente hectares. Bon an, mal an, ils pouvaient envisager d'acquérir un petit hectare par-ci, quelques ares par-là. Déjà, ils voyaient la Malterre non plus comme une simple ferme, mais comme un riche domaine à l'égal de ceux qui peuplaient le bocage ou la Charente limousine.

C'est au moment où François formulait quelques propositions sur l'organisation de la batteuse que Jeanne se redressa légèrement tout en posant un doigt sur les lèvres de son bien-aimé.

— Avec tout ce qui se passe, je pense qu'il serait sage d'avancer la date de notre mariage. C'est une idée qui me trotte dans la tête depuis quelques jours. J'espère que tu es toujours d'accord pour que je devienne ta chère et tendre épouse ? demanda-t-elle, le sourire aux lèvres.

François se tourna vers elle.

— Plus que jamais ! Mais tu souhaitais d'abord en terminer avec les labours, et nous avions tout programmé pour le mois d'octobre. Chérie, qu'est-ce qui te pousse à changer de date ?

Jeanne se blottit à nouveau tout contre lui et passa ses bras autour de son cou.

— J'ai une peur bleue que la guerre éclate. Si cela devait advenir, je pense qu'il serait bon que nous ayons déjà régularisé notre situation.

Elle s'écarta légèrement.

— Après tout, certains hommes devront bien rester dans les fermes pour travailler la terre. Guerre ou pas guerre, il faudra toujours du pain et de la viande pour nourrir la population, ajouta-t-elle, comme si elle désirait se rassurer.

Une nuit d'amour et de tendresse avait en grande partie effacé les craintes et les interrogations de la veille. Comme chaque matin, François avait pris le chemin du Puychaud afin d'effectuer la traite. Car aucun aménagement n'avait encore été prévu afin de regrouper les bovins. Seules quatre vaches avaient rejoint son troupeau afin de profiter de l'herbe grasse et abondante du Châtenet.

Alors on discutait, on réfléchissait avant de commencer les travaux dans l'étable de la Malterre. Sur le sujet, chacun donnait son point de vue. Mais ce qui occupait surtout les esprits, c'était cette satanée batteuse. On avait beau tourner le problème dans tous les sens, les gerbes stockées dans la grange du Puychaud allaient devoir être acheminées vers la Malterre. Déjà, le père Morizot se plaignait de tous les allers et retours de la charrette. A l'entendre, on aurait pu penser que les travaux les plus pénibles lui étaient réservés.

Quand François Breuil arriva à la ferme, ce dernier l'attendait de pied ferme. Il avait déjà commencé la traite. A son air, on le devinait anxieux, excité. Comme souvent quand il était de mauvaise humeur, il grognait dans son coin.

Soudain, il prit son seau à moitié rempli de lait, se leva et se dirigea vers François.

— La traite est presque finie. Ne restent que la Roussette et la Blanche. J'ai pris de l'avance car je désire te parler.

— Moi aussi je désire te parler.

— Eh bien, à toi la parole !

Avant de rejoindre la maison d'habitation, ils avaient trait les deux vaches qui commençaient à piaffer d'impatience. Puis, fidèle à ses habitudes, François avait préparé le café et sorti une bouteille de gniole dont le père Etienne raffolait.

A cette heure de la matinée, la salle commune était encore plongée dans une agréable fraîcheur. Les murs épais, les petites ouvertures des fenêtres et des portes étaient autant de protections contre la terrible chaleur qui perdurait depuis plusieurs jours.

Après avoir avalé son café, le père Morizot sortit sa pipe et sa blague à tabac.

— Alors ! Tu causes ? demanda-t-il tout en bourrant soigneusement sa bouffarde.

— Hier soir, avec Jeanne, on a parlé des événements. Vu tout ce qui se passe, on va avancer la date de notre mariage. Jeanne pense qu'une fois marié, il me sera possible d'éviter la mobilisation. Malheureusement, si la guerre éclate, je devrai faire comme les autres. En espérant que tout cela se terminera rapidement.

Il servit une forte rasade de gniole dans les bols encore tièdes.

— Etienne, je me demande s'il est bien raisonnable de poursuivre mes rendez-vous avec Marie Vial. Je n'ai que faire de ces gens-là. Avec tout ce qui se trame, je n'ai guère la tête à participer à un jeu qui me paraît sans grand intérêt.

Après avoir goutté à l'eau-de-vie de prune, le père Morizot fit claquer sa langue de satisfaction.

— François, la guerre n'est pas encore à notre porte, que je sache ! Avec ces pourris de Vial, on a commencé un travail qu'il faut conduire à son terme. N'oublie pas qu'ils préparent un mauvais coup qu'il nous faut déjouer. On n'a pas le droit de tout laisser tomber !

— Bon, je vais crever l'abcès. Et sans perdre de temps ! Après, je ne veux plus entendre parler du père Vial, du Roger, de Bernadette et de cette petite garce de Marie. Etienne, tu me conseilles quoi ?

D'un petit signe de la tête, le père Morizot lui fit comprendre combien il lui serait agréable de se mouiller à nouveau les papilles avec cette eau-de-vie dont il raffolait.

— On va précipiter les choses. Tout à l'heure, quand tu vas conduire les bêtes au Châtenet, nul doute que Marie sera là. Elle va te faire les yeux doux, et probablement te proposer de partager un agréable moment avec elle. Fais attention, François ! Cette petite est capable d'aller très loin.

— Je ne suis plus un enfant. Moi aussi j'ai longuement réfléchi sur les agissements étranges des Vial. Tiens, tu me diras si je vois juste ou si j'ai tort. Mais pour moi, nul doute que le vieux Charles veut me surprendre en compagnie de sa belle-fille. A partir de là, tu imagines la suite.

— C'est ce que j'ai toujours pensé. Mais ils vont en être pour leurs frais. François, écoute-moi. A partir de demain, tu ne descends plus au Châtenet. J'en fais mon affaire avec le Philibert Ratignoux. Ah ! je vois d'ici la gueule du père Vial ! Il va te maudire et être fou de rage !

Ils avaient passé une bonne demi-heure à peaufiner les tout derniers détails du plan qu'ils avaient mis en place. Désormais, ils dédramatisaient la situation. Pressés d'en finir, ils étaient bien décidés à ridiculiser le père Vial et ses deux femelles. Car aucun doute n'était permis : cette machination avait dû germer dans la tête du vieux, de Marie et, plus étonnant, dans celle de cette grande cinglée de Bernadette.

On eût dit deux jeunes sauvageons qui se préparaient à jouer quelque mauvais tour. Ils plaisantaient, riaient à gorge déployée en imaginant le vieux Charles caché dans les fourrés, et la belle Marie tout excitée à la seule pensée de se faire culbuter sous le regard de son vieil amant.

François avait quitté la ferme du Puychaud après avoir confié au père Morizot le soin de nettoyer l'étable. Le soleil était déjà haut dans le ciel. Pas la moindre brise ne parcourait les airs. Sur la petite route encaissée qui descendait en direction du Châtenet, la chaleur était intense. Instinctivement, les bêtes avaient choisi le côté gauche de la route, là où l'ombre des résineux et des feuillus les protégeait des rayons du soleil.

Au loin, on pouvait deviner les premières maisons de Chavignac. Au-delà, le bocage s'étendait à perte de vue. La campagne entière frémissait déjà avec le bruit des charrettes, le beuglement des bovins et le parler haut des hommes qui se pressaient de rentrer les toutes dernières gerbes de blé.

Quand il ouvrit la barrière donnant accès au pré, les bêtes s'engouffrèrent, se bousculèrent dans l'étroit passage, avides qu'elles étaient de retrouver l'herbe tendre. Il referma la barrière et resta un long moment immobile, scrutant du regard la longue lignée de chênes et les abords du chemin creux.

L'endroit paraissait désert. Lentement, il longea la clôture située sur la partie haute du pré. Puis, désireux d'accélérer les choses, il prit la direction du chemin creux, l'air nonchalant, prenant même le temps de se rouler une cigarette.

Arrivé à hauteur des chênes, il s'arrêta et attendit. Mais aucun bruit qui aurait annoncé une visite ne provenait des fourrés. Il tendit l'oreille, espérant percevoir un bruissement de feuilles ou le craquement de quelque branchage qui encombrait le chemin. Mais le silence était total, presque angoissant. Un moment, il se demanda même si le père Vial n'avait pas changé son fusil d'épaule et s'il n'était pas en train de préparer un autre coup tordu.

Il n'eut pas à réfléchir très longtemps. Comme mu par un pressentiment, il se retourna et aperçut sa fine silhouette appuyée contre un chêne, à une cinquantaine de mètres d'où il se trouvait.

Marie était là, l'air détendu, avec un imperceptible sourire accroché à ses lèvres. Elle semblait follement s'amuser de l'effet de surprise qu'elle pouvait lire sur le visage de François. Mais ce dernier s'était vite ressaisi et avançait vers elle en utilisant la petite sente qui serpentait entre les énormes feuillus et le haut talus qui surplombait le chemin creux.

En effet, s'il était tendu, c'était moins à cause du redoutable pouvoir de séduction de Marie qu'à cause du risque qu'il prenait si, par malheur, quelqu'un le surprenait en compagnie d'une jeune femme dont la réputation était pour le moins compromettante.

Elle n'avait pas bougé d'un pouce. Contrairement aux autres fois, elle avait fait un effort d'élégance. Si son beau visage ne portait aucun signe de maquillage, elle avait par contre revêtu une jupe légère de couleur crème et un petit chemisier noir qui lui collait à la peau et faisait ressortir le galbe parfait de ses seins.

Toujours sur la défensive, François s'arrêta à quelques mètres d'elle. En aucun cas, il ne désirait prendre le moindre risque. Le père Morizot lui avait si souvent narré le passé de Marie Vial qu'il appréhendait toujours quelque initiative de sa part.

Soudain, elle avança d'un pas, se baissa et arracha un petit brin d'herbe avec lequel elle se caressa les lèvres. Il était clair qu'elle avait décidé de sortir le grand jeu. Maintenant, elle se voulait romantique. Elle baissait la tête, la relevait et regardait François avec un visage qui avait pris une petite teinte rosée, ce qui aurait pu faire croire qu'elle avait bien des difficultés à vaincre sa timidité.

Mais il n'en était rien. Cette fille futée agissait comme elle l'avait toujours fait avec les hommes. Tantôt midinette ou délurée, tantôt femme fatale, elle était multiple, donc difficilement contrôlable. Et c'est bien ce qui expliquait l'extrême prudence de François. En effet, ce dernier ne perdait rien de ses gestes, de ses mimiques, se demandant comment elle allait s'y prendre pour lui proposer une petite aventure sentimentale ou, plus clairement, une belle partie de galipettes.

Il n'allait pas être déçu. Tout à coup, elle s'approcha et s'arrêta, les deux mains appuyées sur les hanches.

— Alors, François Breuil, tu la trouves comment, la petite Marie ? Je suis sûre que je te plais ! Tu as envie de moi comme j'ai envie de toi. Réponds-moi les yeux dans les yeux : ai-je tort ou raison ?

Elle le tutoyait. Elle avait décidé de jouer la salope, la femme vénale. Et dans ce registre, elle n'avait pas à se forcer beaucoup.

— Toi, au moins, tu sais ce que tu veux !

Elle éclata de rire. En même temps, elle sortit un petit mouchoir de sa poche avec lequel elle s'essuya le front sur lequel perlaient quelques gouttes de sueur.

— J'ai entendu dire qu'autrefois tu avais culbuté pas mal de filles du pays. Même le père Vial reconnaît que tu étais un sacré sauteur. Alors tu ne vas pas me dire qu'aujourd'hui, l'envie de t'offrir la petite Marie ne te court pas dans la caboche ?

Il n'eut pas le temps de répondre. En effet, bizarrement, elle avait décidé de se raconter. Et c'était assez insolite d'écouter cette Marie-couche-toi-là narrer son enfance, son adolescence, avec presque des sanglots dans la voix.

Et c'est vrai qu'elle n'avait pas toujours été heureuse, la petite Marie Chaulet. Elle avait subi pas mal de brimades et avait récolté davantage de coups de trique que de caresses. Malgré tout, elle exagérait un peu, comme si elle avait voulu apitoyer François.

Mais ce qu'elle ne savait pas, c'est que ce dernier n'était pas disposé à avaler une histoire qui aurait eu sa place dans *La Veillée des chaumières*. En réalité, il l'entendait mais ne l'écoutait pas. En cet instant, son esprit était ailleurs. Il vagabondait du côté de la Malterre avec le sourire et le corps de Jeanne, avec leurs nuits d'amour et ce mariage prochain qui allait les unir à jamais.

Il sortit de ses pensées quand le silence succéda au long monologue de Marie. Elle le regardait et devait le trouver étrange tant il paraissait absent. Il essaya de la rassurer quant à l'intérêt qu'il portait à son interminable confession.

— Je ne savais pas que tu avais traversé des périodes aussi difficiles. Mais aujourd'hui, tu as pris une belle revanche sur la vie. Désormais, tu fais partie de la famille Vial. Et celle-ci a du bien. Je pense que tu ne dois pas être malheureuse au milieu d'une famille aussi soudée.

— C'est vite dit ! Bien sûr, j'ai le boire et le manger ! Mais entre un mari qui n'a rien à dire et un beau-père qui ne pense qu'à me sauter, crois-moi, la vie n'est pas toujours rose ! Alors, parfois, pour égayer un peu mon existence, je m'offre du bon temps ! Disons de petits moments de plaisir !

Elle s'approcha de François.

— Et aujourd'hui, c'est avec toi que je veux prendre du plaisir. Personne n'en saura rien. Ce sera notre secret à nous deux. François Breuil, une proposition pareille ne se présente pas tous les jours. Crois-moi, tu n'auras pas à le regretter.

Elle était surexcitée. Cela se devinait à travers son regard qui brillait de mille feux. En outre, son visage était maintenant recouvert de sueur. On la sentait prête à s'abandonner là, au vu et au su de tout le monde. Son désir de faire l'amour était tel qu'il eût suffi d'un rien, d'un petit geste de François pour qu'elle se jette à son cou.

Ce dernier sentit combien la situation devenait périlleuse. Il devait rapidement prendre une initiative afin de tenter de calmer ses ardeurs. Pour ce faire, il était prêt à lui promettre n'importe quoi.

Dans un premier temps, il fit quelques pas en direction du pacage, comme s'il désirait vérifier où se trouvait le troupeau. Puis, ce court laps de temps lui ayant suffi pour remettre un peu d'ordre dans ses idées, il revint vers Marie qui semblait s'interroger sur une attitude à laquelle elle était peu habituée.

— Demain soir, je descendrai au Châtenet. Le matin, j'ai trop de travail pour pouvoir m'absenter longtemps. Tu n'auras qu'à m'attendre dans le chemin creux. Bien entendu, je compte sur ta discrétion.

Elle était sur un petit nuage. Elle le dévorait des yeux. Elle aurait bien voulu lui offrir un avant-goût de ce qu'elle lui avait proposé, mais elle avait peur de tout gâcher par quelque pulsion qui pourrait le surprendre, voire le choquer.

— Je t'attendrai vers la petite clairière située au milieu du chemin creux. A cet endroit, nous serons à l'abri de tout regard indiscret, murmura-t-elle d'une toute petite voix presque inaudible.

Elle s'éloigna et se retourna brusquement.

— François Breuil, je savais que tôt ou tard nous ferions l'amour ensemble. Un homme qui aime les femmes ne peut pas changer du jour au lendemain.

Elle courait en direction de la Grande Besse. Afin de couper au plus court, elle était passée par le bois du Pendu et la terre de la Cheronnade. Afin que son arrivée s'effectue le plus discrètement possible, elle décida d'emprunter le petit chemin qui serpentait entre plusieurs champs de bruyère avant de déboucher sur le verger, à l'arrière de la ferme.

Une fois arrivée, sans perdre de temps, elle se dirigea vers l'étable. Quand elle franchit le seuil de cette dernière, elle devina la haute silhouette légèrement voûtée du père Vial et celle de Bernadette qui charriait de pleines brouettes de fumier.

Ils l'attendaient. Bernadette abandonna sa fourche et rejoignit son père. Simultanément, Marie fit quelques pas tout en jetant un œil vers la barge et l'espace situé de l'autre côté des mangeoires.

— Où est Roger ?

— Je l'ai envoyé à Chavignac acheter quelques bricoles chez le quincaillier, répondit le père Vial.

— Et la mère ?

— Tu n'as pas à t'inquiéter. Elle est dans la cuisine en train de touiller ses sauces, répondit Bernadette.

Le père Charles s'approcha de sa belle-fille.

— Alors ? Vu tout le temps que tu as passé au Châtenet, il faut croire que vous aviez des tas de choses à vous dire. Nom de Dieu ! Salope comme tu es, je me demande si tu n'étais pas toute disposée à t'offrir ?

— Si j'avais insisté un peu, il n'aurait pas dit non. Mais il faut savoir ce que tu veux ! J'ai toujours cru comprendre que tu acceptais qu'il me baise. En contrepartie, tu désirais le surprendre en flagrant délit… Comment dit-on ? demanda Marie en se tournant vers sa belle-sœur.

— D'adultère ! répondit Bernadette.

— C'est ça ! Eh bien, j'ai une bonne nouvelle à vous annoncer ! Ah, dites-moi, qui peut me résister ? Ah ! je les connais ces couillards. Ils sont tous les mêmes. Une jolie fille prête à s'abandonner, et au diable les serments de fidélité ! Tenez, le François ! A peine j'aurai posé mes mains sur lui qu'il va se mettre à bander comme un cerf !

— S'il te plaît, parle moins fort et dis-nous exactement ce qu'il en est, intervint Bernadette.

Marie fit signe à cette dernière et au père Vial de se rapprocher.

— Il est mûr. Un moment, j'ai cru qu'il allait me filer entre les doigts. Mais quand je lui ai raconté mon enfance, mon adolescence, j'ai senti qu'il me regardait autrement.

— Je ne le savais pas aussi con ! Quand on connaît ton passé, et le nombre de fois où tu as écarté les cuisses, on a du mal à s'apitoyer sur ton sort, intervint le père Charles.

— Peut-être ! Mais lui, c'est un type sensible qui a du cœur. Et demain soir, nous avons rendez-vous près de la petite clairière du chemin creux.

Elle se tourna vers le père Vial.

— Après un coup pareil, tu pourras vraiment dire que mon cul vaut de l'or.

XVII

La journée à la Grande Besse s'était déroulée dans une atmosphère étrange. Au cours du repas du soir, le père Vial n'avait eu de cesse de parler à voix basse avec Marie et Bernadette. C'était des soupirs, des fous rires et des clins d'œil complices qui ne pouvaient qu'interroger la vieille Marguerite et, à un degré moindre, Roger.

Même s'ils étaient habitués aux facéties du vieil homme, ils se demandaient quelle mouche avait bien pu le piquer. Jamais encore ils ne l'avaient vu aussi enjoué, blagueur. Il plaisantait, s'esclaffait pour un oui ou pour un non, et surtout faisait partager son hilarité à Marie et Bernadette qui étaient au diapason du maître des lieux.

Même si la mère Marguerite n'était pas particulièrement futée, ce comportement inhabituel la questionnait. D'autant que pour une fois, celui-ci n'était pas dû à l'absorption exagérée de quelque vin gris ou autre alcool dont il abusait régulièrement.

Quant à Roger, il était trop absorbé par sa soupe grasse et son petit salé aux lentilles pour prêter une attention soutenue à ce qui se passait autour de lui. Cela faisait bien longtemps qu'il ne participait plus aux discussions qui animaient les deux repas quotidiens. Oh ! il donnait bien encore son avis quand on le lui demandait. Mais ses réponses étaient toujours brèves, comme s'il éprouvait une sorte de réticence à communiquer avec une famille dont il se sentait exclu.

Comme tous les soirs que Dieu faisait, la mère Vial et son fils avaient quitté la table peu de temps après la fin du repas. C'était devenu presque une tradition à laquelle ils ne dérogeaient jamais, sauf pour les grands repas organisés lors de la fenaison, la moisson, le jour de la batteuse ou de la Saint-Cochon.

Une fois encore, le père Vial s'était retrouvé avec ses deux complices. Cela faisait plusieurs jours qu'ils avaient pris l'habitude de veiller jusqu'à une heure avancée de la nuit. Mais cette fois-ci, on n'était plus là pour dresser des plans sur la comète. On se trouvait au pied du mur. En effet, on n'était qu'à quelques heures d'un rendez-vous qui devait provoquer un des plus gros scandales jamais vus dans les monts de Blond.

Ils étaient tellement sûrs de leur coup qu'ils n'hésitaient pas à annoncer à l'avance ce qui allait se passer. Le plus bavard, c'était le père Charles. Pour lui, on se préparait à vivre des moments qu'il qualifiait tout bonnement d'historiques. Transporté par un optimisme qui frisait la mégalomanie, il se voyait déjà propriétaire de la ferme du Puychaud et de ses six hectares de terre. Et il ne laissait le soin à personne de commenter l'organisation de sa nouvelle propriété.

A l'écouter, François Breuil devait se préparer à traverser une période particulièrement difficile. Et d'imaginer les réactions de la veuve Maillot quand il allait lui commenter son corps à corps avec sa belle-fille. Sur le sujet, son imaginaire était inépuisable.

Ah ! il était bien décidé à ne rien laisser au hasard, foi de Vial ! La belle Jeanne allait en entendre des vertes et des pas mûres ! Car il se faisait fort de trouver les mots les plus orduriers, les plus crus, tout en jouant les indignés. Comme il la savait extrêmement pudique, il était prêt à en rajouter, histoire de lui offrir quelques images qui resteraient à jamais gravées dans sa mémoire.

Avec ce qu'il s'apprêtait à lui déballer, il ne pouvait croire un seul instant qu'elle puisse rester de marbre. Cette femme était trop droite, trop attachée à certaines valeurs pour pardonner à un homme en qui elle avait mis toute sa confiance. Et puis, il avait bien l'intention de tout mettre en œuvre afin que la nouvelle se propage dans tout le pays.

A priori, tout se présentait pour le mieux. Le seul petit doute résidait dans l'attitude de François. Marie avait beau affirmer qu'elle le tenait désormais par les couilles, le père Vial redoutait une volte-face. Disons une sorte de prise de conscience subite qui pourrait lui faire refuser les offres alléchantes de sa belle-fille.

Et puis, restait tout de même le cas du Roger. En effet, si ce dernier apprenait que sa femme s'était donnée au fils Breuil, on pouvait redouter le pire. Jaloux comme un tigre, il était bien capable d'organiser des représailles qui pouvaient s'avérer sanglantes.

Sur ce sujet sensible, le père Vial passait son temps à faire des propositions plus absurdes les unes que les autres. Alors qu'il tournait en rond, bizarrement, c'est Marie qui trouva tout à coup la solution.

— J'en reviens au viol. S'il apprend que François a voulu abuser de moi, il n'aura aucune raison de m'en vouloir. Je le connais, il a du bon sens. Tenez, je suis certaine qu'il prendra pitié de moi. Vous savez, c'est une bonne âme, mon Roger !

— Mais si on lui fait avaler une chose pareille, il est bien capable d'étriper François, fit remarquer Bernadette.

— Et alors ! Si le propriétaire du Puychaud se fait crever la paillasse, de toute manière nous aurons atteint notre but. Dès lors, à nous la ferme et les terres ! gueula le père Vial dont le cerveau commençait à présenter certains signes de faiblesse.

— Pour dire la vérité, on s'inquiète pour pas grand-chose. Plus le temps passe et plus mon frère perd les pédales. Désormais, il ne sort plus de la propriété. En outre, il ne parle plus à personne. Même à la mère. Alors, si jamais l'histoire lui parvenait aux oreilles, on pourra toujours lui raconter n'importe quoi. Croyez-moi, je ne suis pas sa sœur pour rien ! Il m'a toujours fait confiance. Pour lui, tout ce que je dis est parole d'Evangile. Je m'en charge !

C'était un matin ordinaire. La journée s'annonçait belle, même si le ciel s'était légèrement voilé. Poussés par un vent du sud-ouest, quelques nuages menaçants laissaient craindre un changement de temps.

Une odeur particulière avait envahi les airs. C'était des senteurs mêlées, des effluves mystérieux chargés de parfums d'océan. Malgré tout, une chaleur lourde, suffocante, s'était déjà installée sur tout le versant est des monts de Blond. Dans les pacages situés au soleil levant, les bêtes avaient trouvé refuge sous les chênes qui leur offraient un peu d'ombre, un semblant de fraîcheur dont elles avaient grand besoin.

Rien ne permettait de prévoir que cette journée allait à jamais s'inscrire dans les mémoires. Dans les fermes, on s'activait sans trop se poser de questions. On parlait bien encore de ce pauvre Jaurès et des nouvelles inquiétantes qu'on pouvait lire dans les journaux. Mais les travaux quotidiens ne laissaient guère le loisir de se perdre en de longs commentaires.

Car le labeur ne manquait pas dans les différentes propriétés. Il faut dire que toutes n'étaient pas logées à la même enseigne. Dans le bocage, cela faisait déjà quelque temps que la moisson était terminée. Déjà, des batteuses se faisaient entendre du côté de Chamboret, de Peyrilhac, voire de Bussière-Boffy. Par contre, sur les hauteurs des monts de Blond, le retard pris pour moissonner était loin d'être comblé. Beaucoup de petits champs attendaient encore la visite de la faucheuse, ou des hommes équipés de leurs faux. Et puis, pour ceux qui avaient eu la chance de rentrer la dernière charrette de gerbes de blé, il leur restait encore à faucher le regain dont on disait qu'il promettait beaucoup dans les prairies les plus humides.

Que ce soit à la Malterre ou au Puychaud, la journée avait commencé dans une sorte de routine dont il était bien difficile de se défaire. En effet, quelle que soit la saison ou le temps qu'il faisait, il fallait bien traire les vaches, curer les étables, s'occuper de la basse-cour et nourrir les cochons.

Ainsi, chacun s'occupait de son secteur. Durant toute la matinée, François était resté au Puychaud en compagnie du père Morizot. Après que ce dernier eût conduit les bovins au Châtenet, ils avaient passé en revue les différents bâtiments de la ferme.

Des heures durant, ils avaient courbé l'échine tant il y avait à faire. Par la suite, François s'était consacré à son cher potager pendant que le père Etienne nettoyait la bergerie et mettait un peu d'ordre sur la barge. Ils n'avaient stoppé leur dur labeur qu'en entendant tinter les douze coups de midi au clocher de l'église de Chavignac.

Depuis le début de la matinée, pas une seule fois ils n'avaient évoqué la famille Vial. Au cours des jours précédents, tout avait été dit sur ce qu'il convenait de faire. Point par point, il avait suivi les conseils avisés du père Morizot. Aujourd'hui, pour eux, la messe était dite. Désormais, le jeu était terminé. Ils avaient tourné la page sur une histoire qui les avait divertis un temps, mais qui, dorénavant, ne présentait aucun intérêt à leurs yeux.

Sur le chemin qui les ramenait vers la Malterre, ils parlaient du temps, de la batteuse et, bien entendu, de toutes ces gerbes de blé que l'on devait déménager de la grange du Puychaud. Parfois, ils s'arrêtaient et restaient un court instant à contempler l'orée d'une forêt, un pacage au creux d'un val ou tout simplement le long bocage qui s'étendait jusqu'au pays bellachon.

Pourtant, ils le connaissaient ce paysage fait de chemins escarpés, de taillis, de sentes sauvages qui serpentaient à travers bois et champs de bruyère. Et ils l'aimaient cette terre granitique si dure à travailler, mais toujours aussi étrange avec ces appendices monstrueux qui se dressaient sous la forme de rochers monumentaux chargés de légende.

Le temps ne les avait en rien blasés. Ils s'émerveillaient toujours sur un lever de soleil ou sur un crépuscule, lorsque la lumière cédait la place à des ombres gigantesques. Ici, le mystère était partout : dans le silence, dans des bruits diffus, inexpliqués, qui couraient sur la lande, mais aussi à travers ce sentiment d'isolement qui pouvait laisser penser qu'on vivait au milieu de nulle part, en un lieu perdu au bout du monde.

Soudain, le père Morizot tendit sa canne en direction d'un petit pré qui jouxtait un champ de seigle.

— Regarde ! C'est la terre du père Champotier ! Ah ! il va être content, le vieux !

François Breuil posa une main au-dessus de ses yeux afin de mieux discerner l'endroit que lui indiquait le père Etienne.

— Quels dégâts ! Une partie de la récolte est fichue. Ah ! ces sangliers ! Un jour, il va bien falloir se décider à en abattre quelques-uns. Tu en penses quoi ? demanda-t-il en se tournant vers Morizot.

— On en tue chaque année. Mais ils viennent de loin, les bougres ! Il faudrait organiser une véritable battue pour espérer en réduire le nombre.

Soudain, il se mit à rire à gorge déployée.

— Etienne, que se passe-t-il ? Je ne vois pas ce qu'il y a de risible là-dedans.

Le vieux était dans l'incapacité de répondre. Il resta une bonne minute le corps plié en deux. Puis, lentement, il sortit un mouchoir de sa poche et s'essuya les yeux.

— Bon ! Maintenant, ça va mieux ! Tu vas peut-être pouvoir m'expliquer ?

Morizot s'approcha de lui.

— Fallait que ça sorte. Depuis ce matin, je n'ai que ça en tête. Je ne voulais pas t'en parler, vu que tu ne veux plus que l'on aborde le sujet. Mais, que veux-tu, je n'arrive pas à me débarrasser de certaines images !

— Je me demande si tu n'as pas pris un coup de soleil sur le crâne. Mais de quoi veux-tu parler ?

— Je pense au père Vial et à la Marie, ce soir, quand ils vont se retrouver au Châtenet. Ah ! nom de Dieu ! Je les imagine ! Je les imagine !

— Va ! Je te connais, tu crèves d'envie de me raconter. Alors je t'écoute.

Le vieil homme releva sa casquette et s'essuya à nouveau les yeux.

— D'abord, le père Charles. Celui-là, il va souffrir pour rien ! Avec son dos malade, il va devoir faire une sacrée gymnastique pour passer inaperçu. Avec son grand corps noueux aussi souple qu'un verre de lampe, je l'imagine recroquevillé dans les fourrés. Ah ! il va être furieux ! Tiens ! Je voudrais être une petite souris pour observer ce qui va se passer lors de son retour à la Grande Besse !

Il s'interrompit un court instant avant de poursuivre.

— Et puis, reste la Marie ! Ah ! je la vois comme si elle était devant moi ! Tu penses, pour elle, ça va être le grand jour ! Elle va se préparer, se faire belle. Pour cet instant sublime, elle va probablement se frotter la couenne et s'asperger d'eau de Cologne. Tu l'imagines, François ? Moi, je te le dis : un affront pareil, elle ne s'en remettra jamais !

— Je ne le pense pas. Ces gens-là se remettent de tout. Après ça, j'espère qu'ils se rendront compte combien ils ont été ridicules en pensant que je n'étais pas à même de refuser les offres de cette chipie de Marie. Allons, n'en parlons plus !

En arrivant à la Malterre, ils avaient eu droit à quelques critiques de la part de Jeanne. Il faut dire que celles-ci étaient devenues monnaie courante tant ils avaient pris l'habitude de traîner en chemin et d'arriver en retard. Sans perdre une seconde, ils avaient rejoint la salle commune et avaient pris place autour de la grande table familiale.

A chaque repas de midi, c'était toujours la même chose. Les reproches fusaient de partout. On leur faisait remarquer que les travaux au Puychaud pouvaient s'effectuer en quelques heures, qu'ils devaient musarder, perdre leur temps, que ceci, que cela. Bref, tout ça était devenu une sorte de jeu qui amusait tout le monde.

Alors qu'ils dégustaient un délicieux lapin à la moutarde accompagné d'une fricassée de girolles, Jeanne intervint de manière inattendue.

— Cet après-midi, je vais descendre à Cieux avec Riton. Peut-être pourras-tu monter voir où en est le pacage du Bourdeix ? Là-haut, je suis certaine que le regain est à point pour être récolté, dit-elle à l'adresse de François.

— A Cieux ? Mais que vas-tu faire à Cieux ?

Jeanne ne put s'empêcher de sourire.

— Mais qu'est-ce qui m'a fichu un homme aussi curieux ? En voilà des manières ! Mais pour répondre à ta question, j'ai des emplettes à faire, une robe à acheter, quelques articles de cuisine. Et puis zut ! Je te raconterai à mon retour !

Avec Riton Raveau qui menait l'attelage, Jeanne avait pris la route de Cieux en tout début d'après-midi. François l'avait regardée partir en essayant de dissimuler la petite inquiétude qui l'habitait. Ce sentiment n'était pas nouveau, il datait de quelques jours. Il était né de l'attitude de Jeanne dont la joie de vivre laissait place, parfois, à un comportement pour le moins étrange.

Bizarrement, elle pouvait être gaie, participer aux discussions, rire, et subitement se refermer sur elle-même. Ces absences, qui ne duraient que quelques minutes, n'avaient pas échappé à François. Dans un premier temps, celui-ci avait pensé que cette manière d'être ne pouvait s'expliquer qu'à travers les mauvaises nouvelles qu'on découvrait quotidiennement dans les journaux ou les magazines. D'ailleurs, n'avait-elle pas montré ses préoccupations en souhaitant avancer la date de leur mariage ? Et puis, malgré tout, elle était toujours aussi amoureuse. Jamais il n'avait rencontré une femme aussi sensuelle, aussi passionnée. Alors il minimisait un peu cette façon d'agir qui ne trouvait d'explication que dans l'annonce d'événements qui la perturbaient.

Néanmoins, ce départ précipité en compagnie du Riton Raveau avait réactivé ses inquiétudes. Disons qu'il n'était pas dans ses habitudes de descendre à Cieux ou à Blond sans être accompagnée par son bien-aimé. Bien entendu, une longue liste d'achats témoignait du bien-fondé de sa visite dans différents commerces du village. En effet, outre quelques lingeries féminines et autres chiffons, elle avait décidé d'acquérir une lessiveuse, une série d'assiettes, de verres, et surtout deux grands faitouts qui allaient s'avérer fort utiles lors du repas de la batteuse.

Le travail qui l'attendait était la meilleure des thérapeutiques pour gommer ses multiples interrogations. Après le départ de Riton Raveau et de Jeanne, il avait rejoint le père Morizot et le Philibert Ratignoux qui, déjà, s'activaient dans la grange. Car il fallait faire place nette pour entreposer les gerbes en provenance du Puychaud. Alors on enlevait tout ce qui était inutile : de l'outillage, une brouette, une vieille charrue en mauvais état, et même un énorme tas de foin qui avait glissé de la barge.

Le temps était lourd, orageux. Les hommes transpiraient à grosses gouttes. Sous les tuiles chauffées à blanc, l'air était devenu irrespirable. Philibert entassait le foin pendant que François relevait toute la partie basse du gerbier. De son côté, le père Morizot consacrait toute son énergie à préparer les mangeoires et à étaler la paille dans la vaste étable qui jouxtait la grange.

Au bout de deux bonnes heures, tout était terminé. Déjà, François prévoyait d'acheminer rapidement les premières charretées de blé. Même si la récolte du Puychaud était peu importante, une journée pleine allait être nécessaire pour effectuer le travail.

Histoire de reprendre quelques forces, les trois hommes s'étaient retrouvés dans la salle commune. François avait remonté de la cave une bouteille de rosé et une bouteille de cidre bouché. Leur fatigue était telle qu'ils n'avaient aucune envie de parler. La seule chose qui leur importait, c'était de s'humecter les amygdales tant la chaleur et la poussière leur avaient desséché la gorge.

Après avoir avalé deux verres de vin, le père Morizot fut le premier à briser le silence.

— Boudiou ! Je crois bien que c'est la journée la plus chaude de la saison ! On y laisserait la peau !

— Le beau temps n'ira pas au-delà de la nuit. Le vent à légèrement viré à l'ouest. Si la pluie se met à tomber, nombre de batteuses vont être reportées à plus tard, fit remarquer Philibert.

François se tourna vers le père Etienne.

— Dans une demi-heure, je vais monter au Bourdeix avec Philibert. Jeanne pense que le regain peut y être fauché. Enfin, on verra sur place ! Quant à toi, tu n'as qu'à remonter au Puychaud. Là-bas, tu regarderas si les mangeoires sont prêtes. Ensuite, tu n'auras qu'à descendre au Châtenet afin de récupérer les bêtes.

Les trois hommes s'étaient levés et avaient rejoint la cour. Profitant du fait que Philibert soit parti afin de changer de chaussures, le père Morizot se tourna vers François.

— Pour le Châtenet, pas de consignes de dernière minute ?

— Sois prudent. Ne t'attarde pas dans le pré. Avec ces cinglés, on ne sait jamais. Et puis, tu ne vois pas que la petite Marie te saute dessus !

A la Grande Besse, la tension était perceptible. En l'absence de Roger, parti chercher les bêtes qui étaient au pré, et de la mère Marguerite, tout occupée à nourrir sa volaille, le trio s'était réuni dans la pénombre de la salle commune.

Le père n'avait de cesse de consulter sa montre. Face à lui, Bernadette ne disait mot. Son visage était blême et son regard totalement absent. En bout de table, Marie rayonnait. Elle s'était mise sur son trente et un. Pour la circonstance, elle avait revêtu une jolie jupe noire agrémentée de quelques dentelles et un chemisier blanc légèrement échancré. Encore un peu, et elle aurait bien été capable de se coiffer d'un barbichet.

Une fois encore, le père Charles sortit sa montre de la poche de son gilet. Puis il se leva et enfila sa veste.

— C'est l'heure ! Si la mère ou le Roger t'interrogent sur notre absence, tu n'auras qu'à dire qu'on est partis vers le bois-jeune. C'est un coin à girolles et à cèpes. Comme ça, ils seront rassurés, dit-il à l'adresse de Bernadette.

Ils étaient passés par le verger. En faisant ce choix, ils évitaient d'être vus par la mère Vial. Ils avaient décidé d'emprunter des chemins qui longeaient ou traversaient les terres. Le parcours était semé de difficultés avec des passages en partie obstrués par les ronces ou par d'énormes fougères.

En contrepartie, ils étaient pratiquement assurés de ne pas rencontrer âme qui vive. Les seules personnes qui se hasardaient dans ce dédale de chemins, de taillis, c'était quelques braconniers aventureux qui posaient les collets ou péchaient les écrevisses dans les innombrables ruisseaux qui descendaient de la montagne.

Ils arrivèrent bien avant l'heure prévue. Durant tout le trajet, ils n'avaient pas échangé une seule parole tant ils étaient occupés à atteindre au plus vite le pré du Châtenet. Ils étaient dans le chemin creux. Devant eux se dessinait la petite clairière qui n'était éclairée que par quelques rayons de soleil qui avaient réussi à s'infiltrer entre le feuillage des chênes et des châtaigniers.

Le père Charles s'arrêta et s'appuya sur sa canne.

— Je reste ici. Je vais me poster derrière ce houx. Il faut que ton corps à corps se passe dans la clairière. Sors le grand jeu, ma petite salope, et tu seras récompensée. Tiens ! Je le veux à poil ! Je pourrai ramener ainsi un trophée à cette grande putain de Maillot. Ah ! je jubile ! Je jubile ! gueula-t-il tout en se dirigeant vers le talus.

A l'instant même où le père Vial et Marie arrivaient au Châtenet, Bernadette n'avait toujours pas quitté la salle commune de la Grande Besse. Elle s'était installée dans un fauteuil, près de l'âtre. Immobile, elle ressemblait à une momie. Son visage ne laissait deviner aucune émotion particulière. Pas le moindre signe de nervosité n'était visible.

On eût dit qu'elle était devenue étrangère à son environnement. Cette femme, au demeurant sans charme, aux réactions primaires, que l'on avait toujours traitée comme une moins que rien, était aujourd'hui en situation de faire basculer le destin d'une famille.

Cet instant, cela faisait de longues semaines qu'elle l'attendait. Elle en avait rêvé, avait passé des nuits blanches à imaginer la fin d'une histoire dont elle avait écrit la trame dans son pauvre cerveau dérangé.

Elle esquissa un léger sourire. Désormais, elle se sentait habitée par une force, une énergie que rien ni personne n'était en mesure d'endiguer. Elle avait le pouvoir. Selon son bon vouloir, elle pouvait se taire ou parler.

Aujourd'hui, sonnait l'heure de la revanche. Terminées les humiliations du père Vial, finie l'arrogance de cette chienne de Marie. Ah ! elle les avait bernés, les avait manipulés à sa guise. Maintenant, restait à franchir le pas, la dernière étape d'un processus qui arrivait à son terme.

Elle se leva, mit un peu d'ordre dans sa chevelure et sortit de la salle commune. Son pas était assuré. Dans son apparence, rien ne laissait deviner une quelconque anxiété. Lentement, elle traversa la cour et pénétra dans l'étable. Sa mère était en train de traire pendant que Roger se trouvait sur la barge et jetait au sol de gros paquets de foin et de paille.

Au bout de quelques minutes, il descendit de la barge et posa sa fourche contre le mur. Bernadette s'avança vers lui.

— J'ai à te parler.

— Où est passé ton père avec l'autre catin ? intervint tout à coup la vieille Marguerite.

— Justement. Je sais des choses que je ne peux cacher plus longtemps. J'ai donc décidé de parler. Le Roger doit savoir.

Son frère posa ses deux grosses mains sur ses épaules et la fixa intensément.

— Tu sais quoi ? Tu sais quoi ? demanda-t-il sur un ton agressif.

Elle hésita quelques secondes avant de répondre, comme si un dernier remords restait encore à évacuer.

— Le père et la Marie sont montés au Châtenet. Avec l'accord du vieux, ta femme a décidé de se faire sauter par François Breuil. Pour quelles raisons ton père a accepté une chose aussi infâme ? Je ne sais trop. Mais, vicieux comme il est, il ne serait pas impossible qu'il prenne du plaisir à voir sa belle-fille s'envoyer en l'air avec le François.

La mère Vial s'était levée. Elle posa son seau et s'approcha de sa fille.

— Ce que tu dis est impossible ! Ton père est ce qu'il est, mais je ne peux croire ce que tu avances ! Faut croire que ta tête ne tourne pas bien rond pour inventer une telle histoire.

Bernadette éclata de rire.

— Mais ma pauvre mère, on voit bien que tu ne connais pas le père Vial ! La Marie, elle se fait baiser tous les quatre matins. Et avec la bénédiction du vieux ! Aujourd'hui, tout est prévu, et elle va passer à la casserole. Pourquoi ? Seuls le bon Dieu et le père Charles le savent.

Elle s'écarta de son frère.

— Tiens ! A l'heure qu'il est, ils doivent être dans le chemin creux qui jouxte le pré du Châtenet. Dans moins d'une demi-heure, moi je vous le dis, la Marie va pouvoir regarder la feuille à l'envers.

Roger Vial n'avait montré aucune réaction. Il était figé, pareil à une statue. Son regard était sans expression et ses lèvres pincées étaient animées par un imperceptible tremblement.

Subitement, il se tourna vers sa mère et Bernadette.

— Le père, il n'a pas le droit, il n'a pas le droit de faire ça. Marie, elle appartient à la famille, balbutia-t-il.

Il fit quelques pas et enfila sa veste qui était suspendue à une vieille patère scellée au mur.

— Je ne permettrai pas ! Je ne permettrai pas ! cria-t-il tout en s'éloignant à grandes enjambées.

La mère Vial se tourna vers sa fille et l'agrippa par les deux épaules.

— Mais qu'as-tu fait, pauvre folle ? Tu ne sais donc pas de quoi est capable ton frère ? Mais quelle mouche t'a piquée ? Mon Dieu ! Quel malheur ! Pourvu qu'il ne fasse pas de bêtises ! Comme je le connais, il serait bien capable de leur faire la peau ! hurla-t-elle.

— Toi, tu as toujours tout accepté. Le vieux, il a passé son temps à te battre et à te tromper. Et aujourd'hui, il couche avec sa bru ! Ah ! c'est du propre ! Le Roger ? Qu'il les tue, et on sera bien débarrassées ! Tu verras, la mère. Toutes les deux, on va pouvoir enfin se payer du bon temps. Ah ! qu'ils crèvent ! répliqua Bernadette, le visage décomposé par la haine.

Roger Vial courait à perdre haleine. Il semblait peu concerné par ce qui se passait autour de lui. Des paysans l'aperçurent quand il déboucha du chemin qui conduisait aux Sagnes. D'autres reconnurent sa silhouette au moment même où il empruntait la route qui montait vers le Puychaud.

Arrivé à hauteur du Châtenet, il s'arrêta quelques instants. Sa respiration était haletante. Il ouvrit la bouche en grand afin d'absorber le plus d'air possible. Puis il pénétra dans le chemin creux en prenant grand soin d'éviter les branchages et les feuilles desséchées qui encombraient le sol.

Il avançait sur le bas-côté, là où la mousse poussait à profusion. Au bout de quelques mètres, il leva la tête et distingua parfaitement les bovins qui paissaient toujours dans le pacage.

Il se trouvait dans un état tel qu'il lui était impossible de se raisonner. Il avait perdu tout repère. Il allait, la tête penchée en avant, le corps légèrement voûté, tel un prédateur à la recherche de sa proie.

Soudain, sortant des fourrés, le père Vial déboucha devant lui. A son air, on pouvait deviner combien il était surpris par une visite qui n'était pas prévue au programme.

— Que fais-tu là ? Bordel de merde, si tu fais avorter l'affaire, tu vas en entendre parler !

Roger avança d'un pas.

— La Marie, elle est la propriété des Vial. En dehors de la famille, personne ne doit la toucher.

Excédé, le père Vial leva sa canne, puis la rabaissa.

— Mais vas-tu arrêter de nous faire chier ? Ta Marie, c'est une pute qui n'est heureuse que les cuisses écartées. Et aujourd'hui, si elle veut se faire sauter, c'est pour la bonne cause. As-tu compris, grand imbécile ?

Avec une vivacité étonnante, Roger sortit un énorme couteau qu'il avait dissimulé sous sa veste. C'était un de ces couteaux qu'on utilisait pour saigner les cochons. Simultanément, il saisit son père au niveau du cou et lui planta à plusieurs reprises l'arme dans le ventre. Le père Vial tangua, oscilla sur ses jambes, avant de s'écrouler sur le sol en poussant un râle affreux.

Avec un calme surprenant, Roger jeta le couteau et enjamba le corps. Maintenant, il avançait tel un automate. Arrivé au niveau de la clairière, il devina la silhouette de Marie qui attendait, postée derrière quelques fougères géantes.

Alertée par le bruit de ses pas, cette dernière se retourna. Ses yeux se portèrent sur les mains de Roger qui étaient tachées de sang. Affolée, elle se leva et, dans une sorte d'instinct de conservation, essaya de s'échapper en gravissant le talus qui donnait accès au pré.

Elle n'eut pas le temps de faire le moindre pas. Tel un fauve, Roger s'était jeté sur elle et la frappait avec une brutalité et une violence inouïes. Cela dura plusieurs minutes durant lesquelles l'homme s'était transformé en bête sanguinaire.

Quand il s'arrêta enfin, le visage de Marie n'était plus qu'une abominable bouillie de chairs sanguinolentes. Mais, comme si cela ne suffisait pas, il se saisit d'une énorme pierre qu'il projeta sur le crâne de sa victime. Celui-ci explosa littéralement en faisant un bruit atroce.

Il ne s'attarda point. Il arrangea ses vêtements, redescendit dans le chemin et remonta ce dernier sans même jeter un regard vers son père qui, mortellement touché, agonisait dans une mare de sang.

Quand il déboucha sur la petite route, il crut percevoir la voix d'un homme qui appelait le troupeau de bovins. Tout au loin, ouvrant la barrière, il reconnut le père Morizot. Durant quelques secondes, il essaya de comprendre. Mais son cerveau n'était plus en état d'analyser une situation qui le dépassait totalement.

Maintenant, les bras ballants, il allait d'un pas hésitant. Parfois, il dandinait de la tête, souriait et, soudain, fronçait les sourcils en se retenant pour ne pas éclater en sanglots.

Une douleur insupportable lui martelait les tempes. Il marchait guidé par un instinct qui le poussait à s'éloigner d'un lieu qui était devenu maudit. Arrivé au croisement des Sagnes, il stoppa sa marche, hésita et choisit de prendre le chemin qui menait à la Grande Besse.

Quand il traversa la cour de la ferme, il ignora superbement sa mère et Bernadette qui l'appelaient en vain. Il longea le petit muret du jardin, bifurqua sur la gauche et pénétra dans la salle commune en laissant la porte grande ouverte.

Comme il le faisait habituellement, il se débarrassa de sa veste qu'il jeta sur le dossier d'une chaise. Ensuite, il s'offrit une toilette sommaire dans le vieil évier de la cuisine. Il se lava les mains, s'aspergea le visage et remit un peu d'ordre dans ses cheveux à l'aide d'un peigne crasseux et édenté qui traînait sur le rebord de la fenêtre.

Le calme qu'il manifestait était impressionnant. Il revint dans la salle commune, sortit un verre à pied de la grande commode de chêne massif qu'il posa sur la table. Puis il ouvrit la petite porte qui donnait accès à une immense cave voûtée.

Quand il remonta de cette dernière, la mère Vial et Bernadette l'attendaient, assises sur les deux chaises installées près du long mur blanchi à la chaux.

Sans mot dire, Roger s'installa derrière la table monumentale qui trônait au centre de la pièce. Après l'avoir longuement humé, et avec mille précautions, il versa le breuvage dans le verre à pied. Enfin, il leva la tête et regarda les deux femmes qui n'osaient trop intervenir tant l'attitude de l'homme qu'elles n'avaient de cesse d'observer leur paraissait totalement irrationnelle.

— Ils sont morts. J'ai crevé le vieux et la Marie. Il faut dire qu'ils n'ont pas été très gentils avec moi. Enfin, le bon Dieu les jugera ! dit-il sans se départir de son calme.

Il leva le verre, le porta à ses lèvres et le vida d'un trait. Intriguée, la vieille Marguerite tendit le cou afin de mieux discerner la belle étiquette qui habillait la bouteille. Elle reconnut aussitôt la réserve du père Vial, exclusivement destinée à satisfaire les papilles du maître de la Grande Besse. C'était un château-desmirail. Un margaux grand cru classé. Un vin de dix ans d'âge.

ÉPILOGUE

L'herbe était haute, drue, bien au-delà de ce qu'ils avaient espéré. Les deux petits pacages du Bourdeix avaient toujours offert un foin d'une grande qualité. Cela pouvait s'expliquer par la qualité de la terre, mais aussi par une humidité permanente qui protégeait les lieux des longues périodes de sécheresse.

L'endroit était assez étrange. Situés tout en haut des monts de Blond, les prés de Jeanne Maillot étaient enclavés entre une immense forêt de résineux et une longue lande habillée de bruyère, d'herbe rase, sur laquelle paissaient parfois quelques moutons égarés.

François Breuil et Philibert Ratignoux ne s'étaient pas attardés très longtemps. Ils avaient vérifié l'état du terrain, la qualité de l'herbe, et avaient décidé de repousser à plus tard le fauchage du regain. Car le temps était pour le moins incertain. Aux petits nuages gris avaient succédé de gros nuages couleur d'encre qui obstruaient toute la ligne d'horizon du côté de Saint-Christophe. Le vent s'était levé et tourbillonnait sans interruption. L'air s'était considérablement rafraîchi, et les quelques éclairs qui illuminaient le ciel étaient annonciateurs d'un orage proche.

Ils arrivèrent à la ferme du Puychaud à l'instant même où le père Morizot rentrait les bêtes dans l'étable. François alla à sa rencontre pendant que Philibert prenait la direction de la Malterre.

Le père Etienne semblait serein. Une fois les bêtes attachées, il se tourna vers François qui l'observait, silencieux, visiblement dans l'attente de quelques nouvelles fraîches.

— Alors ! Tu ne me demandes rien ? hurla Morizot.

— Tu ne changeras donc jamais. Tu adores toujours faire languir les gens. As-tu deviné quelque chose d'anormal ?

— Rien ! Mais rien de rien ! Comme tu me l'avais conseillé, je ne me suis pas attardé dans le pré. Mais, après tout, peut-être qu'il y a eu contrordre ?

Ils n'eurent pas le temps de poursuivre leur conversation. En provenance de la cour, le hennissement d'un cheval et le bruit d'une carriole annonçaient l'arrivée de Jeanne. François sortit sur le seuil de la porte et constata que cette dernière était seule. La carriole étant vide et Riton Raveau absent, il en déduisit qu'elle avait dû faire un crochet par la Malterre.

Elle descendit de la carriole, arrangea sa robe et fit signe à François de la rejoindre. Elle avait un comportement qui n'était pas habituel. Elle allait et venait, la tête basse et les bras croisés derrière le dos.

Quand François se présenta devant elle, elle releva la tête et vint se blottir tout contre lui.

— J'ai une chose importante à te dire. Viens, on va marcher un peu, murmura-t-elle.

Ils s'étaient engagés dans un petit chemin étroit qui conduisait vers quelques pauvres terres en partie abandonnées. François s'interrogeait sur ce qu'elle désirait lui dire, et son inquiétude était d'autant plus grande que Jeanne montrait des signes de fébrilité, de fragilité.

N'y tenant plus, il s'arrêta, se tourna vers elle et, tendrement, caressa son front et son visage.

— Chérie, que se passe-t-il ? J'espère que tu ne vas pas m'annoncer une mauvaise nouvelle ?

Quelques secondes s'écoulèrent avant qu'elle ne réponde. Ses beaux yeux bleus étaient noyés de larmes.

— J'attends un enfant, un enfant, murmura-t-elle.

— Mais… comment ? balbutia François.

— Je t'ai caché le véritable but de ma visite à Cieux. Bien sûr, j'avais quelques achats à faire. Mais je désirais surtout rencontrer le docteur Valadeau. Ce que j'ai fait. Son diagnostic a été clair : je suis enceinte.

— Quelle nouvelle ! Mon Dieu, quel merveilleux cadeau tu me fais là, balbutia François.

Ils riaient et pleuraient à la fois. Ils remontaient le chemin, serrés l'un contre l'autre. Soudain, leur existence prenait une autre dimension. Ils partageaient un bonheur qui gommait toutes les inquiétudes qui auraient pu les habiter.

Ils étaient tout simplement heureux. Et cela se traduisait par des regards échangés, un mot tendre, et cette main que François posait sur le ventre de sa bien-aimée.

Et ils n'avaient que faire de ces quelques gouttes d'eau, de ce tonnerre qui grondait et dont le bruit fracassant se répercutait sur tout le pays des monts de Blond. Pour un temps, la nature les protégeait, les isolait d'un monde qui n'offrait trop souvent que des larmes et du sang.

A Chavignac, la nouvelle avait fait l'effet d'une véritable bombe. Elle s'était propagée de maison en maison. La seule chose dont on était sûr, c'est que tout était parti de Bernadette Vial qui avait alerté les Lapierre du hameau des Forges, qui eux-mêmes étaient descendus au village afin d'en informer monsieur le maire.

Immédiatement, ce dernier avait pris contact avec la gendarmerie de Cieux. Déjà, certains affirmaient avoir vu un brigadier-chef et trois gendarmes monter vers la ferme de la Grande Besse.

Toujours est-il que l'on évoquait cette tragédie avec des accents qui se voulaient pathétiques. Même si on n'avait que peu d'estime pour les Vial, on s'apitoyait tout de même sur le sort du père Charles et de Marie. Mais celle pour qui on ne trouvait pas de mots assez tendres, c'était bien sûr cette pauvre innocente de Bernadette.

C'était une interminable litanie de qualificatifs qui en faisait presque une sainte. Et de rappeler l'enfer qu'elle avait vécu au sein d'une famille où le vice était partout. Mais comment avait-elle fait pour survivre entre un père violent, un frère idiot, cette charogne de Marie et une mère abrutie par le travail et les humiliations ?

Mais que s'était-il passé dans le chemin creux du Châtenet ? Si on ne possédait que peu d'éléments sur les circonstances du drame, l'imagination sans limite de quelques-uns échafaudait les hypothèses les plus farfelues. Alors on n'avait de cesse de parler, de jacasser, de commenter ce que beaucoup considéraient déjà comme une affaire qui allait s'inscrire dans les annales.

Bref, au milieu des pipelettes, des culs bénis et des commères de toutes sortes qui s'étaient réunis dans la sacristie, c'est l'Alphonsine Pignard qui avait trouvé les mots qui résumaient les sentiments d'une grande partie de la population.

— Le Roger, tout abruti qu'il est, je suis certaine qu'il a obéi à un ordre du bon Dieu. Aujourd'hui, il nous reste à prier pour que Bernadette trouve enfin un bon compagnon. Ah ! partager sa vie avec une telle âme, c'est un peu comme goutter au paradis ! s'était-elle exclamée, les mains jointes et le regard perdu vers un ailleurs.

Au-dessus de Chavignac et sur toute la région, le ciel s'était subitement déchiré. Aux éclairs et au tonnerre avait succédé une pluie qui tombait avec une force incroyable. Alors que la plupart des gens avaient trouvé refuge dans les différents commerces du village, un homme sortit tout à coup de la mairie.

Il semblait être totalement indifférent aux éléments déchaînés. Petit, maigrichon, le visage taillé en lame de rasoir, Rémi Chamboulive occupait les fonctions de garde champêtre depuis plus de trente ans. Toujours disponible, courant par monts et par vaux, il fermait les yeux sur pas mal de petits larcins. Pour dire la vérité, il se disait même qu'il n'était pas le dernier à braconner les rivières ou à poser quelques collets sur les landes.

Il resta un long moment immobile. Puis, bravant la pluie et le vent, il s'élança à travers les rues de Chavignac. Il frappa aux portes des maisons, arrêta les gens, pénétra dans les commerces. Il allait d'une rue à l'autre, revenait sur ses pas, gesticulait, hurlait, braillait, fournissait parfois quelques explications sommaires avec une petite minc attristée qui faisait peine à voir.

Quand il arriva à hauteur de l'hôtel-restaurant de la famille Boudard, il crut que ses forces allaient l'abandonner. Il stoppa sa course, respira profondément et resta un court instant le corps plié en deux.

Une fois qu'il eut retrouvé son calme, il se redressa et reconnut l'imposante silhouette de Germaine Boudard. Celle-ci s'était avancée sur le pas de la porte, et quelques consommateurs lui avaient emboîté le pas.

— Eh bien, mon Remi, que se passe-t-il ? J'ose espérer que tu n'es pas venu pour nous annoncer encore un drame ? Cela suffit pour aujourd'hui !

Rémi Chamboulive s'approcha. Plusieurs fois, il avala sa salive, comme si les paroles qu'il s'apprêtait à prononcer lui demandaient un effort presque surhumain.

— L'Allemagne a déclaré la guerre à la France ! Germaine, tu entends ? C'est la guerre ! C'est la guerre ! cria-t-il, la voix brisée par l'émotion et les yeux pleins de larmes.

Le calendrier de la Poste indiquait le 3 août 1914, un jour pas tout à fait comme les autres.

Imprimé en Espagne par
Litografia rosés
à Gava
en mai 2010